Mathias Wünsche
Engel und Tod

Mathias Wünsche wurde 1957 in Köln geboren, ist Diplom-Sozialpädagoge und seit über 20 Jahren in der Kinder- und Jugendhilfe tätig. Er ist Verfasser zahlreicher Kriminalromane und Kinderkrimis. Neben seiner Autorentätigkeit ist er auch erfolgreich als Musiker und Komponist unterwegs. Wünsche ist Mitglied der Autorengruppe deutschsprachiger Kriminalliteratur SYNDIKAT. www.mathiaswuensche.de

Mathias Wünsche

Engel und Tod

KBV

Originalausgabe

www.kbv-verlag.de
E-Mail: info@kbv-verlag.de
Telefon: 0 65 93 - 998 96-0
Fax: 0 65 93 - 998 96-20
Umschlaggestaltung: Ralf Kramp
Foto: © Cirsten Gülker
Lektorat: Nicola Härms, Rheinbach
Druck: CPI books, Ebner & Spiegel GmbH, Ulm
Printed in Germany
ISBN 978-3-95441-356-0

1. KAPITEL

Entfesselte Urgewalt. Ohne sich anzukündigen, war der Regen da, um sich sogleich zu einer Unheil bringenden Allianz mit Donner und Blitz zu vereinen. In der Vorstellung des Mannes zerfetzten Blitze, die die Form gezackter, scharf geschliffener Schwerter besaßen, die schwarzen Wolken. Unaufhaltsam schossen sie hinab, um sich wild zuckend ins Erdreich zu fressen.

Mit dem ersten Ton des Pianos setzte auch das Hi-Hat des Schlagzeugs ein. Unaufdringlich, und doch treibend und Tempo bestimmend. Der Regen trat etwas in den Hintergrund, ohne dabei nachzulassen, und flankierte Schlagzeug und Piano. Dann das krachende Donnergeräusch und endlich, achtunddreißig Sekunden später, die Stimme, elektrisierend: *Riders on the storm. Riders on the storm. Into this house we're born, into this world we're thrown. Like a dog without a bone, an actor out on loan. Riders on the storm.*

Der Sänger sang von einem Killer auf der Straße, dessen Hirn sich wand wie eine Schlange. Die Doors kamen aus fünf Surround-Lautsprechern, und der MP-3-Player war auf Endlosschleife programmiert. Wie eine

Raubkatze schlich sich die Stimme von Jim Morrison an, breitete sich aus und nahm schließlich jeden Winkel der sterilen Räumlichkeit in Besitz.

Zufrieden nickend wandte er sich um und trat, während seine Lippen lautlos *Girl ya gotta love your man* formten, an den Seziertisch aus Chromnickelstahl.

Der höhenverstellbare Tisch mit dem Organbecken am Fußende stand, einem germanischen Opfertisch gleich, mitten im Raum. Über dem Tisch Neonröhren, unter deren kaltem Licht nichts verborgen blieb.

Für einen kurzen Moment betrachtete er seine Hände. Der Latex ließ die Haut darunter bleich und unnatürlich glatt aussehen. Dann griffen seine Finger zur Rippenschere. Er spürte die Kälte des Instrumentes. *Girl ya gotta love your man*. Er liebte diese Textzeile.

Seine Nackenhaare stellten sich auf, er schloss die Augen, und seine Fingerspitzen strichen sanft über den nackten Körper.

Sie tanzte. Sie lachte.

Und Morrison sang: *Our life will never end. Gotta love your man, yeah.*

Wie eine Balletttänzerin hob sie die Arme über den Kopf, drehte eine Pirouette und warf ihm einen Kussmund zu. Die lange tiefschwarze Strähne auf dem ansonsten kahl rasierten Schädel hüpfte ihr dabei frech vor der Nasenspitze herum. Sie verdrehte die Augen, bis sie schielte, und streckte ihm die Zunge heraus. Das brachte ihn zum Lachen. Er rutschte auf dem zerschlissenen grünen Samtsofa ein Stück nach vorne, sodass seine Füße den Boden berührten. Jetzt beugte sie die Knie, senkte sich ab und deutete einen kleinen Plié an.

Dann warf sie unvermittelt den Kopf in den Nacken, um sich anschließend mit überkreuzten Beinen und ausladender Armbewegung vor ihm zu verneigen.

»Bravo! Bravo!«, hörte er sich rufen und klatschte dabei so kräftig, dass er das Brennen in seinen Handflächen spürte.

Das letzte *Riders on the storm,* und sie fiel in sich zusammen.

Die plötzliche Stille fühlte sich unsagbar schwer an, bannte ihn auf seinen Platz, und er wurde von einem bleiernen Gefühl der Einsamkeit gepackt. Jedwedes Geräusch in der Wohnung schien durch diese Stille verstärkt zu werden. Seine Augenlider flatterten, und er hatte Angst, dass er den ausgemergelten Körper vor sich aus dem Blick verlöre.

»Nein, nein«, flüsterte er, wischte sich mit dem Handrücken trotzig über die Augen und zwang sich hinzuschauen. Er sah, wie sich ihr flacher Brustkorb hob und senkte. Hörte ihre unregelmäßigen Atemgeräusche. Den Mund halb offen, wagte er es kaum, Luft zu holen.

»Minusch!«, rief er leise. Er wartete.

»Minusch!«, wiederholte er mit zittriger Stimme. Und wartete. Wartete auf ein Zeichen von ihr. Wartete, dass sie sich wieder aufrichtete. Dass sie weiter für ihn tanzte. Dass das alles zur Vorstellung dazugehörte. Es rauschte in seinem Kopf, und seine Zunge schmeckte die Tränen, die auf seine Lippen trafen.

Er hatte jegliches Zeitgefühl verloren, wusste nicht, wie lange er schon so vor sich hinstarrte. Von der einen auf die andere Sekunde waren die Bilder verschwunden.

Lou Parker hielt sein Gesicht der Vormittagssonne entgegen. Die Augen hinter der Ray-Ban Wayfarer geschlossen, döste er mit einem sanften Lächeln auf den Lippen entspannt vor sich hin. Es war Anfang September, und der Sommer, der auch in diesem Jahr keiner gewesen war, hatte sich überraschend zurückgemeldet. Und das tat er mit Temperaturen nahe der Achtundzwanzig-Grad-Marke.

Parker gab ein zufriedenes Grunzen von sich und verschränkte die Arme über der Brust. Er war mit sich und der Welt im Einklang – nein, falsch! Der Detektiv legte die Stirn in Falten – nein, nicht mit der Welt, sondern nur mit sich. Einklang! Wie sich das anhörte! Momentaufnahmen, sicher! Aber lange hatte er nicht mehr daran geglaubt, diese Zufriedenheit in sich spüren zu dürfen. Und er hatte eine Weile gebraucht, um für dieses Gefühl die richtigen Worte zu finden und sie auch auszusprechen. Vor allem auszusprechen. Es hatte eine Zeit gedauert, bis er zu sich wieder Vertrauen hatte fassen können. Doch kam es noch immer vor, dass er sich dabei ertappte, wie er sich misstrauisch im Spiegel betrachtete.

Ihm war klar, dass der innere Fallensteller nicht kapituliert und seine scharfen Waffen nicht für immer niedergelegt hatte. Nein, und er konnte ihn auch nicht aus seinem Ich verbannen, er war noch immer da. Dieser dunkle Gefährte hatte sich bloß zurückgezogen, und manchmal glaubte der Detektiv sein höhnisches Lachen zu hören.

Parker musste über sich selbst grinsen und schüttelte belustigt den Kopf.

Hey, es geht dir gut!, sprach die innere Stimme. *Genieße, und hör auf zu grübeln! Es läuft gerade super, dein Leben. Du hast allen Grund, deinen Namen zu tanzen! Sonnenschein, wohin du guckst. Und selbst der FC ist ausnahmsweise mal ein Quell der Freude. Die Saison hat wieder begonnen, und dein Club steht auf dem sensationellen zweiten Tabellenplatz. Okay, die Saison ist gerade mal vierzehn Tage alt. Aber man steht vor den Bayern!* Parker schmunzelte. Das alleine reichte aus, um in Kölns Kneipen ungeniert von der Meisterschaft zu sprechen.

Er atmete tief durch. Ein angenehmes Sättigungsgefühl breitete sich in seinem Magen aus, und er spürte, wie er ein wenig schläfrig wurde. Der Burger mit den Steakhouse Fritten war mal wieder fantastisch gewesen. Gute Wahl. Wobei er sich den Blick in die Speisekarte schenken konnte. Wenn er im *Maybach* war, bestellte er jedes Mal die Nummer 468, behauptete zumindest Alex.

Seit Parker vor gut einem halben Jahr von Köln nach Siegburg gezogen war, waren seine Besuche im *Maybach* weniger geworden. Ja, er, der eingefleischte Kölner, hatte es tatsächlich getan, hatte seiner Geburtsstadt den Rücken gekehrt, um in die ›Provinz‹ zu ziehen. So sahen es jedenfalls seine Freunde.

»Was?«, hatte ihn sein langjähriger Kumpel und Ex-Kollege Jo Degen ungläubig gefragt. »Du, nach Siegburg? Aufs Land? Warum denn das?«

»Wegen des mittelalterlichen Weihnachtsmarktes«, hatte Parker geantwortet.

»Aber Weihnachten ist nur einmal im Jahr!«

Für diese Feststellung hatte Parker nur ein mildes Lächeln übrig gehabt und seinem Freund erklärt, dass seine Mutter bekanntermaßen ein Mietobjekt in Siegburg besaß. In unmittelbarer Nähe des Marktplatzes, mit Blick auf die Abtei, also beste Lage. Und in eben diesem Haus sei nun eine neunzig Quadratmeter große Wohnung frei geworden. Die langjährige Mieterin sei plötzlich verstorben, was gewiss sehr traurig sei, doch für ihn einen Glücksfall darstelle. Parker musste nicht lange überlegen und nahm das Angebot seiner Mutter an, dort einzuziehen und mietfrei zu wohnen.

»Als Privatschnüffler verfügt man halt nicht über das regelmäßige Einkommen eines Staatsbediensteten«, hatte er seinem Freund abschließend geantwortet. Und Alex, die nach wie vor in Köln wohnte, hatte sich auf der Stelle in die beschauliche Kreisstadt an der Sieg verliebt. Sie mochte die Cafés und Bistros rund um den Marktplatz. Stöberte immer wieder gerne in dem kleinen Buchladen in der Holzgasse und genoss die hervorragenden Tapas beim Spanier gegenüber. Für Alex stellte Siegburg das ideale Kontrastprogramm zur nervösen Domstadt dar.

Alex! Alexandra Pino! Das wohlige Gefühl nahm zu, als er an die zurückliegende Nacht mit ihr dachte. Er fuhr sich mit der Hand über sein unrasiertes Kinn. Die Vorstellung, schon am nächsten Morgen mit Alex nach Zeeland zu fahren, mit ihr bis wann auch immer im Bett zu liegen und dann irgendwann aufzustehen, um sich bei *Verdi,* seinem Lieblingsitaliener, ein opulentes Frühstück servieren zu lassen, trieb ihn fast in den Wahnsinn vor lauter Vorfreude.

Parker war so berauscht von Glückseligkeit, dass er nicht bemerkte, dass jemand auf ihn zukam und vor seinem Tisch stehen blieb.

»Es freut mich, dich so relaxed zu sehen!« Schnitt! Jäh fielen die Bilder von weißen, zerwühlten Bettlaken und frischem Frühstücksei in sich zusammen, und Parker hätte seine Augen eigentlich gar nicht zu öffnen brauchen. Er wusste auch so, zu wem die Stimme gehörte. Eine Stimme, die man nicht vergessen konnte. Die in seinem Hirn eingebrannt war. Schmeichelnd und fordernd zugleich. Wie ein Musikinstrument. Mal sanft, mal sperrig. Wenn man wusste, mit einer solchen Stimme zu spielen, wenn man sie gezielt einzusetzen wusste, war sie eine Waffe. Manipulativ. Tina Rottländer! Und sofort waren die Erinnerungen wieder da und brachten die dazugehörigen Gefühle mit. Erinnerungen an eine Zeit, die er am liebsten für immer aus seinem Leben gestrichen hätte, und Gefühle, die bei ihm sogleich ein brennendes Rumoren im Magen auslösten.

Parker zwang sich zur Gelassenheit.

Nein, hier werden keine längst vernarbten Wunden gezeigt. Bedächtig nahm er die Sonnenbrille ab, hob den Kopf und verzog die Mundwinkel leicht nach unten, was seinem Gesicht die beabsichtigt spöttische Note verlieh. Auffordernd blickte er geradewegs in die Augen der hochgewachsenen Blondine, die mit einem verunglückten Lächeln vor ihm stand. »Darf ich mich zu dir setzen?«

Nein!, antwortete die innere Stimme schroff, und Parker deutete mit der Hand wortlos auf den freien Stuhl neben sich. *Was soll das!*, protestierte die Stimme.

Der Detektiv musterte die junge Frau mit unverhohlenem Misstrauen. Ihr langes Haar hatte sie hochgesteckt. Bis auf den dünnen Lidstrich war sie ungeschminkt. In ihren Augen glaubte er Tränen zu sehen, und ihr Teint erschien ihm ziemlich blass. Sie trug ein marineblaues Kostüm, mit seitlich geschlitztem kurzem Rock. Der Stoff ihrer weißen Bluse spannte sich ein wenig über der Brust. Sein Blick blieb kurzzeitig an den gebräunten Füßen hängen, die in Riemchenstilettos steckten.

Muss unbequem sein darauf zu laufen, dachte er. Insbesondere auf diesen grau-braun-beigefarbenen Splittersteinen im *Maybach*. Parker fasste zusammen: verrucht elegant. Wie alt müsste sie jetzt sein? Neunundzwanzig?

»Ich … ich hab dich gesucht. Hab rumgefragt, du weißt schon, die alten Stammplätze. Aber man hat dich lange nicht mehr gesehen. Du hast dich rargemacht, haben sie gesagt. Dann war ich im *Bosporus*. Erdem hat gemeint, du seist umgezogen. Würdest nicht mehr in Köln wohnen. Wenn, dann würde man dich am ehesten hier finden. Da habe ich wohl Glück gehabt.«

Parker bemerkte das Zittern ihrer Hände, als sie die weiße Zigarettenschachtel aus ihrer Lederhandtasche holte, und er widerstand dem Impuls, ihr das goldene Feuerzeug aus den Fingern zu nehmen, um für sie die dünne Zigarette in Brand zu setzen. Sie hielt ihm die geöffnete Schachtel hin. Er schüttelte den Kopf.

»Entschuldige«, sagte sie, wandte kurz das Gesicht ab, um den inhalierten Rauch auszuatmen, und fügte dann hinzu: »Wie dumm von mir, du rauchst ja keine Mädchenzigaretten.« Der Anflug eines Lächelns umspielte ihre vollen Lippen.

»Ich hab mit dem Rauchen aufgehört«, entgegnete Parker tonlos.

Sie legte den Kopf zur Seite, schaute ihn an und lächelte müde, als sie sagte: »Ja, du hast dich verändert, Lou.«

Parker zuckte mit den Schultern, atmete geräuschvoll ein. Eine Weile sprach keiner von beiden ein Wort.

»Und«, fragte Parker schließlich und blickte sie prüfend an, »was ist der Grund, weshalb du mich sehen wolltest?«

Warum stellte er diese Frage? Er verfluchte sich im selben Moment dafür. Wieso sagte er ihr nicht, sie solle aufstehen und gehen? *Verschwinde! Raus aus meinem Leben!* Ja, sie war hübsch! Und ja, sie hatte auch nach all den Jahren nichts von ihrer Anziehungskraft eingebüßt!

Plötzlich fiel ihm dieser Sonntagnachmittag vor fünf Jahren wieder ein, als er auf seiner Joggingstrecke am Rheinufer unterwegs gewesen war. Es war ein ungewöhnlich schöner Märztag gewesen, viel zu mild für diese Jahreszeit. Sie war ihm entgegengekommen, mit pinkem Stirnband, die strohblonden Haare zu einem Zopf nach hinten gebunden, in einem hautengen weißen Oberteil mit rotem Kussmund-Motiv und in knappen, weißen Sportshorts. In sehr knappen weißen Sportshorts. Nein, sie war beileibe nicht zu übersehen gewesen. Er hatte sie schon von Weitem kommen gesehen und innerlich schmunzeln müssen.

Parker wusste noch genau, was er damals gedacht hatte: Jessica Rabbit in blond! Playboy Hugh Hefner hätte seine pure Freude an ihr gehabt. Sie schien geradewegs auf ihn zuzulaufen, auf ihren langen schlanken Beinen. Und als sie nähergekommen war, hatte er sie wiedererkannt. Ihre Blicke hatten sich getroffen, und er war erstaunt gewesen, dass sie ihn angesprochen hatte. Da war er noch Polizist gewesen, im Dienstrang eines Kommissars und zuständig für den Bereich Prostitution, Menschenhandel und Drogendelikte. Und es war nicht das erste Mal gewesen, dass sie ihm aufgefallen war.

»Ich hab den Job gewechselt, hab mich selbstständig gemacht und arbeite jetzt als Immobilienmaklerin«, hörte Parker sie sagen, was ihn wieder ins Hier und Jetzt zurückholte. Dennoch brauchte er einen Moment, bis das Gesagte bei ihm angekommen war, und es verging eine volle Minute, bis er schließlich antwortete: »Oh, du hast die Branche gewechselt! Interessant. Und ich schätze, dein Zuhälter ist direkt mit ins Geschäft eingestiegen. Zur Abschreckung. Die Konkurrenz soll in Köln ja exorbitant sein.«

Tina schnalzte hörbar mit der Zunge, zog dann nervös an ihrer Zigarette und erwiderte: »Manu war nicht mein Zuhälter!« In ihrem Ton lag etwas Trotziges, beinah Zorniges.

»Ach nein?« Parker spürte, wie er wütend wurde, was ihn wiederum ärgerlich auf sich selbst machte. Er schüttelte den Kopf. »Dir ist wirklich nicht zu helfen«, rutschte es ihm unwillkürlich heraus. Der Detektiv erwartete einen mittelschweren Ausbruch, er wusste um ihr Temperament, doch sie zog nur ihre Augenbraue hoch.

»Darf ich schon was bringen?« Die freundliche Bedienung zückte den elektronischen Bestellblock aus dem Gürtelhalfter und schaute Tina an. »Für mich bitte nur einen Milchkaffee.«

»Gerne. Und noch was für Sie?«

»Nein«, antwortete Parker. Die Kellnerin schenkte Parker ein Lächeln, nickte, drehte sich um und ließ die beiden allein.

»Manu ist im Knast. U-Haft. Er ist vor drei Wochen eingefahren. Ich soll als Zeugin gegen ihn aussagen.« Tina drückte schulterzuckend ihre Zigarette aus. »Verdammt, Lou, nicht nur du hast Lehrgeld bezahlt. Und nicht nur du hast dich verändert.« Sie stockte.

Parker bemerkte, wie ihre Wangenknochen arbeiteten. Ihre Augen blitzten auf, als sie fortfuhr: »Ich hatte viel Zeit über das, was damals mit uns passiert ist, nachzudenken. Auch wenn es für dich nicht passt – du bist noch immer ein Freund für mich. Mir ist klar, dass ich von dir nicht erwarten kann, dass du für mich das Gleiche empfindest, nach alldem, was geschehen ist. Du fühlst dich von mir verraten, und ich kann es dir nicht verübeln, dass du mir die Pest an den Hals wünschst.« Tina griff erneut nach den Zigaretten und steckte sich eine an. »Nein, es kann keine Wiedergutmachung, keine Entschuldigung für das, was ich dir angetan habe, geben. Auch wenn ich wirklich nicht wusste, was man mit dir vorhatte. Ich dachte, man wollte dir bloß einen kleinen Denkzettel verpassen. Verdammt, ich war noch so jung! Trotzdem: Es tut mir unendlich leid. Ich traue mich nicht, dich um Verzeihung zu bitten …« Wieder brach sie ab und schüttelte den Kopf, zögerte, ihre Zähne vergruben sich in ihre Unterlippe, »… aber irgendetwas in mir sagt, dass du noch etwas für mich … übrig hast, trotz der Scheiße, die ich gebaut habe. Ja, vielleicht möchte ich es auch nur glauben.«

»Tina, komm zur Sache: Was willst du von mir?«

»Die Polizei … die lassen nicht locker. Dabei habe ich doch schon alles ausgesagt. Aber die glauben, dass ich mit den Geschäften von Manu was zu tun habe. Habe ich aber nicht. Die wollen mir was anhängen …«

Mit einer knappen Handbewegung schnitt Parker ihr das Wort ab und deutete mit dem Blick hinter sie. Tina schaute auf und sah die Kellnerin kommen.

»… ich brauche deine Hilfe!«, beendete sie ihren Satz, nachdem sie den Milchkaffee serviert bekommen hatte.

»Und was will man dir anhängen?«

Wieder schnalzte Tina mit der Zunge. »Mensch, Lou«, stöhnte sie auf, und Parker hörte deutlich die Verzweiflung in ihrer Stimme, »ich bin dabei, mir eine neue Existenz aufzubauen …«

»Was wird dir zur Last gelegt?«, fiel ihr Parker barsch ins Wort.

»Ich soll Mädchen für ihn rekrutiert haben.«

»Und?«

»Minderjährige Mädchen.«

Parker ließ etwas Zeit verstreichen, ehe er wieder das Wort ergriff. »Ich will gar nicht wissen, ob du in diese Schweinereien verstrickt bist oder nicht«, sagte er kühl, »das Einzige, was mich dabei interessiert, ist, was du von mir willst. Deine Beichte hast du ja bereits abgelegt, du kannst jetzt zum Punkt kommen.«

»Du kennst doch sicher noch eine Menge Leute bei der Polizei, hast deine Verbindungen. Ich bitte dich nicht, für mich zu lügen, aber vielleicht kannst du denen sagen, dass ich alles dafür tue, mir ein neues Leben aufzubauen. Ich hab keine Ahnung, ob das was bringt, aber ich darf in meiner Situation nichts unversucht lassen. Und auch wenn du es nicht hören willst, ich ...« Tina brach schluchzend ab, und Parker sah die Tränen, die ihr über die Wangen liefen. Fahrig griff sie in ihre Handtasche, holte ein Taschentuch heraus und tupfte sich damit durchs Gesicht. Dann sprach sie mit erstickter Stimme weiter: »... ich hab nichts, absolut nichts, mit dieser Art von Geschäften zu tun gehabt. Mir ist wichtig, dass du das weißt.«

Also daher wehte der Wind. Er sollte an der richtigen Stelle ein gutes Wort für sie einlegen.

Tina setzte ein schiefes Grinsen auf, bei dem sich der eine Mundwinkel nach unten, der andere nach oben verzog. Sie zitterte. Die Augen ganz nass. Parker konnte sich nicht dagegen wehren, es überrollte ihn förmlich: In diesem Moment tat sie ihm nur noch leid. Er senkte den Blick, faltete die Hände vors Gesicht und legte beide Zeigefinger nachdenklich auf den Mund. Für eine Weile schwiegen beide. Dann schaute er auf und sah sie an. Die Sonne schien von rechts auf sie, und ihr Profil hob sich deutlich von dem Gebäude des Restaurants hinter ihr ab. Eine schöne Frau.

Parker atmete schwer aus. »Und«, er sprach leise und beugte sich dabei etwas vor, »wirst du gegen ihn aussagen?«

Sie schüttelte den Kopf, wollte etwas erwidern, doch dann griff sie nach ihrer Tasse und trank einen kleinen Schluck vom Milchkaffee. Schließlich stellte sie die Tasse wieder vor sich auf den Tisch, räusperte sich und begann erneut, diesmal mit fester Stimme: »Ich weiß es nicht. Meine Anwältin rät mir dazu – es würde meine Lage vor Gericht verbessern. Aber du kennst das

Milieu, die schätzen es überhaupt nicht, wenn man einen der ihren in den Knast bringt. Auch wenn Manu nicht gerade viele Freunde in der Szene hat. Von wegen Zusammenhalt! Ha, die reiben sich doch schon alle insgeheim die Hände. Die stehen bereits in den Startlöchern, um seine Geschäfte zu übernehmen. Allesamt Heuchler. Verfluchte Heuchler.«

»Ich werde sehen, was ich tun kann«, sagte Parker gedehnt und fügte ehrlich hinzu, »doch versprich dir nicht zu viel davon.«

»Danke!« Sie schenkte ihm ein schmallippiges Lächeln.

In diesem Moment meldete sich Parkers Mobiltelefon. Ein rascher Blick auf das Display: eine ihm unbekannte Nummer. Er schaute hoch.

»Übernimmst du den Milchkaffee?«, fragte Tina, während sie die Zigarettenschachtel einpackte.

Parker nickte, und sie schenkte ihm abermals ein schmales Lächeln. Bevor sie aufstand, schob sie ihm ihre Visitenkarte rüber.

Der Detektiv sah ihr ins Gesicht. »Eine Frage noch: Warum, denkst du, sollte ich dir helfen?«

»Weil du ein guter Kerl bist.«

Parker schüttelte den Kopf. »Nein! Ich will im Gegenzug einen Namen. Einer reicht mir schon. Überleg es dir. Mein gutes Wort gegen einen Namen!«

Den Blick, den Tina ihm zuwarf, als sie wortlos aufstand, vermochte er nicht zu deuten. Sie schulterte ihre Handtasche, wandte sich ab und ging gekonnt über die Splittersteinchen in Richtung Ausgang, ohne sich noch einmal herumzudrehen. Er folgte ihr mit den Augen, bis sie aus seinem Blickfeld verschwunden war. Dann nahm er das Telefongespräch entgegen.

»Parker.« Schweigen. Atemgeräusche. Parker wartete, nahm die Visitenkarte in die Hand. Betrachtete sie. ›Tina Rottländer – Immobilienmaklerin‹, schwarze Schrift auf weißem Grund. Darunter eine schmale Leiste mit den Kontaktdaten. Weiße Schrift auf schwarzem Grund. Dezent. Er drehte die Karte um. ›Immobilien zum (Er-) Leben‹.

Dann eine gedämpfte, zittrige Frauenstimme: »Spreche ich mit dem Privatdetektiv Lou Parker?«

»Ja.«

Erneutes Schweigen.

»Wie kann ich Ihnen helfen?«, fragte Parker freundlich.

»Ich habe Ihre Anzeige im *Rhein-Sieg-Anzeiger* gelesen.« Die Frau stöhnte kurz auf. Dem Klang ihrer Stimme nach zu urteilen, schätzte Parker sie zwischen fünfundzwanzig und fünfunddreißig.

»Ja?«

»Ach, jetzt weiß ich nicht, wie ich anfangen soll.«

Wieder wartete der Detektiv, hielt sich zurück.

»Mein … mein Mann betrügt mich …«, Parker hörte, wie die Frau tief Luft holte, dann sprach sie weiter, schneller, hektischer als zuvor: »Also, ich glaube, dass er mich betrügt. Ich hab keine wirklichen Beweise dafür. Es ist dieses Gefühl … Er kommt in letzter Zeit sehr spät von der Arbeit. Erzählt von unvorhersehbaren Einsätzen, erzählt von …«

»Darf ich Ihren Namen erfahren?«, bremste Parker ihren Redefluss.

»Ähm, natürlich! Selbstverständlich. Mein Name. König, Verona König. Und ich möchte Sie gerne engagieren. Können Sie bitte heute schon anfangen? Es soll auch nicht am Geld scheitern. Ich brauche schnellstens Gewissheit, ich …«

Parker konnte sich ein Lächeln nicht verkneifen, als er sie zum zweiten Mal unterbrach: »Frau König, haben Sie recht herzlichen Dank für Ihr Vertrauen, doch ich kann Ihren Auftrag leider nicht annehmen, da ich ab morgen im Urlaub bin.«

Wieder Schweigen am anderen Ende der Leitung. Parker glaubte ein leises Schluchzen zu hören. Die Frau war verzweifelt, keine Frage. Parker verbannte jede Lässigkeit aus seiner Stimme, als er möglichst mitfühlend fortfuhr: »Aber ich kann Ihnen einen guten, einen sehr guten und sehr erfahrenen Kollegen empfehlen. Wenn Sie mögen, gebe ich Ihnen seine Nummer. Eventuell hat er gerade Zeit und kann Ihnen helfen.«

Die Bedienung tauchte vor ihm auf, als er gerade im Begriff war, sein Mobiltelefon zurück in die Brusttasche seines Jeanshemdes zu verstauen. Parker bestellte sich einen doppelten Espresso. Wieder einmal drifteten seine Gedanken ab, ohne dass er sich dagegen wehren konnte, in die Zeit, als er noch Polizist gewesen war. Als er mit seinem besten Kumpel und Kollegen Jo Degen in einem besonders schweren Fall von Kinderpornografie ermittelt hatte. Dabei waren sie einigen hohen Herren der Gesellschaft empfindlich auf die Füße getreten. Und als sie in dem Zusammenhang dann auch noch kurz vor der Überführung eines hochrangigen Kommunalpolitikers standen, hatte man Parker diese

Falle gestellt, in die er auch prompt reintappte, was ihn fast sein Leben und in letzter Konsequenz auch den Job gekostet hatte. Parker hatte keine Chance gehabt, sich zu verteidigen. Zu engmaschig war das Geflecht, das Konglomerat aus Partei- und Geschäftsfreunden gewesen. Getreu nach dem Motto: *Man kennt sich, man hilft sich.* Parker lachte bitter in sich hinein.

Die Kellnerin brachte den Espresso. Parker fragte nach der Rechnung.

Und Tina war der Lockvogel gewesen. Er nahm es ihr sogar ab, dass sie die Tragweite ihrer Rolle damals nicht hatte überblicken können. Was es aber für ihn nicht leichter machte.

»Das sind bei Ihnen siebzehn Euro achtzig. Sie zahlen doch den Milchkaffee der Dame mit?«

Parker hielt ihr einen Zwanzig-Euro-Schein hin. »Ja. Stimmt so!«, antwortete er, und das freundliche Lächeln der jungen Frau wurde noch eine Spur breiter.

2. KAPITEL

Parker betätigte im Gehen den Sensor seines Autoschlüssels, öffnete die Fahrertür des roten 1995er MX5 und zwängte seine Einsfünfundachtzig hinter das Lenkrad. Als er die Zündung betätigte, dröhnte ihm aus den Lautsprechern der Refrain »Atemlos, durch die Nacht …« entgegen, was ihn reflexartig veranlasste, das Radio gleich wieder auszumachen. Er ließ die Scheiben herunterfahren, entriegelte die Halterungen des Verdecks und schob das Stoffdach des Roadsters über seinen Kopf hinweg nach hinten. Grübelnd, mit den Gedanken noch bei Tina und den Ereignissen von damals, ließ er den kleinen Sportwagen aus der Parkbucht rollen und wurde sogleich von einem hysterischen Klingeln aus seinem Tagtraum gerissen. Hart stieg er in die Eisen. Ein schmächtiger Kerl mit Irokesenschnitt und hochrotem Kopf, der drohend die Faust erhob, schmetterte ihm ein »Haste keine Augen im Kopf?« entgegen, während er auf einem Fahrrad im Zebra-Design an ihm vorbeifuhr. Parkers genuscheltes »Sorry!« hatte er sicher nicht mehr gehört, denn er war bereits am Ende der Straße angelangt und bog rechts in Richtung Ritterstraße ab.

Parker wischte sich über das Gesicht, dann ein kurzer Schulterblick, und er setzte den Wagen vollends aus der Parktasche.

Wie kann es nur sein, dass mich diese alte Geschichte wieder so aus dem Tritt bringt, dass mich Tina wieder so aus dem Tritt bringt?, dachte er missmutig und fuhr ebenfalls die Maybachstraße bis zur Ampel durch.

Verflucht, irgendwann muss doch mal Schluss sein!

Zehn Minuten später befand sich Parker auf der Riehler Straße, um von dort seinen Wagen schließlich auf die Autobahn zu lenken. Der übliche A 3-Wahnsinn. Egal zu welcher Uhrzeit, hier war der Verkehr immer zähflüssig. So what! Stur geradeaus. Stop and go. Ab da schaltete sich der innere Autopilot ein, und die Erinnerungen zogen Parker in eine andere Zeit.

Als er von der Aulgasse auf die Mühlenstraße fuhr und den Wagen schließlich in der Herrengartenstraße parkte, waren fünfundzwanzig Minuten vergangen, und Parker wunderte sich, dass er schon zu Hause war.

Verdammt, Alter! Hüte dich davor, den Bogen zu überspannen! Du hast in deinem Leben schon so oft ins Klo gegriffen. Und das mit offenen Augen. Mit Ende dreißig solltest du so langsam aus deinen Fehlern gelernt haben, sinnierte Parker, während er den Sportwagen abschloss und auf die Mühlenstraße zuging. *Nein, ich darf und ich will es diesmal nicht verbocken. Manche Chancen im Leben bekommt man nur einmal.*

Der Detektiv blieb vor dem Haus aus der Gründerzeit stehen und ließ seinen Blick an der Fassade nach oben schweifen. Alles tipptopp in Schuss. Parker nickte zufrieden – er hatte wirklich Glück mit der Wohnung gehabt. Balkon auf der Rückseite, mit der direkten Aussicht auf die Abtei. Okay, der Balkon war mit Vorsicht zu genießen und wäre bei der Bauaufsichtsbehörde gnadenlos durchgefallen. Die Brüstung war aus Holz und schon reichlich verwittert, daher baufällig. Alex nannte es gefährlich und hatte ihn mehr als ein Dutzend Mal ermahnt, endlich eine Fachfirma zu beauftragen, um das Geländer zu erneuern. Ja, der Balkon stand ganz oben auf seiner Unbedingt-zu-erledigen-Agenda.

Er drehte sich um. Schaute die Straße hoch. Nicht viel Betrieb um diese Tageszeit. Sehr ruhige Gegend, in die er gezogen war. Ganz im Gegensatz zu seinem alten Kiez, dem Kölner Eigelstein. Mit der Hand fuhr er sich übers Gesicht und atmete schwer aus. Das hier war jetzt sein Zuhause. War es das? Er nickte. Jawohl! *Mein neues Zuhause. Mein neues Leben.*

Immer noch in Gedanken suchte Parker in der Jackentasche nach seinem Hausschlüssel, fand ihn auf Anhieb und schloss die Tür auf. Sofort drängte sich dieser hervorstechende Geruch in seine Nase. Unverkennbar. Parker grinste, Frau Bergsch machte mal wieder Reibekuchen, und das ganze Haus nahm daran teil. Zumindest was die Ausdünstungen anging.

Ein kurzer Blick in den Briefkasten sagte ihm, dass der Postbote an diesem Tag ein Einsehen gehabt hatte. Keine Rechnungen. Auch keine Knöllchen! Er schaute auf die Uhr. Gleich halb zwei.

Ja, der Zuträger müsste seine Runde bereits … Plötzlich erfasste Parker das schlechte Gewissen und ließ ihn mit schnellen Schritten die Treppenstufen emporhasten, bis er schließlich mit klopfendem Herzen im dritten Stock ankam.

Verdammt, er hörte ihn schon schreien. Kläglich! Nein, es war nicht geplant gewesen, dass er erst so spät nach Hause kam. Okay, er hatte die Nacht bei Alex in Köln verbracht. Und auch der Abstecher ins *Maybach* war einkalkuliert gewesen. Aber Tina, sie hatte ihn … er musste es sich eingestehen, er hatte den alten Knaben doch glatt vergessen. Dabei wohnte er schon seit fast einem Jahr bei ihm, war mit ihm nach Siegburg umgesiedelt … verflucht, ja, er hatte es seiner Mutter versprochen … Mist, jetzt fiel ihm auch noch der Schlüsselbund aus der Hand und schlug hart scheppernd auf den Steinboden auf. Das Schreien hinter seiner Wohnungstür wurde lauter … das würde nicht ohne Folgen bleiben. Da konnte er sich schon mal auf einen feinen Protest der Nachbarn einstellen.

»Sei still!«, hörte Parker sich leise flehen. »Ich bin ja da!« Schweiß bildete sich auf seiner Stirn. Er unterdrückte einen Fluch, bückte sich und griff hastig nach den Schlüsseln.

Oh ja, sie würden ihn vierteilen! Teeren und federn! Oder zumindest öffentlich anprangern. »Herr Parker, das geht so nicht! Sie tragen die Verantwortung für diese Kreatur! Sie können sie nicht so oft und so lange alleine lassen! Sind Sie sich eigentlich Ihrer Verantwortung bewusst? Sie führen ein lotterhaftes Leben, Herr Parker!« *Weiß ich!*

Mit zittrigen Fingern steckte er den Schlüssel ins Schloss, wartete einen kurzen Moment, atmete tief ein, drehte rum und öffnete dann beherzt die Tür. Wenn Blicke vernichten könnten, wäre er jetzt und hier pulverisiert gewesen.

Und der Gestank! Dieser Kerl hatte ihm im wahrsten Sinne des Wortes was geschissen. Und das durchaus dekorativ und formschön mittig im Flur, auf den Terrakottafliesen. Direkt daneben saß er – Watson, der alte Kater! Er stierte Parker regungslos an. Den großen Kopf in den speckigen Nacken gelegt, glotzte der rot-braune Kater dem Detektiv direkt in die Augen.

»Duuu …«, Parker schluckte die Verwünschung herunter, bemüht darum, seine Fassung nicht zu verlieren.

Denk an die Nachbarn!, ermahnte ihn seine innere Stimme, dann machte er einen Schritt in die Wohnung, zog den Schlüssel ab und drückte, ohne dabei seinen Blick von Watson zu nehmen, die Tür hinter sich ins Schloss. Für eine Weile verharrten Mensch und Kater auf der Stelle, und Parker musste unweigerlich an *Spiel mir das Lied vom Tod* denken. Natürlich war er Bronson. Watson war Fonda und gleich tot! Auf beiden Seiten nicht die geringste Regung. Sekunden vergingen. Dann: Parker verengte die Augen zu Schlitzen, schüttelte sich kurz und stieß ein: »Nee, das ist mir jetzt aber echt zu blöd!« aus und stieg mit einem weiten Ausfallschritt über den Haufen. Im selben Moment kam Leben in den Kater. Er sprintete an Parker vorbei, rannte in die Küche und setzte sich vor seinen Fressnapf. Augen so groß wie Untertassen fixierten Parker, der sich nun schlendernd auf Watson zubewegte. Er ging eine Handbreit vor dem Kater in die Hocke und hob den Zeigefinger. »Du wartest!«, knurrte er, wobei er jede Silbe betonte. »Ich mach jetzt die Fenster auf, wisch deine

Scheiße weg – und zwar ganz langsam und gründlich, und erst dann, wenn alles wieder sauber ist, gibt es was ins Schälchen! Und ich will keinen Laut von dir hören, verstanden?«

Begleitet von Watsons Schmatzen ließ Parker sich nach getaner Arbeit mit einem tiefen Seufzer in den samtbezogenen, roten Ohrensessel fallen. Das mit Rosenornamenten bestickte Sitzmöbel hatte ihm seine Mutter vor ihrem Umzug vererbt. Es war einfach zu wuchtig gewesen für das Zwei-Zimmer-Apartment im Seniorenheim. Und so hatte Parker nicht nur den Kater aufgedrückt bekommen, sondern auch dieses für ihn geschichtsträchtige Möbelstück.

Es gab Fotos aus der Zeit Ende der 1970er, darauf war seine Mutter zu sehen, in diesem Sessel, mit ihm als Baby auf dem Arm. Oder diese Aufnahme, die er so liebte, die seinen Vater in dem Sessel zeigte, wie er völlig versunken in einem Buch las. Parkers Vater, Oberst in der Britischen Armee, war vor zweieinhalb Jahren verstorben. Völlig unerwartet. An einem Herzinfarkt. Mit fünfundsiebzig. Das war ein ziemlicher Schlag für Parker gewesen. Sein Vater war für ihn immer ein Paradebeispiel für gesunde Lebensweise gewesen. Er trank nicht. Er rauchte nicht. Spielte seit seiner Jugend Kricket und Fußball. Und er hatte auch noch ein halbes Jahr vor seinem Tod am Köln-Marathon teilgenommen. Parker hätte ihm gerne Alex vorgestellt. Sie hätte ihm gefallen. Ach was, er hätte sie geliebt!

Parker seufzte. Er vermisste seinen Vater. Vermisste die langen, intensiven Gespräche mit ihm. Gespräche über Politik. Über Religion. Sein Vater, ein konservativer, gläubiger Mann, und er, waren wahrhaftig nicht immer einer Meinung gewesen. Doch hatte sich sein alter Herr stets den Fragen des Sohnes gestellt. Und waren sie auch noch so provokativ gewesen. Versonnen starrte Parker vor sich hin.

Die Fressgeräusche aus der Küche waren mittlerweile verstummt, und Parker schloss für einen Moment die Augen.

Eine halbe Stunde später stand Parker im Badezimmer. Den Rasierapparat in der rechten Hand, starrte er sich prüfend im Spiegel an. *Tina*! Nein, er war nicht auf sie vorbereitet gewesen. Oh verflucht, warum musste sie gerade jetzt, nach all der Zeit, wieder in sein Leben treten? Jetzt, wo er mit Alex so glücklich war. Wo er endlich wieder gut schlafen konnte, weil die Albträume verschwunden waren.

Tina hatte ihn damals mitten in der Nacht angerufen, hatte ins Telefon geweint, und er war ohne eine Frage zu stellen aus dem Bett gesprungen. Hatte sich angezogen, dabei den irritierten Blick von Paula geflissentlich übersehen, hatte ihre Fragen ignoriert und die Tür wortlos hinter sich ins Schloss gezogen. Es war der Anfang vom Ende gewesen. Knapp fünf Jahre war das nun her. Heute wusste er, dass er Paula in dem Augenblick verloren hatte, als er ihr stumm den Rücken zudrehte, um das Schlafzimmer zu verlassen.

Und damit hatte er seinen Absturz eingeleitet. Es waren eben genau solche Momente, häufig bloß Sekundenbruchteile, die über Sieg und Niederlage entschieden. Ja, es war der Anfang vom Ende gewesen. Es war das Ende seiner polizeilichen Laufbahn und das Ende seiner dreijährigen Beziehung zu Paula. Wenige Wochen nach seiner Entlassung aus dem Polizeidienst war Paula gegangen. Und er konnte es ihr noch nicht mal verübeln.

Gab es so etwas wie Kismet? Und wenn ja, hatte man eine Chance dem Schicksal zu entkommen? Parker hatte sich mit diesen Fragen in seinen schlaflosen Nächten immer und immer wieder herumgequält.

Tat-ta, ta-ta-taaa! Keith' knackiger Gitarren-Riff zu *Satisfaction* holte ihn aus seinen Gedanken. Rasch legte Parker den Rasierer beiseite, eilte in den Flur auf das Handy zu, das auf der Garderobenablage vor sich hin vibrierte. Bevor er abnahm, schaute er auf das Display und grinste.

»Il mio Detective«, meldete sich am anderen Ende der Leitung die warme Stimme und sorgte bei Parker prompt für ein angenehmes Bauchgefühl, »ich habe gerade eine Sekunde«, sprach Alexandra weiter, »und wollte mal hören, wie es dir geht.«

»Buonissimo!«, log Parker. »Und wie geht's dir? Was machen die Schönen und die Reichen? Nerven sie wieder?«

Das *Villahotel Rheinblick,* das seinem Namen alle Ehre machte und unmittelbar am Rodenkirchener Sandstrand stand – *Kölsche Riviera* –, wie der Abschnitt zwischen Rodenkirchen und dem Ortsteil Weiß liebevoll von den Kölnern genannt wurde, beherbergte nicht selten illustre Gäste aus Politik, Showbusiness und Wirtschaft. Hier und da war auch schon mal der eine oder andere Scheich gesichtet worden.

»Ich sage nur Tobi Stewart«, gab Alexandra flüsternd zur Antwort.

»Muss mir der Name was sagen?«, fragte Parker ehrlich interessiert.

»Nein«, erklärte Alex. »Tobi Stewart ist neunzehn und das neue Teenie-Idol aus Amerika. Er führt die Charts mit seinem *Dreamgirl* an. Hast du bestimmt schon mal im Radio gehört. Wird zurzeit rauf und runter gedudelt. Er und seine gesamte Crew, immerhin zwanzig Leute, sind gerade auf Promo-Tour durch Europa. Der gute Tobi hat sogar einen eigenen Koch dabei. Er ernährt sich ausschließlich makrobiologisch.«

»Makrobiologisch?«, entgegnete Parker ironisch. »Oh mein Gott, was haben diese pickligen Jungspunde nur aus Sex, Drugs and Rock 'n' Roll gemacht?«

Alex kicherte am anderen Ende der Leitung, und er sah sie beinahe vor sich, wie sie amüsiert kopfschüttelnd auf den Hörer in ihrer Hand starrte. »Du bist ein Dinosaurier, mein lieber Lou! Außerdem: Hast du eine Ahnung, was picklige Jungspunde so alles treiben, wenn sie die Hoteltür mit ihren kleinen Hintern hinter sich ins Schloss drücken?«

»Ich bin überzeugt, die Überraschung würde sich in Grenzen halten. Ihr solltet nur aufpassen, dass sich der Star nicht von seinen Bodyguards ein paar kleine Dreamgirls aufs Zimmer bringen lässt.«

»Keine Sorge, da passen wir schon auf.«

»Jaja!«

»Ach Lou, du bist wirklich von den Haarspitzen bis zu den Fußsohlen ein Detektiv.«

Parker schloss kurz die Augen. Er wusste um sein Misstrauen. *Ja, verdammt*! Und um seine Angewohnheit, alles zu hinterfragen. Auch wenn es ihn selber oft genug nervte, er konnte nun mal nicht aus seiner Haut – aber wer konnte das schon? Sein Beruf hatte ihn über all die Jahre geprägt. So ein Beruf hinterließ nun mal Spuren.

»Hey, ich hab das echt nicht böse gemeint«, hörte er Alex leise sagen, und es klang in Parkers Ohren wirklich ernst gemeint, was ihn auf der Stelle milde stimmte.

»Weiß ich doch!«, flüsterte er zurück.

Alexandra atmete hörbar aus. »Sehen wir uns heute noch?«, fragte sie. »Ich hab in zwei Stunden frei, und wir könnten bei mir was kochen. Danach würde ich dann den Koffer oder besser das Köfferchen packen!«

Parker sah sie wieder vor sich, mit ihrem breiten Lächeln, die makellosen Zähne zeigend. »Du glaubst gar nicht, was so alles in meinen Kofferraum reingeht«, konterte er. »Wie so oft im Leben täuscht auch hier der äußere Schein.«

Parker hörte Alex laut lachen. Lacht sie mich jetzt aus?, dachte er schmunzelnd und fuhr unbeeindruckt fort: »Außerdem werde ich gleich noch den Gepäckträger anbringen, damit die junge Frau auch ihr Beauty-Case mitnehmen kann.«

»Ganz schön frech, Herr Detektiv!«

Ohne auf ihre Bemerkung einzugehen, ergänzte er: »Danach muss ich noch Katzenfutter und Katzenstreu kaufen. Mit Frau Bergsch ist alles geregelt. Sie hat den Zweitschlüssel und wird sich um Watson kümmern, sodass er weder verhungern noch an den Ausdünstungen seiner Fäkalien elendig verenden wird. Und dann mein Schatz«, Parker legte eine kurze Pause ein, »werde ich meinen britischen Schrankkoffer, ein Erbstück meines Vaters, packen. Und wenn das erledigt ist, freue ich mich darauf, mit dir zu kochen.«

Als Parker kurz nach achtzehn Uhr vor dem Haus in der Lütticher Straße stand und den Finger auf die Klingel legte, hatte er das Gefühl, als wolle ihm sein Herz aus der Brust springen. Und als Alex kurz darauf lächelnd im Türrahmen stand, konnte er nicht mehr an sich halten. Er ignorierte das Magenknurren, legte beide Arme um ihre Hüften und zog sie zu sich heran.

»Hey, ich dachte, wir kochen uns erst mal was!«, raunte sie ihm ins Ohr.

»Nachher«, antwortete Parker, während er sie in Richtung Schlafzimmer schob. »Essen können wir auch nachher.«

»Was hältst du jetzt von einem gekühlten Grauburgunder?«, fragte Alex später, als sie aus dem Bett kletterte.

»Sehr viel!«, antwortete Parker.

»Na, dann werde ich uns mal ein Gläschen holen.«

Er beobachtete sie, wie sie nackt in Richtung Tür ging. Obgleich sie sich eben noch geliebt hatten, war seine Sehnsucht nach ihr keineswegs gestillt. Ihr Bild berauschte ihn. Er musste schmunzeln. Dieser Anblick, öffentlich gemacht, würde allein schon eine plausible Erklärung abgeben, warum immer weniger junge Männer das katholische Priesteramt anstrebten.

Ja, es erfüllte ihn mit Stolz, mit einer Frau wie Alex zusammen zu sein. Parker reckte sich, streckte alle viere von sich und gähnte zufrieden. Er hörte sie in der

Küche hantieren, und wenig später kam sie mit zwei gefüllten Weißweingläsern zurück zu ihm ins Bett.

»Hey«, knurrte sie launig, »mach mal ein bisschen Platz!«

»Wollten wir nicht was kochen?«, fragte Parker breit grinsend, rutschte zur Seite und nahm das ihm gereichte Glas entgegen. »Ich hab einen Bärenhunger!«

Alex verdrehte die Augen. »Per bene!«, rief sie und prostete ihm zu. Beide nahmen einen kräftigen Schluck, und Parker behauptete, dass der trockene Weißwein nach leidenschaftlichem Sex besonders gut schmeckte.

Alex nickte süffisant grinsend. »Das hast du gestern Abend vom Sekt ebenfalls behauptet.«

»Soll das heißen, wir trinken zu viel Alkohol?«

Alex ließ die Frage unbeantwortet, doch ihr Lächeln zeigte ihm, dass sie den Scherz verstanden hatte. Sie beugte sich vor und küsste Parker sanft auf den Mund. »Was hältst du von Sushi?«

»*Fisch-Hof*?«

Parker nickte. »*Fisch-Hof*!«

»Okay, dann darf ich aber zuerst unter die Dusche!«, meinte Alex, während sie bereits mit dem halb leeren Glas in der Hand etwas ungelenk aus dem Bett stieg.

»Na, da wird ja wohl noch etwas Platz für einen schlanken Detektiv sein!«, rief Parker ihr nach, trank den Wein aus, um kurz danach die Schiebetür der Duschkabine aufzuziehen.

Keine halbe Stunde später saßen sich die beiden in dem japanischen Imbissrestaurant unweit von Alex' Zuhause gegenüber. Sie hatten Glück gehabt und ohne warten zu müssen einen Platz für zwei Personen ergattert. Parker überprüfte noch rasch, ob der Tisch wackelte, eine Marotte von ihm, die Alex jedes Mal schmunzeln ließ. Aber er konnte nicht an einem Tisch sitzen, geschweige denn essen, wenn dieser nicht gerade stand. Er wackelte nicht, und Parker war zufrieden.

Nachdem das geklärt war, hatte Alex sich für den Algensalat entschieden, Parker für die Misosuppe, und gemeinsam als Hauptgang hatten sie sich zweimal gemischte Nigiri und Sashimi ausgesucht.

»Und?«, fragte Alex, nachdem der freundliche Kellner die Bestellung aufgenommen hatte. »Was hast du heute so gemacht? Außer britische Schrankkoffer zu packen und dich von dem guten alten Watson zu verabschieden?«

Parker legte die Stirn in Falten und wich Alex' Blick aus. Eigentlich hatte er jetzt überhaupt keine Lust, über Tina zu reden. Es war bis hierher ein so schöner Abend gewesen, den wollte er sich nicht kaputtmachen.

»Och, komm schon«, hörte er Alex sagen, »du weißt, ich bin ein neugieriges Weib. Musstest du mal wieder die Welt retten? Oder eine untreue Ehefrau observieren? Oder ihr im Auftrag ihres Mannes ein unmoralisches Angebot machen, um ihre Treue zu testen? Du bist selber schuld, dass ich dich mit meinen Fragen löchere – du erzählst mir ja nie was!« Sie hielt inne, beugte sich zu Parker vor und legte ihm eine Hand auf den Arm, während sie in verschwörerischem Tonfall weitersprach: »Dabei kann ich einiges vertragen. Das solltest du mittlerweile wissen. Und schweigen kann ich auch. Ich werde keine Interna weitergeben. Alles, was du sagst, ist bei mir absolut sicher!« Nach diesen Worten nahm sie ihre Hand wieder weg und lehnte sich zurück. »Lou, ich merke doch, dass dich was beschäftigt«, sie sah Parker, der jetzt seinen Blick hob, ernst an und fügte hinzu: »Eine Beziehung zu führen, heißt für mich nicht nur, miteinander in die Kiste zu springen und jeden Abend Party zu machen. Und ich will dich nicht nur bei schönem Wetter um mich haben. So weit müsstest du mich inzwischen kennen. Es ist mir wichtig, an deinem Leben teilzunehmen. Ich hasse Statistenrollen. Und auf so einen Lonesome-Cowboy-Quatsch stehe ich schon überhaupt nicht.«

Keine Frage, Parker wusste genau, wovon seine Freundin sprach. Dennoch wand er sich – innerlich wie äußerlich. Er rutschte nervös auf seinem Stuhl hin und her. Ihm war klar, dass er nun was sagen musste, wollte er Alex nicht vor den Kopf stoßen. Und ihm war klar, dass Schweigen entzweite. Dabei war das das Letzte, was er wollte. Nein, er durfte diese Beziehung nicht aufs Spiel setzten. Durfte diese wunderbare Frau nicht verlieren! Statt zu antworten, warf er einen Blick in Richtung Küche und sah, wie der Kellner mit einem Tablett auf sie zusteuerte. »Können wir darüber nach dem Essen sprechen? Bei dir zu Hause, bei einem weiteren Glas deines vorzüglichen Grauburgunders?«

Alex nickte lächelnd.

»Ich hatte heute im *Maybach* eine Begegnung mit meiner nicht sonderlich glorreichen Vergangenheit.« Parker schenkte Alex noch etwas vom Grauburgunder nach.

Alex schaute ihn fragend an.

Parker verzog das Gesicht. »Tina, Tina Rottländer. Ich kenne sie noch aus meiner Zeit als Polizist.« Er setzte sich zu ihr auf das Sofa. Bisher hatte er noch nicht mit ihr über diesen Teil seiner Vergangenheit geredet. Hatte nur grobe Andeutungen gemacht, warum er nicht mehr zur Polizei gehörte. Hatte was von einer Intrige fallen gelassen, weil er einigen hochrangigen Ehrenmännern zu nahe getreten wäre. Ja, das hatte er ihr gesagt und dann das Ganze mit einer wegwerfenden Handbewegung beendet. Und Alex hatte wohlweislich keine Fragen gestellt, hatte gemerkt, dass er nicht darüber reden wollte. Doch nun war es an der Zeit.

»Ich hab Tina kennengelernt, da arbeitete sie in einem Sauna-Club in der Weidengasse. Jo und ich haben damals über einen Informanten den Tipp bekommen, dass eben in diesem Etablissement minderjährige Mädchen zur Prostitution gezwungen wurden. Natürlich nicht in den öffentlichen Räumlichkeiten, in denen die Normalos empfangen und bedient wurden, sondern in abgetrennten Zimmern im Keller. Zugang hatte nur die spezielle Stammkundschaft und die, die auf Empfehlung kamen.

Doch unser Spitzel hatte in letzter Minute kalte Füße bekommen und die Gegenseite über unseren geplanten Besuch informiert. So muss es gewesen sein. Denn als wir mit den Kollegen in der Weidengasse aufschlugen, waren die unteren Separees leer. Keine Mädchen, keine Kunden. Der Sinneswandel unseres Informanten kam wohl für ihn zu spät – Spaziergänger fanden den armen Hund am Poller Rheinufer, mit einem Einschussloch im Kopf. Tina versicherte mir damals glaubhaft, nichts von den schmutzigen Geschäften gewusst zu haben. Sie bot an, für uns zu arbeiten. Wir trafen uns fünf-, sechsmal auf irgendwelchen Autobahnraststätten rund um Köln, Siegburg und Bonn. Und ich verliebte mich in sie. Auch wenn wir nie miteinander im Bett waren, fühlte ich mich elend. In dieser Zeit war ich noch mit Paula liiert, und ich hatte ihr gegenüber ein permanent schlechtes Gewissen.

Und dann, in jener Nacht, rief Tina mich an. Ihre Stimme überschlug sich fast, sie war völlig panisch. Sie habe Angst. Fühle sich bedroht. Irgendwer wäre an ihrer Tür. Sie flehte mich an, ich sollte sofort zu ihr kommen. Sie wohnte damals ganz in der Nähe von mir, in der Lübecker Straße, und sie brauchte mich nicht lange zu überzeugen.

Ich stahl mich aus dem Bett, in dem Paula neben mir lag, und verließ meine Wohnung. Kaum stand ich auf der Straße, wurde ich von hinten überwältigt. Ich hatte nicht den Hauch einer Chance. Keinen Schimmer, wie viele es waren, ich spürte ihre Kraft und ihre Kompromisslosigkeit. Sie schlugen mich bewusstlos. Und als ich wieder zu mir kam, fand ich mich unmittelbar unter der Eigelsteintorburg wieder und sah, wie die Türen einer schwarzen Limousine zugezogen wurden. Ich registrierte noch, wie der Wagen mit hohem Tempo davonfuhr, als mir klar wurde, dass die Typen mir was gespritzt haben mussten, denn meine Umgebung fing an, sich auf dramatische Art und Weise zu verändern. Verdammt«, Parker sprang unvermittelt auf, »ich könnte mich heute noch dafür ohrfeigen, wie blind ich in diese Falle gegangen bin. Dass ich dieser Frau vertraut habe …«

Obwohl Parker sicher war, dass Alex wusste, dass seine Wut nicht ihr galt, bemerkte er, wie sie bei seinem plötzlichen Ausbruch zusammenzuckte.

»Entschuldige«, brummte er ehrlich zerknirscht und schalt sich einen Idioten. Dann setzte er sich wieder zu ihr und fuhr in bemüht ruhigem Ton fort: »Die hätten mich wahrscheinlich auch umgebracht, indem sie dafür gesorgt hätten, dass sich mir niemand nähert. Es sollte so aussehen, als habe ich mir den goldenen Schuss gesetzt. Wäre eine andere Unterweltgröße nicht gewesen, wäre ich an der Überdosis gestorben. Ja, ich hab mein Leben Katharina zu verdanken, die in bestimmten Kreisen ›Die schwarze Witwe vom Eigelstein‹ genannt wird. Sie wies ihre Bodyguards an, mich auf dem schnellsten Weg ins Krankenhaus zu bringen. Als ich dort am darauffolgenden Tag wach wurde, war mein Bett von Polizisten umlagert. Die Ärzte hatten fünf Päckchen Heroin à dreißig Gramm in meiner Jacke gefunden. Zudem kam noch erschwerend hinzu, dass ein Dealer ausgesagt hatte, dass ich im großen Stil mit Drogen handeln würde. Die Falle war zugeschnappt, und weder mein Kumpel Jo noch Katharina konnten mir da raushelfen. Letztlich reichten aber die Beweise für eine Verurteilung nicht aus, vor allem, nachdem der Dealer seine Aussage widerrufen hatte. Doch musste ich den Polizeidienst aufgrund des öffentlichen Drucks quittieren. Dass ich bei dem Verein geblieben wäre, wäre sowieso nicht gegangen – bei so einer Geschichte bleibt immer irgendetwas hängen. Das bekommst du nie wieder aus den Klamotten.«

Parker leerte sein Glas und strich Alex zärtlich über die Wangen. »So, mein Schatz«, sagte er leise und mit schiefem Grinsen, »jetzt kennst du die Geschichte vom gefallenen Superbullen!«

Für eine Weile blieb es still.

»Hab ich dich jetzt mit meiner Offenbarung überrollt?«, fragte Parker in das Schweigen hinein.

Alex setzte sich auf dem Sofa zurecht, bevor sie antwortete. »Danke, dass du es mir erzählt hast!«, flüsterte sie, rutschte näher an Parker heran und nahm sein Gesicht in beide Hände. »Nein, ich fühle mich keineswegs überrollt. Aber mir ist nicht ganz klar, was Tina von dir wollte? War es Zufall, dass ihr euch über den Weg gelaufen seid?«

Parker schüttelte den Kopf und erzählte ihr von Tinas Ausstieg aus der Szene, von Manu und dass Tina vor Gericht gegen ihn aussagen sollte. Und von ihrer Bitte, dass er sich für sie bei der Polizei einsetzen möge. Alex hatte seinen Ausführungen bis zum Schluss zugehört, ohne ihn zu unterbrechen, und fragte nun: »Und du wirst ihr helfen? Trotz allem, was sie dir angetan hat?«

Parker wiegte den Kopf hin und her, beugte sich vor und schenkte sich den Rest Wein ein. Seufzend nahm er einen Schluck aus dem Glas und stellte es zurück auf den Couchtisch. Er legte die Stirn in Falten. »Na ja«, antwortete er ausweichend, »ob ich da wirklich was für sie tun kann, muss sich erst noch zeigen. Ich glaube, Tina klammert sich in ihrer Situation an jeden Strohhalm. Wenn sie nichts mit den Drecksgeschäften Manus zu schaffen hat, wird man ihr auch nichts anhaben können.«

»Kann es sein, dass ihr Hilfegesuch nur vorgeschoben ist, weil sie dich zurückhaben will?«

Parker antwortete mit einem Schulterzucken, senkte seinen Blick und bemerkte die kleinen roten Flecken auf ihrem Dekolleté. Er atmete hörbar aus und schwieg.

»Das verstehe ich nicht! Du versprichst ihr, dass du ihr helfen wirst, glaubst aber selber nicht daran, dass deine Fürsprache was bringt.« Sie sah ihn an, wobei die pure Provokation aus ihren Augen blitzte.

Parker hob den Kopf und schaute ihr geradewegs ins Gesicht. »Ich habe ihr gar nichts versprochen! Ich habe lediglich gesagt, dass ich sehen werde, was ich für sie tun kann …!«

»Warum?«

»Weil sie die Einzige ist, die mir Informationen geben kann, wer hinter der Sache von damals steckt.« Parker rieb sich den Nacken. »Alex, ich will Namen von ihr, verstehst du das nicht? Ich würde ihr das Blaue vom Himmel versprechen, nur um an diese Typen zu kommen. Die haben mich fast umgebracht! Haben mir mein damaliges Leben geraubt! Meine Existenz zerstört! Und wenn ich jetzt die Chance bekomme, ihrer habhaft zu werden, nutze ich sie. Glaub mir, ich würde noch viel weiter gehen …«

»Du empfindest also nichts mehr für sie? Und ich muss mir auch keine Sorgen machen?«

»Nein, du musst dir keineswegs Sorgen machen!«, erklärte er, wobei er das ›keineswegs‹ unwillkürlich stark betonte. »Ich liebe dich!«

Alex schlug die Augen nieder, suchte nach seiner Hand, fand sie und legte die ihre darauf. Zärtlich streichelte sie mit ihrem Daumen über seinen Handrücken.

3. KAPITEL

Ein knapper Blickkontakt, dann ein Nicken, und die junge Frau und der Mann waren sich einig. Der Privatdetektiv näherte sich schlendernd und scheinbar desinteressiert der Szene. Die Hände in den Hosentaschen, beobachtete er hinter seiner Sonnenbrille das Geschehen. Unwillkürlich schüttelte er den Kopf. Schauplatz des vermutlichen Drogendeals – das Bonner Loch. Berüchtigt. Gefürchtet. Selbst bei Tag war es ein unsicherer Ort. Dabei hätte es ein durchaus ansprechender Platz sein können. Auf den steinernen Stufen hätte man sich niederlassen, verweilen, einen Kaffee aus dem Pappbecher trinken und Menschen vorbeiziehen lassen können, die gerade auf dem Weg zur U-Bahn oder zu ihrem Zug waren. An so einem heißen Spätsommertag wie heute wären Kinder mit hochgekrempelten Hosen juchzend durch das Wasser im Brunnen gewatet. Doch nichts von alledem sah er. Die Realität war eine andere. Das Bonner Loch hatte nichts von einer »Oase«. Außer den Outlaws blieb dort niemand länger als er musste. Höchstens mal einen schnellen Blick im Vorbeieilen auf die, die dort die meiste Zeit verbrachten. Auf die Obdachlosen. Die Junkies. Und auf die Dealer.

Er blieb stehen, schaute kurz rüber zu einer Gruppe von Punkern, die sich zu den scheppernden Klängen von The Clash wild mit den Armen rudernd gegenseitig ansprangen.

Ob irgendjemand mitbekommt, was für ein Film hier gerade abläuft?, schoss es ihm durch den Kopf. Oder besteht gar kein Interesse daran? Er wischte sich über die schweißnasse Stirn. Das mit den Parallelwelten schien zu stimmen.

Er wandte sich ab, sah, wie sich die Frau von der Stufe erhob. Wortlos und ohne Eile gingen sie und der Mann jetzt gemeinsam in Richtung U-Bahn. An der Treppe angekommen, blieb sie – der Detektiv tippte auf Kundin – stehen, während der vermeintliche Dealer zielstrebig auf eines der Pflanzenbeete am Treppenabgang zusteuerte. Er schaute sich kurz um und zog dann etwas aus der Blumenerde. Wieder ein Schulterblick. Der Detektiv glaubte ein flüchtiges Lächeln auf dem Gesicht des Mannes zu bemerken. Lässig und mit beinah tänzerischem Hüftschwung spazierte er zu der Wartenden zurück. Für einen kleinen Moment berührten sich die Hände von Frau und Mann. Der Detektiv nickte grimmig. Er wusste, dass jetzt Ware gegen Geld getauscht wurde.

Er hörte sich selbst, wie er schwer ausatmete. Er zog die Sonnenbrille vom Gesicht und fuhr sich mit der flachen Hand über die Augen. Nein, das war nicht seine Baustelle. Darum hatten sich andere zu kümmern. Er hatte einen anderen Auftrag. Sein Blick heftete sich an den Rücken der jungen Frau, begleitete sie … wie alt mochte sie sein? … vielleicht zwanzig, wenn überhaupt … bis er sie schließlich in der Masse verlor. Sein Blick blieb. Doch jetzt starrte er bloß noch vor sich hin.

Ob er wollte oder nicht, er musste wieder an sie denken. Nie hätte er geglaubt, dass er zu so etwas fähig gewesen wäre. Ihr Bild drängte sich auf, schob sich wie von selbst vor sein geistiges Auge. Ihre Bewegung, ihre Hände … es kam ihm so vor, als hörte er ihr Lachen … *Geh weg! Du bist Geschichte. Gehörst nicht mehr zu meinem Leben. Nein, du darfst nicht mehr zu meinem Leben gehören.* Ohne sich dessen bewusst zu sein, lockerten seine Finger den Knoten der Krawatte und öffneten den obersten Hemdknopf.

Und plötzlich verschwamm alles um ihn herum. Gesichter. Menschen. Häuserfassaden. Alles war mit einem Mal unscharf und eigentümlich verschoben. Er schloss die Augen und merkte, dass er nicht mehr gerade stand, nach vorne kippte …

»Geht es Ihnen nicht gut?« Die dunkle Stimme holte ihn zurück, und er spürte gleichzeitig den starken Griff an seinem rechten Oberarm, der ihn hielt.

Der Detektiv riss die Augen auf, hob den Kopf und glotzte geradewegs in das braune, freundlich lächelnde Gesicht, das sich nun etwas zu ihm herunterbeugte. Er war beileibe kein kleiner Mann, aber dieser Kerl, der ihn da festhielt, war ein wahrer Hüne. Bevor er aus seinen Erstaunen heraus etwas erwidern konnte, hörte er eine andere Stimme resolut sagen: »Hier, trinken Sie!«

Er wechselte die Blickperspektive und sah eine kleine, zierliche Frau mit Sommersprossen, die ihm eine Wasserflasche demonstrativ nickend entgegenstreckte. Der Detektiv leckte sich über die Lippen und griff danach. Seine Hand zitterte. »Verfluchte Hitze«, sagte er gepresst, verzog die Mundwinkel zu einem gequälten Lächeln und ließ das stille, lauwarme Wasser gierig die Kehle herunterlaufen. »Herzlichen Dank, das ist wirklich sehr nett von Ihnen«, er reichte ihr die Wasserflasche zurück, bemerkte, wie sich der Druck auf seinen Oberarm verringerte, und blickte hoch. »Danke«, er räusperte sich, rappelte sich auf, »es geht schon wieder!«

Der Hüne ließ los und grinste ihn verschmitzt an. »Die Bonner Bucht«, der dunkelhäutige Mann zwinkerte ihm zu, »macht einem ganz schön zu schaffen, nicht wahr?«

Er lächelte dankbar zurück und nickte. »Da sagen Sie was!«, antwortete er leichthin. »Das reinste Saunawetter!« Er richtete sich nun vollends auf, drückte den Rücken durch und spürte, wie weich seine Knie noch waren. »Ich hab einfach vergessen zu trinken, blöd von mir. So was weiß man …«

»Sie sollten einen Arzt aufsuchen! Dringend!«, unterbrach ihn die Frau hörbar gereizt. »Ich kenne diese Symptome. Ich bin Rettungssanitäterin. Das erlebe ich jeden Tag. Männer in Ihrem Alter und mit Ihrem Übergewicht sind die typischen Herzinfarkt-Kandidaten. Sie sind kreidebleich, und Ihr Schweiß ist«, unvermittelt reckte sich die Frau in die Höhe, legte ihm die Hand auf die Stirn, um wie aus der Pistole geschossen ihren Satz mit triumphierendem Tonfall zu beenden, »kalt.«

Wie deine Augen, dachte der Detektiv und nickte zum Zeichen, dass er ihre Sorge zu schätzen wusste. Er betrachtete sie jetzt genauer und taxierte sie auf Mitte,

Ende dreißig. Sie trug die dünnen, blonden Haare zu einem straffen Zopf nach hinten gebunden, was ihren schmalen Kopf noch schmaler erschienen ließ. Ihre großen, wasserblauen Augen hätten besser in ein breiteres Gesicht gepasst.

»Das Beste ist«, hörte er sie im Befehlston sagen, »wir rufen jetzt den RTW.«

Sie überraschte ihn mit ihrer knappen und kompromisslosen Ansage. Er sah, wie sie rasch ihren beigefarbenen Leinenrucksack von der Schulter nahm, um ihn zu öffnen. Zeitgleich klopfte ihm der Hüne sanft auf die Schulter, was den Detektiv für einen kurzen Moment ablenkte.

»Na, dann mach ich mich mal wieder auf«, raunte der Mann ihm augenzwinkernd zu. »Sie sind ja hier in professionellen Händen!« Mit diesen Worten wandte er sich um, hob zum Abschied den muskulösen Arm und rief: »Machen Sie es gut!«

Beinah flehentlich schaute der Detektiv ihm hinterher. »Ähm, danke!«, krächzte er und sah aus dem Augenwinkel, wie die Frau ihr Mobiltelefon aus dem Rucksack holte, um es mit ihren dürren Fingern aufzuklappen.

»Bitte tun Sie das nicht!«, entfuhr es ihm, und er versuchte sich an einer lässig wegwerfenden Handbewegung. »Das ist nicht nötig. Ich kenne das. Nur ein kurzzeitiger Schwächeanfall. Ich bin in Ordnung, bin deswegen in ärztlicher Behandlung. Muss halt bloß daran denken, meine Tabletten regelmäßig zu nehmen!« Den letzten Satz hatte er lachend und mit entschuldigendem Schulterzucken von sich gegeben. »Haben Sie recht vielen Dank«, schleuderte er der verdutzt dreinblickenden Frau im Davongehen entgegen, die nun ihr Handy sinken ließ und verständnislos den Kopf schüttelte.

»Das kenne ich!«, murmelte sie. »Alles nur Ausreden. Ich hoffe für Sie, wir sehen uns so schnell nicht wieder.«

Als der Detektiv knapp zehn Minuten später die Terrasse vom *Miebachs* erreichte, war er heilfroh, einen freien Platz unter einem der Sonnenschirme ergattern zu können. Das Bonner Café-Restaurant am Markt war wie immer gut besucht.

Das Bild war bunt: Anzugträger, Frauen in leichter Sommerkleidung, daneben Rucksacktouristen aus aller Welt.

Doch er schenkte dem Drumherum keine Beachtung. Er fühlt sich unendlich müde und ausgelaugt. An manchen Tagen fiel es ihm besonders schwer, diesen massigen Körper zu bewegen. Heute war so ein Tag. Verdammt, was taten ihm die Füße weh! Ächzend ließ er sich in den Korbstuhl fallen. Erst einmal durchpusten, dachte er. Er zog die Sonnenbrille aus, legte sie vor sich auf den Tisch und sah auf seine Breitling. Fast vier. Zeit genug um Luft zu holen.

Sein Geburtstag. Sein Vierzigster. Verflucht, wie die Zeit verging. Schon fünf Jahre her. Der Blick auf seine Navitimer sollte ihn immer daran erinnern, dass sie ihn liebte, hatte Tanja gesagt. Sie hatte ihm dieses sündhaft teure Geschenk gemacht. Wieder dieses schlechte Gewissen.

Ja, er war ein Schwein! Wie hatte er ihr das antun können?

Und schlimmer noch: Er ertappte sich immer wieder dabei, wie er den Film immer und immer wieder vor seinem inneren Auge abspulte. Zwanghaft minutiös. So als ob er befürchtete, dass die Erinnerungen daran erst verblassen und dann plötzlich ganz aus seinem Gedächtnis verschwinden könnten. Er schämte sich, dass die Szenen ihn erregten. Oh nein, er verachtete sich dafür. Und er hatte Angst. Stellte sich immer wieder die gleiche Frage: *Bin ich gefährdet? Kann es wieder passieren, dass ich mich nicht mehr unter Kontrolle habe? War es der Alkohol? Mein Gott, sie war fast noch ein Kind!*

»Was darf ich Ihnen bringen?«

Die sonore Stimme des adrett aussehenden Kellners holte ihn aus seinen Gedanken. Der Detektiv schaute hoch, zögerte – ich muss was essen, schoss es ihm durch den Kopf –, griff zur Karte, war unentschlossen, legte sie zurück, schaute auf die Tafel am Eingang des Cafés. ›Unsere Kuchenauswahl‹ stand da, und er leckte sich über die Lippen und antwortete schließlich: »Bringen Sie mir bitte ein Mineralwasser mit Sprudel«, er stockte für einen kurzen Moment, »ein Stück Pflaumenkuchen … und ein Glas Barolo.«

Der Kellner nickte, hob die rechte Augenbraue leicht an und fragte: »Den Pflaumenkuchen mit Sahne?«

War da ein spöttischer Unterton zu hören?

Der Detektiv verneinte brummend, und der Kellner kehrte ihm den Rücken zu. Schnaufend griff er zu seiner Sonnenbrille, setzte sie auf, um dann seinen Blick schweifen zu lassen. Flüchtig. Ohne sich an einem der vielen Gesichter festzuhalten, ließ er sich treiben. Schleichend gewann die Müdigkeit die Oberhand, verführte ihn, sich ihr hinzugeben, sich fallen zu lassen. Eine kleine Weile einfach nur ausruhen … das Vibrieren des Mobiltelefons verhinderte in letzter Sekunde, dass sein Kopf nach vorne fiel.

Hastig griff seine Hand in die Hosentasche. Ein kurzes Räuspern, dann hob er ab. Er meldete sich mit vollem Namen. Eine Frau antwortete ihm. Betont gefasst. Sie fragte. Der Detektiv bejahte. Die Frau sprach weiter. Erklärte. Er hörte zu. Konzentriert.

Dann schob sich plötzlich ein Schatten vor die Sonne: »Sind Sie Thomas Winkler?«

Winkler schaute auf. Fixierte die Person vor ihm, und er fragte in die Leitung: »Kann ich Sie in einer Stunde zurückrufen?«

4. KAPITEL

Ein Geräusch. Irritierend vertraut. Ganz nah. Ganz dicht. Die innere Stimme befahl ihr, die Augen zu öffnen. Das Geräusch, es drang weiter vor, rückte noch näher an sie heran. Die Stimme in ihr wurde drängender.

Mein Gott, es geht nicht! So sehr sie sich auch zwang, es blieb schwarz um sie herum.

Was war das? Nur langsam arbeitete sich ihr Verstand durch die Nebelwand, bäumte sich auf, und sie versuchte das, was sie da hörte, einzuordnen.

Ihr Instinkt verlangte nach Verteidigung. Dann plötzlich fiel die Wand in sich zusammen, und aus dem Geräusch wurde ein Stöhnen, und das Stöhnen schwoll an. Wurde lauter, um schließlich in ein angstvolles Röcheln zu verflachen. Nun war es nur noch ein Wimmern. Unmittelbar vor ihrem Ohr. Sie versuchte sich zu bewegen, versuchte dem Wimmern zu entkommen. Vergeblich.

Bloß den Kopf, oh mein Gott, lass mich den Kopf anheben. Nur ein Stück.

Auch das gelang ihr nicht. Sie musste unwillkürlich schlucken und erschrak darüber, dass sie dabei nichts empfand. Sie spürte ihre Zunge nicht. Völlige Taubheit.

Ein weiteres Mal versuchte sie sich zu bewegen. Dann wurde ihr schlagartig klar, dass sie sich vor ihrem eigenen Jammern gefürchtet hatte.

Flach der Atem, horchte sie angstvoll in die Dunkelheit hinein. Ein plötzliches Begreifen, eine aufsteigende Ahnung bemächtigte sich ihrer.

Nein, das war kein Traum! Sie erinnerte sich. Und sie begriff! Abrupt schlug sie die Augen auf und kniff sie im selben Moment reflexartig wieder zusammen.

Dieses Licht! Hart. Kalt. Hart und kalt war auch der Untergrund, auf dem sie lag. Sie zitterte. Die Kälte lastete wie ein schwerer Bleimantel auf ihrem Körper. Sie war nackt!

Eine Feststellung, die sie bis ins Mark traf. Schutzlos. Ausgeliefert.

Er wird wiederkommen!

Blinzelnd öffnete sie erneut die Augenlider, zaghaft und nur einen Spalt breit.

Steh auf! Du musst weg von hier! Steh auf!, schrie es in ihrem Kopf.

Ich kann nicht! Oh mein Gott, ich kann nicht!

Tränen liefen ihr übers Gesicht. So sehr sie sich auch bemühte, ihre Muskeln gehorchten ihr nicht. Und dann hörte sie diese Klänge, diesen Rhythmus. Dumpf. Als würde Watte ihre Ohren verstopfen.

Sie konnte nicht verstehen, was die Stimme da sang. Aber sie erkannte diesen Song.

Flashbacks. Bilder. Kurze Sequenzen. Kindheit.

Mama und Papa. Tanzende Menschen. Sie lachen. Sie trinken.

Sie riss die Augen auf. Ihre Fingernägel glitten über das Metall, und das kratzende Geräusch ließ sie erschauern. Sie spürte die Tränen, wie sie ihr über die Wangen liefen.

Sie ballte die Fäuste und fühlte, wie sich die Nägel in ihr Fleisch bohrten. Fiebrig erregt fuhr ihre Zunge ein paarmal über die spröden Lippen. Laut dröhnte der Herzschlag in ihren Ohren. Die Gedanken überschlugen sich. Hoffnung!

Ein Funke, der rasch zu einer lodernden Flamme wurde.

Ja, sie wollte leben! Mit einem Ruck setzte sie sich auf und war überrascht, wie problemlos das klappte. Ihr Körper schien wieder auf ihre Befehle zu reagieren. Jetzt musste sie weitermachen, musste sich zusammennehmen. Einfach nur funktionieren.

Beinah wie in Trance der antreibenden Stimme in ihrem Kopf folgend, drehte sie sich in der Sitzposition einmal halb herum und ließ dann die Beine baumeln.

Los, weiter! Vorsichtig rutschte sie Stück für Stück nach vorn. Schon berührten ihre Zehenspitzen den kalten Steinfußboden.

Komm schon, nur noch ein bisschen … Sachte setzte sie die Fußballen auf. Sie bemerkte ihre Benommenheit, und eine plötzlich aufkommende Übelkeit versetzte sie in Panik. Nur mit Mühe gelang es ihr dagegen anzukämpfen.

Eine Minute! Ich brauche nur eine Minute. Schwankend stellte sie sich auf. Ihre Arme seitlich ausgestreckt, versuchte sie die Balance zu halten. Wieder diese Übelkeit. Ihr Kopf schmerzte, so als wolle er jede Sekunde zerbersten. Für einen kurzen Augenblick schloss sie die Augen, atmete durch den Mund ein, füllte ihre Lungen, schmeckte die abgestandene und mit Desinfektionsmittel geschwängerte Luft auf ihrer Zunge.

Du musst gehen! Unendlich langsam und mit den Armen rudernd schob sie einen Fuß vor den anderen.

Er wird wiederkommen! Du musst hier raus! Raus! Raus!

Gerade noch so! Kurz vor der Tür hatte er sie abfangen können. Das hätte ins Auge gehen können. Hätte seine gesamte Mission gefährdet. Nicht auszudenken, hätte sie den Weg nach draußen gefunden. All die gebrochenen Engel … Er musste vorsichtiger sein. Dabei hatte er doch die gleiche Dosis Narkotikum gespritzt wie sonst auch immer. Er wollte sie doch nicht unnötig quälen. Doch nun hatte er ihr wehtun müssen. Ein leiser Schluchzer entfuhr ihm.

Wie sie so dalag, das arme Geschöpf. Nur noch ein Schatten ihrer selbst. Die Augen tief in ihren Höhlen, und die Haut spannte sich über den Wangenknochen. Doch jetzt war sie erlöst. Er hielt noch immer ihre Hand. Ihre kleine Hand.

Damals durfte er nicht zu ihr. Nein, damals hatte er nichts für sie tun können. Diese Menschen hatten ihn davon abgehalten. Hatten ihn weggebracht. Er weinte. So wie damals. Er konnte die Tränen nicht aufhalten. Wollte es auch nicht. Warum auch. Tränen reinigten die Seele. Sie liefen ihm über das Gesicht, um sich an der Kinnspitze zu sammeln. Von dort tropften sie auf den Steinfußboden. Er beugte sich herunter zu ihr, küsste ihre kalte Stirn und flüsterte: »Nur noch eine kleine Weile werde ich bei dir sitzen, dann bringe ich dich zu den anderen.«

5. KAPITEL

DOMBURG, ZEELAND. SIEBEN TAGE SPÄTER.

Als Parker die beiden Halterungen löste und das Verdeck nach hinten schob, bemerkte er, wie seine Lebensgeister nun allmählich vollends erwachten.

Man wird nicht jünger, dachte er und schmunzelte. Die Nacht war recht kurz gewesen. Zum Ausgleich dafür hatten Alex und er ein umso ausgiebigeres und ausgedehntes Frühstück in ihrem Strandhotel zelebrieren können. Sie hatten sich heute mal kurzfristig gegen Parkers Lieblingsitaliener entschieden, nachdem sie dort bis um drei Uhr in der Früh gesessen, gequatscht und getrunken hatten.

Jetzt war es kurz vor halb zwölf Uhr, die Sonne stand schon fast senkrecht am Himmel, und Parker drehte, bevor er den Motor startete, den Kopf nach rechts, um Alex einen liebevollen Blick zuzuwerfen. Dabei fragte er sich insgeheim, wie sie das jedes Mal schaffte, nach so wenig Schlaf so großartig frisch auszusehen. Sie hatte ihr langes, dunkles Haar zu einem Zopf zusammengebunden, aus den großen, braunen Augen, leicht getuscht, strahlte das pure Leben, und der gebräunte

Teint tat sein Übriges. Alles an ihr war einfach umwerfend.

Sie lächelte ihn fragend an. »Was?«

»Was ist dein Geheimnis?«

»Was meinst du?«

Parker beugte sich zu ihr herüber und antwortete mit einem sanften Kuss.

Alex schüttelte amüsiert den Kopf. »Komm«, meinte sie lachend, während sie sich anschnallte, »ich möchte Middelburg gerne bei Tag erleben!«

Parker nickte verschmitzt grinsend und setzte die Sonnenbrille auf. »Geht klar, mein Schatz«, sagte er betont lässig, griff links neben sich und zog eine CD hervor. »Aber nicht ohne die passende Roadster-Musik!«

Alex erhaschte nur einen flüchtigen Blick auf das Cover, der jedoch genügte, um von der weltberühmten Zunge darauf zu schließen, wer ihnen gleich was singen würde.

Der Motor sprang an, und fast zeitgleich ertönte Keith' Gitarrenriff zu *Start me up.* Belustigt beobachtete Alex, wie Parker den Rhythmus enthusiastisch mit dem Zeigefinger seiner rechten Hand auf dem Lederlenkrad mitklopfte, während er den kleinen Sportwagen durch den schmalen Badhuisweg steuerte. Und Mick intonierte: *Start me up. If you start me up. If you start me up, I'll never stop.* Und Parker pflichtete ihm bei: *If you start me up,* dabei nahm er seine Hand vom Lenkrad und legte sie auf Alex' Oberschenkel. »Du weißt, was er da singt?«, fragte er, ohne den Blick von der Straße zu nehmen.

Alex nickte. »Ja, weiß ich!«

Ebenfalls nickend sang Parker weiter. Etwas später, auf der Straße, die nach Oostkapelle führte, *You make a grown man cry. You make a dead man come.* Verstohlen schaute Parker zur ihr hin. Er musste nichts sagen.

»Ja, auch das hab ich verstanden!« Die beiden tauschten einen kurzen, zwinkernden Augenkontakt aus. Dann das Mobiltelefon.

Parker schaute auf das Display. Bedauernd hob er die Schultern und setzte den Blinker. »Mutter! Ich hab ihr nicht gesagt, dass wir in Holland sind.«

»Was?!«

»Hab's glatt vergessen«, sagte er, fuhr rechts ran und schaltete den Motor aus. Mick verstummte auf der Stelle. »Entschuldige! Aber da muss ich jetzt rangehen. Du weißt, sie ist nicht mehr die Jüngste und ... Also nein, ich hab ihr nicht sagen wollen, dass ich ihren geliebten Kater Watson in fremde Hände gegeben habe.«

Alex schaute ihn strafend an. »Nun mach schon!«, zischte sie ungeduldig. »Man lässt Mütter nicht warten!«

Parker stöhnte auf und nickte ergeben.

»Junge, was ist mit dir? Warum brauchst du so lange, um ans Telefon zu gehen? Ich habe es schon bei dir zu Hause versucht. Geht's dir nicht gut?«, hörte er die ungeduldige Stimme seiner Mutter.

Parker rollte mit den Augen. »Nein, Mama, mir geht's super! Ich sitze nur gerade im Wagen.«

»Wie bitte? Du fährst Auto, während wir telefonieren?«

»Nein, Mama, ich sitze in meinem geparkten Wagen.«

»Ach so!«

Parker bemerkte ihre Erleichterung. »Ähm, was gibt es denn?« Schweigen.

Dann: »Muss es immer etwas geben, wenn eine Mutter ihren einzigen Sohn anruft?«

»Nein, natürlich nicht!«, sagte er hastig.

»Ich bin hier im Altersheim in Rodenkirchen …«

»Seniorenresidenz!«

»… und warte darauf, dass mich mein Sohn mal besucht.«

»Du hast dort viele Kontakte, hast du mir selber gesagt.«

»Das ist nicht das Gleiche!« Wieder Schweigen.

Er sah sie vor sich, wie sie mit gestrenger Miene und geradem Rücken vor ihrem alten Sekretär saß. In der einen Hand das Telefon, in der anderen die Lesebrille. In schon fast aristokratischer Haltung. So wie früher. Ein Bild, das blieb.

Parker dachte an die Handyrechnung, zwang sich zur Ruhe und wartete ab. Er warf Alex einen Kussmund zu und zwinkerte ihr verschwörerisch zu.

»Wie geht es Alexandra?«, fragte seine Mutter schließlich in die Stille hinein. »Bist du auch gut zu ihr?«

»Mama, Alex geht es ganz prächtig! Auch mit mir! Es ist alles bestens. Wir führen eine harmo…«

»Lou«, unterbrach sie ihn, »ich mache mir halt Sorgen! Sorgen, dass du …«, sie stockte für einen kurzen Moment, »… dass du etwas Unbedachtes tust. Du weißt selber, dass du manchmal dazu neigst, Start und Ziel aus den Augen zu verlieren. Damals, als du noch mit Paula zusammen warst, als du noch bei der Polizei …«

Jetzt war es Parker, der *ihr* jäh das Wort abschnitt: »Mutter, ich habe aus meinen Fehlern gelernt!«, stellte er gereizt klar, und jegliche Besonnenheit war aus seinem Gesicht gewichen. »Glaub mir, ich weiß, was ich an Alex habe, ich …«

»Alexandra ist ein wirklich feiner Mensch.«

Parker ließ einen Augenblick verstreichen. »Ja, absolut richtig!«, stimmte er ihr zu, und die Schärfe in seiner Stimme war verschwunden, als er hinzufügte: »Sie ist das Beste, was mir je begegnet ist.« Er spürte Alex' Hand auf seiner.

Parker hörte seine Mutter bedeutungsschwer ausatmen. »Und was macht mein Watson?«, fragte sie übergangslos. »Vertragt ihr euch? Habt ihr euch mittlerweile zusammengerauft?«

Parker fuhr sich mit der Hand ein paarmal über den Hinterkopf, bevor er antwortete: »Zusammengerauft?« Er stöhnte auf. »Also, so würde ich das jetzt nicht nennen wollen! Wir leben miteinander. Nein, wir leben nebeneinander her. Das trifft es eher.«

»Was meinst du damit?«

»Oh, dass die Fronten geklärt sind zwischen uns. Er weiß, was er von mir zu halten hat, und ich weiß es umgekehrt auch. So hat keiner von uns beiden eine zu hohe Erwartung an den anderen.«

»Hm?«

»Mama, mach dir keinen Kopf! Watson geht es gut. Wenn ich es geschafft habe, ihm das Skypen beizubringen, kannst du dich tagtäglich mit eigenen Augen davon überzeugen.«

»Lou, Watson ist sehr feinsinnig, ja, sehr sensibel und braucht neben seinem Fressen und einer sauberen Toilette besonders viel körperliche Zuwendung. Katzen haben eine äußerst empfindsame Seele.«

Parker zog spöttisch die Mundwinkel nach unten. Er hatte Watson vor Augen, wie er mit erhobenem Schwanz auf ihn zustolzierte, kurz vor ihm stoppte, den Kopf in den Nacken legte und ihn unverschämt anblinzelte.

»Lou?«, hörte Parker seine Mutter fragen, »bist du noch da?«

»Ähm, ja. Und ich denke, du hast absolut recht. Katzen sind mitunter die besseren Menschen.«

»Es freut mich, dass du das so sehen kannst. So weiß ich meinen Liebling bei dir in guten Händen.«

»Aber klar!«

»Hast du zu tun, Junge?« Ihre Stimme war plötzlich sehr ernst.

Parker nickte. »Ja«, antwortete er und schaute wieder zu Alex rüber, »ich hab zu tun.«

»Ein Auftrag?«

»Ein Auftrag.«

»Dann sei bitte vorsichtig!«

»Bin ich!«

»Und bestell Alexandra einen lieben Gruß von mir.«

»Mach ich! Tschüss, Mama.«

»Man lügt seine Mutter nicht an!«, sagte Alex spitz.

Parker antwortete mit einem scheelen Seitenblick und sagte knurrend: »Sei froh, dass deine Eltern in Mailand wohnen. Glaube mir, dadurch bleibt dir einiges erspart.«

Verfluchter Idiot! Parker spürte in dem Moment, in dem er sie ausgesprochen hatte, wie gedankenlos hingeworfen seine Sätze in Alex' Ohren klingen mussten. Besonders, da er wusste, dass ihr Vater seit einem Schlaganfall vor einem halben Jahr gesundheitlich angeschlagen war und sie sich große Sorgen um ihn machte, da er vorhatte, in naher Zukunft seinen Beruf als Richter wieder aufzunehmen. Parker verzog das Gesicht, als hätte er auf etwas Ungenießbares gebissen. »Entschuldige«, seine Hand suchte die ihre, fand sie, blieb darauf liegen, während er zerknirscht durch die Windschutzscheibe nach vorne glotzte.

Eine Armada an Rennrädern schoss an dem stehenden Sportwagen vorbei. Parker drehte sich zu Alex hin, die ihrerseits stur und stumm geradeaus schaute.

»Das war mal wieder ein echter Lou Parker!«, räumte er reumütig ein. »Saublöd und tutto completamento für die Tonno!«

Alex spitzte die Lippen, ein Signal, das Parker im Laufe ihrer Beziehung als Anzeichen dafür zu deuten gelernt hatte, dass sie bereit war, seine Entschuldigung anzunehmen. Sie zog die Augenbrauen hoch, lächelte, wenn auch nicht ganz so strahlend, wie er es von ihr gewohnt war, und antwortete seelenruhig: »Dein Italienisch wird besser, was man von deinem Einfühlungsvermögen nicht gerade behaupten kann.«

Parker legte schuldbewusst die wie zum Gebet aneinandergelegten Hände an seine Lippen und presste ein leises, kaum verständliches: »Du hast vollkommen recht!« heraus.

Alex nickte und richtete ihren Oberkörper auf. »Und was ist jetzt?«, fragte sie spitz, »Können wir nun weiterfahren?«

Parker salutierte und tönte: »Zu Befehl! Al tuo comanda!«

»Das heißt comando«, Alex runzelte die Stirn und warf theatralisch die Hände in die Luft, »nicht comanda!«

Parker verkniff sich jedwede weitere Bemerkung, drehte grinsend den Zündschlüssel herum, kurzer Schulterblick, dann lenkte er den MX5 zurück auf die Straße.

»Bevor wir nach Middelburg fahren, muss ich dir unbedingt Veere zeigen. Ein traumhaftes und malerisches Städtchen mit einem Jachthafen und in zentraler Lage am Meer. Veere wird auch die Perle von Walcheren genannt, wegen der Natur und der Historie. Ein echtes Paradies für Wanderer.« Alex seufzte und fuhr dann fort: »Dazu kommen die kleinen Geschäfte und die gemütlichen Terrassen und Restaurants im Ortskern. Es wird dir gefallen.«

Parker stieß einen anerkennenden Pfeifton aus. »Hey, das klingt ja wie aus einem Reiseführer. Woher weißt du das alles?«

»Ich habe ein gutes Jahr in einem Hotel direkt am Jachthafen gearbeitet. Dann bekam ich die Stelle in Köln angeboten. Und da ich in einer Großstadt arbeiten wollte, griff ich zu. Aber die Zeit in Veere war wunderschön!«

»Davon hast du mir nie etwas erzählt!«, entfuhr es ihm.

Alex blickte ihn amüsiert von der Seite an und schwieg.

»Dann kannst du ja auch niederländisch!«

»Natuurlijk.« Sie lachte kurz auf. »Nein, nein, meine niederländischen Sprachkenntnisse halten sich in

Grenzen. Ich beherrsche diese Sprache wirklich nur rudimentär.«

Keine halbe Stunde später standen Alex und Parker vor dem Hotel *Auberge De Campveerse Toren.*

»Wow, sehr ansprechend, deine ehemalige Wirkungsstätte!«

Alex nickte. »Und erst mal die Badezimmer, die müsstest du mal sehen – ein Traum!« Dann drehte sie sich um und deutete mit dem Kinn in Richtung Jachthafen. »Da vorn, das Restaurant mit den weißen Stühlen. Da müssen wir unbedingt essen. Dort gibt es die beste Fischsuppe von ganz Walcheren.«

»Willst du denn deinen ehemaligen Kollegen nicht erst Guten Tag sagen?«

Alex schüttelte lachend den Kopf. »Später«, rief sie und zog ihn übermütig über das Kopfsteinpflaster, geradewegs auf das Restaurant zu. Vergessen war die Missstimmung von eben, und Parker leckte sich voller Vorfreude auf die Fischsuppe die Lippen.

Kurze Zeit darauf saßen sie sich an einem Tisch gegenüber. Parker hatte die Finger hinter dem Kopf ineinander verschränkt und schaute zufrieden grinsend auf den Hafen und die zahlreichen Boote. Die Segelsaison wird in ein paar Wochen vorbei sein, dachte er bei sich. Der Herbst war nah, und die Skipper nutzten die letzten schönen Tage.

Eben das sollte er auch tun – die schönen Tage genießen. Es ging ihm gut – verdammt gut. So gut wie lange nicht mehr.

»Ist es nicht traumhaft schön hier?« Alex strahlte über das ganze Gesicht.

Parker nickte, beugte sich nach vorn über den Tisch und küsste sie auf den Mund. »Ich danke dir«, flüsterte er.

»Wofür?«

»Für alles. Einfach für alles!«

Kaum hatte er den Löffel mit der heißen Suppe vorsichtig an den Mund geführt, meldete sich sein Handy. Einen Fluch unterdrückend, ließ er den Löffel sinken und griff in die Hemdtasche.

»Lou«, kam die Stimme am anderen Ende der Leitung direkt zur Sache. »Thomas ist verschwunden! Er ist seit vier Tagen nicht nach Hause gekommen, und sein Handy ist tot!«

6. KAPITEL

Parker stierte mit unbewegter Miene durch die Windschutzscheibe. Vor ihnen erstreckte sich das schwarze Asphaltband. In regelmäßigen Abständen wurde der begrünte Dünenwall links der Straße von Treppenaufgängen unterbrochen.

Alex und er befanden sich auf dem Weg von Veere zurück nach Domburg. Der Anruf von Winklers Frau war Parker erheblich auf den Magen geschlagen. So sehr, dass er sogar die Fischsuppe zur Hälfte hatte stehen lassen. Okay, Winkler war Privatdetektiv. In diesem Beruf gab es nun mal keine geregelten Arbeitszeiten, wer wüsste das nicht besser als Parker selbst. Aber dass sein Freund vier Tage nicht zu Hause gewesen war, verursachte ihm Kopfschmerzen. Natürlich kam es vor, dass man sich im Zuge einer Observation in ein Hotel oder einer Pension einmietete. Auch konnte es durchaus passieren, dass man eine Nacht im Auto verbrachte. Doch in der Regel bereitete man sich auf einen solchen Einsatz vor, besprach ihn mit denen, die einem am nächsten waren, weil man wusste, dass sie sich Sorgen machen würden. Dazu gehörte auch, dass man, wenn möglich, telefonisch erreichbar blieb. Und vor allem nahm man

Wechselklamotten mit. Aber Winkler hatte keine Tasche gepackt, hatte noch nicht einmal seinen Rasierapparat mitgenommen. Was völlig untypisch für ihn war, wo er doch so viel Wert auf ein gepflegtes Äußeres legte.

Parker hatte Winklers Frau geraten, die Polizei über das Verschwinden ihres Mannes zu unterrichten. Was schon fast einer Phrase gleichkam. Er hatte nach dem Telefonat sofort Winklers Handynummer gewählt. Ohne Erfolg, das Mobiltelefon war ausgeschaltet gewesen. Ihm war klar, dass er auf dem kürzesten Weg nach Köln zurückmusste. Dass er gar nicht anders konnte. Und das nicht nur, weil Winkler ein Freund war. Immerhin war es Parker gewesen, der ihm den Auftrag von Verona König vermittelt hatte. Was wiederum den Schluss zuließ, dass dieser Auftrag in einem Zusammenhang mit Winklers Verschwinden stehen könnte.

Wie aus dem Nichts tauchte nach einer leichten Anhöhe vor ihnen ein gelber Linienbus auf. Parker trat etwas zu abrupt auf die Bremse, und seine Hand streifte Alex' Arm, als er einen Gang runterschaltete. Plötzlich war er sich wieder mehr ihrer Gegenwart bewusst und weniger den Gedanken, die er sich um Thomas Winkler machte.

»Entschuldige«, sagte er und warf ihr einen schnellen Seitenblick zu. Die Stille, die ihm bis hierher gar nicht aufgefallen war, fühlte sich schlagartig unangenehm an.

»Ich fürchte, ich bin jetzt gerade keine so aufmerksame Urlaubsbegleitung«, fügte er schuldbewusst hinzu.

Und ihm war bewusst, dass das, was an anderen Tagen bestenfalls als flapsiger Spruch durchgehen konnte, heute alle Hoffnungen auf weitere späte Frühstücke mit Alex bei seinem Lieblings-Zeeland-Italiener beendete.

»Ich glaube, ich hab nie mit dir über ihn gesprochen.« Parker wartete für einen kurzen Moment auf eine Antwort und drehte sich dann zu ihr um. »Alex?«, fragte er schließlich.

Sie blinzelte mit den Augen, als wäre sie in Gedanken weit weg gewesen. »Bitte, was hast du gesagt?«

»Dass ich wohl noch nie mit dir über Thomas gesprochen habe.«

Sie runzelte die Stirn und warf ihm einen Blick zu, der alles und auch nichts bedeuten konnte. »Stimmt, mein Schatz! Aber wir sind ja auch erst anderthalb Jahre zusammen. Eine viel zu kurze Zeit, um mir all deine Freunde vorzustellen«, antwortete sie tonlos. Dann fügte sie hinzu: »Doch solltest du nun mit dem einen beginnen, schließlich ist er der Grund, warum wir unseren Urlaub hier und jetzt abbrechen werden.« Sie wartete kurz ab und behielt ihren harmlosen Tonfall auch noch bei, als sie abschließend fragte: »Da vermute ich doch richtig, oder?«

Sie war sauer! Und sie kannte ihn verflucht gut! Und sie gab sich Mühe. Das musste Parker ihr lassen. Alex schaffte es tatsächlich, jegliche Emotion aus ihrer Stimme zu verbannen. Parker schob nachdenklich die Lippen vor, um dann ein einfältiges Lächeln aufzusetzen. »Du kannst in mir lesen wie in einem aufgeschlagenen Buch.«

»Ach Lou«, stöhnte Alex, »hör bitte auf zu säuseln und erzähl mir von Thomas Winkler!«

Parker ermahnte sich, die Rolle des Höflings, der zu Kreuze kroch, nicht zu übertreiben, und verkniff sich daher die Bemerkung, wie ungemein verständnisvoll sie doch war. Stattdessen nickte er einsichtig mit dem Kopf. »Thomas und ich kennen uns schon, da haben wir beide noch studiert. Er war fast mit seinem Medizinstudium durch, und ich hab gerade angefangen, an der Polizei-Hochschule zu studieren. Das erste Mal habe ich ihn auf der Geburtstagsfeier einer gemeinsamen Freundin gesehen. Wir haben uns auf Anhieb gut verstanden und sind ab da oft zu dritt, Jo war meistens auch mit dabei, um die Häuser gezogen. Das muss schon eine Ewigkeit her sein! Wann war das noch …?« Er strich sich mit dem Finger über den Nasenrücken, »… ja, bestimmt vor siebzehn, achtzehn Jahren.«

»Thomas ist also älter als du?«, fragte Alex dazwischen.

»Mhm«, Parker kratzte sich an der Stirn, »vielleicht knapp zehn Jahre. Er müsste jetzt Mitte vierzig sein.«

»Und wie lange hast du ihn jetzt nicht mehr gesehen?«

»Ich schätze, ein gutes Jahr.«

»Und warum arbeitet er als Privatdetektiv, wenn er ein Medizinstudium in der Tasche hat?«

Parker atmete seufzend aus. »Er hat kurz vor seinem zweiten Staatsexamen hingeschmissen.«

»Oh. Was ist passiert?«, erwiderte sie ehrlich betroffen.

Er schüttelte widerstrebend den Kopf und ließ den Arm aus dem Fenster hängen. Für einen Augenblick genoss er den frischen Wind, bis er bemerkte, dass er wieder viel zu schnell fuhr, und abbremste. »Eine tragische Geschichte«, begann er schließlich mit rauer Stimme und räusperte sich, bevor er weitersprach: »Nach dem plötzlichen Tod seiner Mutter verfiel Thomas in eine tiefe Depression. Und dann«, er schnippte mit den Fingern, »verschwindet der Kerl von einem auf den anderen Tag spurlos! Ohne was zu sagen! Weg! Seine Schwester sagte uns, er habe ihr gegenüber geäußert, er müsse mal für eine Weile aus Deutschland verschwinden.« Parkers Miene versteinerte. Für einen Moment sprach keiner ein Wort.

»Und was ist dann passiert?«, fragte Alex schließlich. »Er ist ja wieder aufgetaucht. Hat er gesagt, wo er war?«

»Nach knapp zehn Jahren stand er plötzlich vor meiner Tür. Er sei in Lateinamerika gewesen, habe dort als Entwicklungshelfer gearbeitet. Ich selbst hing zu dieser Zeit ziemlich in den Seilen, so war ich froh, von einem alten Freund in die Arme genommen zu werden. Wir waren wie zwei Schiffbrüchige, die sich aneinanderklammerten, um nicht komplett unterzugehen.«

Alex nickte verstehend.

»Tja, und Thomas kam eines Tages mit dem Vorschlag an, Detektiv zu werden. Schließlich hätte ich ja als ehemaliger Polizist Erfahrung in Sachen Observation und Herumschnüffeln. Ja, er konnte andere immer schon gut von seinen Ideen begeistern.« Parker lachte kurz auf. »Also machten wir kurz entschlossen gemeinsam eine Detektei auf. Das Geld, das wir für die Grundausstattung brauchten, brachte er mit. Knapp zwei Jahre dauerte unsere Zusammenarbeit. Dann trennten sich unsere beruflichen Wege. Wir konnten zwar prima zusammen ein Bier trinken, aber nicht zusammen arbeiten. Da sind wir beide einfach zu eigen. Zu verschieden.«

»Warum hattet ihr jetzt so lange keinen Kontakt mehr?«

»Na ja, wie das so ist: Man nimmt es sich zwar fest vor, sich wieder mal bei dem anderen zu melden, aber es kam halt immer etwas dazwischen. Und irgendwann verliert man sich aus den Augen. Ich hab noch mitbekommen, dass er und seine Frau von Köln nach Troisdorf gezogen sind.«

»Das heißt, er lebt ganz in deiner Nähe.«

»Mittlerweile ja. Er ist bereits vor einem Jahr umgezogen, da habe ich noch in Köln gewohnt.«

»Und da ist es dir nicht in den Sinn gekommen, ihn mal zu besuchen? Wo er doch quasi um die Ecke wohnt.«

Parker zuckte mit den Schultern und blieb stumm.

»Verstehe ich nicht! Aber okay, muss ich auch nicht.« Kurze Pause. Dann: »Kann es sein, dass er einen Rückfall hatte? Dass die Depression wieder durchgebrochen ist und dass er keinen anderen Ausweg gesehen hat als abzuhauen?«

»Möglich«, antwortete Parker tonlos.

»Woran ist seine Mutter so plötzlich gestorben?«

»Sie hat sich umgebracht.«

Busbahnhof Siegburg. Vorderausgang ICE-Bahnhof. Er trat etwas nach hinten, blieb stehen, schaute hoch und beschattete seine Augen mit der Hand. Das *Cineplex* dominierte das Bild. Riesige Kinoplakatwände warben für die aktuellen Blockbuster. Der darunterstehende Linienbus 503 wirkte dagegen etwas verloren. Eine Gruppe von Jugendlichen stand feixend davor, trank Bier aus Flaschen und rauchte. Vom Fahrer war nichts zu sehen.

Er schloss die Augen. Ohne es zu wollen, glitten seine Gedanken ab in eine Zeit, als er ein kleiner Junge gewesen war. Als er und sie noch in Köln lebten.

Plötzlich befand er sich dort – am Busbahnhof. Hinterausgang Bahnhof. Der Dom überragte die Szenerie, lenkte die Blicke der Touristen auf sich, doch spendete das Gotteshaus für die meisten, die in seinem Schatten lebten, keinen Trost. Selbst an freundlichen Sommertagen blieb dieser Platz der *Hinterausgang* der ganzen Stadt. Hier schien es keine frische Luft zu geben. Nichts zirkulierte. Egal wie der Wind gerade stand. Egal ob Sommer oder Winter. Es stank nach Urin und Erbrochenem, und dieser Gestank blieb und überlagerte alles. Hatte sich längst in den Beton gefressen, wie der Kot der Tauben. Niemand fegte den Müll und die Exkremente im Schlund unter den Bahnsteigen weg. Doch scheinbar gab es Menschen, die gerne an diesem Ort lebten. Die es schafften, sich den Unrat schönzureden. Oder sich schulterzuckend arrangiert hatten, mit dem menschlichen Chaos, den täglichen Tragödien. Nein, den meisten war es wohl egal, was hier passierte. Dass immer wieder Menschen auf offener Straße verreckten, interessierte nicht. Das war schon immer so gewesen. Dieser Ort war schon immer ein Ort der Verdammten gewesen. Es war unzweifelhaft das größte Übel, aus der Gruppe der Lebenden zu scheiden, ehe man starb.

Minusch! Wie lange hast du mich genau an dieser Stelle warten lassen?

Im Sommer hatte er manchmal auf der Bordsteinkante gesessen, weil er nicht mehr stehen konnte. Nicht im

Winter, da war der Boden viel zu kalt gewesen. Sie hatte es ihm verboten, aus Sorge, er würde krank.

Ja, die Winter waren kalt. Er war dann oft im Kreis marschiert, damit seine Beine und Füße nicht festfroren. Minusch hatte gelacht und gemeint, dass man so schnell nicht festfrieren könne. Ihr hohes Lachen hallte ihm als Dauerschleife in seinem Schädel wider.

Er hatte unbedingt einen Hund gewollt. Die anderen, die unter der Bahnunterführung saßen, hatten fast auch alle Hunde. An einem Hund hätte er sich gut wärmen können, und ihm wäre nicht so langweilig gewesen. Aber Minusch hatte keinen Hund haben wollen.

Er riss die Augen auf. Die Schlachtgesänge einer Horde rot-weiß gekleideter Fußballfans, die über den Europaplatz in Richtung Bahnhofsgebäude marschierten, holten ihn wieder in die Gegenwart zurück. Mit einem schmalen Lächeln beobachtete er, wie entgegenkommende Reisende erschrocken zur Seite sprangen. Dann wandte er sich ab, und sein Blick erfasste die junge Frau sofort, die etwas verloren und nur ein paar Meter von ihm entfernt mit dem Rücken an einer der Betonsäulen lehnte. Den Rucksack vor sich auf den Boden gestellt, schaute sie sich um, wirkte unschlüssig, ja beinah verängstigt.

Du bist gerade erst angekommen, nicht wahr? Du bist getrampt? Per Anhalter unterwegs? Solltest du nicht tun, viel zu gefährlich. Jetzt bist du hier gestrandet und weißt nicht weiter? Nur ein Etappenziel, willst bestimmt weiter. Weiter nach Köln. In die große Stadt. Hast wohl kein Geld mehr. Und du weißt jetzt nicht wohin.

Lautlos sprach er mit ihr. Seine Lippen formten seine Gedanken. Lächelnd.

Noch wartete er ab. Beobachtete jede ihrer Bewegungen. Konzentriert. Seine Umgebung blendete er weitgehend aus. Sie schob sich eine Haarsträhne hinters Ohr. Fünfzehn, vielleicht sechzehn Jahre, so schätzte er. Schlank und zierlich. Schwarzer Lack auf viel zu kurzen Fingernägeln. Verwaschene Bluejeans, die an beiden Knien zerschlissen waren. Weiße Sneakers. Hellblauer Strickpullover. Etwas zu groß. Sie wirkte darin verloren. Hellblondes Haar. Ihr Gesicht war leicht sonnenverbrannt. Auf der Nase pellte sich die Haut, und weiße Linien gingen strahlenförmig von den Augenwinkeln ab.

Hast wohl keine Sonnenbrille aufgezogen und beim Sonnenbaden die Augen zugekniffen.

Bist wohl noch vor Kurzem mit deinen Eltern im Urlaub gewesen.

Und was ist passiert? Hat es Streit gegeben? Wie lange bist du schon unterwegs?

Du siehst müde aus. Erschöpft. Du wirkst angespannt. Kein Wunder, du bist ja auf der Flucht. Auf der Flucht vor deinem alten Leben. Ich kenne das!

Viel hast du aber nicht in deinen Rucksack gepackt – bald kommt der Herbst, dann wird es empfindlich kalt draußen. Hast du das nicht bedacht?

Nein, glaub mir, Köln ist nicht das richtige Pflaster für dich. Dort bekommst du nicht, was du suchst. Keine Wärme. Keine Liebe. Keine Solidarität!

Du bist ab jetzt auf dich allein gestellt. Die Menschen werden an dir vorbeirennen. Achtlos. Sie werden dich nicht se-

hen. Du wirst nicht weiter auffallen. Niemand wird deinem Durchschnittsgesicht Beachtung schenken. Und selbst wenn – für diese Menschen ist es unmöglich, in deinem Gesicht zu lesen. Ich kann dich lesen!

Du brauchst mir nichts zu erklären! Für mich bist du einzigartig. Unverwechselbar. Ich sehe die Flamme, die in dir brennt. Leider wird es nicht lange dauern, dann wirst du dich eingereiht haben. Wirst ebenso wie die anderen aussehen. Wirst dich nicht mehr von den lebenden Toten dort unterscheiden.

Vielleicht hast du eine Chance. Wenn ich sie dir gebe. Wenn du sie erkennst.

Wenn du sie ergreifst.

Du kannst dir viel Leid ersparen. Ich kann dir viel Leid ersparen!

Die junge Frau kniete nieder, öffnete ihren Rucksack und holte ein Päckchen Tabak hervor. Während sie die Zigarette drehte, blickte sie sorgenvoll gen Himmel.

Er nickte verstehend. Auch er sah die Wolkenbank, die allmählich von Westen näher rückte. Ein Dunstschleier schob sich vor die Sonne, und mit einem Mal lag in der Luft der Geruch von Regen.

Ja, da braut sich was zusammen. Und du brauchst dringend einen Schlafplatz, mein Kind. Seine Hände griffen in die Taschen seiner Blouson-Jacke. Zwischen Daumen und Zeigefinger spürte er den Latex. Nur noch einen Augenblick. Er genoss diesen Moment der stillen Beobachtung. Diese kurze Spanne, in der sie sein Objekt war. In der sie ahnungslos, sich seiner nicht bewusst war.

Riders on the storm. There's a killer on the road.

Genug jetzt!

Lächelnd schlenderte er auf die junge Frau zu. Er ließ sich Zeit. Verlangsamte sein Schritttempo etwas. Wollte sie keinesfalls erschrecken. Auch wenn er es kaum noch erwarten konnte, so musste er doch behutsam vorgehen.

Sie schaute angestrengt auf das Display ihres Smartphones. Bemerkte ihn nicht. Ihr schulterlanges Haar war nach vorne gefallen, verdeckte ihr Gesicht. Jetzt trennte ihn bloß noch eine Armlänge von der jungen Frau. Plötzlich hob sie ihren Kopf und klemmte sich gleichzeitig eine Haarsträhne hinters Ohr. Blinzelnd schaute sie zu ihm auf. Mit einer Mischung aus Neugierde und Misstrauen blickte sie ihn an. »Ja bitte?«, fragte sie und legte dabei die Stirn in Falten. Ihre Stimme, weich und kindlich, zitterte leicht.

Er legte den Kopf etwas schief und grinste sie freundlich an. Schon bewegten sich seine Lippen, in der Absicht, ihr zu antworteten. Sein Mobiltelefon! Er zögerte für den Bruchteil einer Sekunde. Er konnte das vibrierende Brummen nicht ignorieren. Die rechte Hand kroch in die Innentasche seiner Jacke, und das Grinsen wich augenblicklich aus seinem Gesicht. Einen Fluch unterdrückend, schaute er die junge Frau noch einmal an, drehte sich dann von ihr weg und hob ab.

7. KAPITEL

Das heftige Unwetter hatte sich stundenlang über Köln ausgetobt. Unablässig trommelte der Regen wie niederprasselnde Centstücke auf das Dachfenster.

Die kreischenden Sirenen der Einsatzfahrzeuge hallten durch die halbe Nacht und vermischten sich mit dem ohrenbetäubenden Lärm des nicht enden wollenden Donners. Dabei brachte der Regen nicht die ersehnte Abkühlung. Die Schwüle blieb. Was unter anderem daran lag, dass sie wegen des Starkregens kein Fenster hatten öffnen können.

Aber all das war nicht der einzige Grund gewesen, warum er keinen echten Schlaf gefunden hatte. Parker war so gegen vier Uhr wie gerädert aus dem Bett gestiegen, war ans Fenster getreten und hatte wie durch einen Glasperlenvorhang auf die Straße gesehen. Seine Gedanken kreisten um Thomas Winkler, daher hatte er Alex erst bemerkt, als sie hinter ihn getreten und ihren nackten Körper an seinen geschmiegt hatte.

»Draußen ist wohl gerade die Welt untergegangen«, hatte sie gesagt und ihn zärtlich auf die Schulter geküsst.

»Es ist schön, dass du da bist«, hatte er geantwortet. Hatte sich dann umgedreht, seine Arme um sie gelegt und sie an sich gedrückt. Seine Augen fest geschlossen, hatte er ihre Nähe genossen. Hatte die feuchte, nackte Haut auf seiner gespürt und ihren Geruch eingesogen.

»Lass uns wieder ins Bett gehen«, hatte sie ihm ins Ohr geflüstert.

Sie waren gestern noch am Abend von Domburg zurück nach Köln gefahren. Die Fahrt war anstrengend gewesen. Der Regen hatte kurz hinter Kerkrade angefangen, war dann rasch stärker geworden und hatte die Autobahn in einigen Teilabschnitten binnen kürzester Zeit unter Wasser gesetzt. Parker hatte an manchen Stellen Mühe, seinen kleinen Sportwagen in der Spur zu halten. So hatten sie statt der üblichen drei Stunden fast viereinhalb gebraucht, bis sie vor dem Haus in der Lütticher Straße angekommen waren. Der Regen hatte sie eilig Koffer und Tasche in den Hausflur bringen lassen. Danach war Parker zurück ins Auto gesprungen.

Er hatte noch einmal eine Viertelstunde gebraucht, bis er einen Parkplatz gefunden hatte, und weitere zehn Minuten, bis er schließlich völlig durchnässt vor Alex' Tür gestanden hatte.

Parker hatte die Nummer auf Anhieb in seiner Telefonliste gefunden. Hatte auf das Display gestarrt, gezögert, sich jedoch in Anbetracht der späten Uhrzeit dazu entschlossen, erst am nächsten Tag Frau König anzurufen.

Kaum dass der Tag anbrach, kletterten die Temperaturen wieder rasch über die Zwanzig-Grad-Marke. Daran hatte auch der anhaltende Regen in der Nacht, der erst zum frühen Morgen nachließ, nichts ändern können. Nach dem Frühstück hatte Parker Verona Königs Nummer gewählt und um ein Gespräch gebeten.

Wenn Frau König über seine Bitte irritiert gewesen sein sollte, so hatte sie es sich nicht anmerken lassen. Parker war unkonkret geblieben, hatte gefragt, ob sein Kollege den Auftrag, ihren Mann zu observieren, angenommen hatte. Was Frau König bejaht hatte. Er hatte gesagt, er wolle sein Anliegen nicht am Telefon mit ihr besprechen. Dabei war es ihm hauptsächlich darum gegangen, Frau König persönlich gegenüberzutreten. Auch wenn er es sich nicht hatte eingestehen wollen, so war sie vielleicht der Mensch, der Winkler das letzte Mal lebend gesehen hatte. Parker hatte sich die Adresse sagen lassen, sich bedankt und aufgelegt.

Alex hatte dem Telefonat beigewohnt und Parker dabei beobachtet, wie er mit leerem Blick das Mobiltelefon neben die Kaffeetasse zurück auf den Tisch gelegt hatte. Eine Zeit lang hatten beide geschwiegen.

»Du glaubst, dass ihm etwas Schlimmes zugestoßen ist, habe ich recht?«, hatte sie schließlich in die Stille hinein gefragt.

Es war Viertel vor drei, und Parker reihte sich auf der Aachener Straße stadtauswärts in den zähflüssigen Verkehr ein.

Köln! Wirst du dein Verkehrsproblem jemals in den Griff bekommen? Er schüttelte genervt den Kopf. Auf der linken Seite drängelten sich die Autofahrer auf die Abbiegespur, auf der rechten stand ein gelber DHL-Wagen mitten auf der Fahrbahn. Direkt dahinter versuchte ein

Geländewagenfahrer in eine viel zu kleine Parklücke zu kommen und brachte mit seinem Rein-Raus-Manöver den gesamten Verkehr zum Erliegen. Hupkonzert!

Parker stöhnte auf und trommelte mit den Fingern auf dem Lenkrad herum. Die Sonne knallte ihm erbarmungslos auf die Stirn, und er verfluchte seine Eitelkeit, die eine Kappe nicht zuließ. Ihm klebte das feuchte Hemd wie eine zweite Haut am Rücken, und Schweißperlen kitzelten ihn an den Schläfen. Er brauchte für gerade mal fünfhundert Meter fast eine Viertelstunde, die ihm wie eine Ewigkeit vorkam. Missmutig brummend nutzte er eine rote Ampelphase, um die Adresse in das Navi einzugeben.

»Route ist berechnet«, bekundete die Stimme, und Parker blickte auf die angegebene Ankunftszeit. Zehn vor vier. Hm, das kam hin. Er hatte seinen Besuch für sechzehn Uhr angekündigt. Er entspannte sich.

»Sie haben Ihr Ziel erreicht. Das Ziel befindet sich auf der rechten Seite.« Much, Schulstraße. Schräg gegenüber ein Kirchengebäude. Parker stellte seinen Wagen direkt vor der Eingangstür des großen Einfamilienhauses ab, stieg aus und schaute sich um. Beschaulich, war das Erste, was ihm in den Sinn kam. Was er empfand, stand im krassen Gegensatz zu dem, was er noch vor einer knappen Stunde erlebt hatte. Keine Hektik, kein Lärm. Und statt nach Abgasen roch es hier nach Natur – Wiesen, Bäumen und Tiere. Parker musste schmunzeln. Jo hatte recht, er entwickelte sich langsam zu einem Landei.

Parker war überrascht. Die Frau, die vor ihm stand, hatte nichts gemein mit dem Bild, das er sich von Frau König gemacht hatte. Parker erinnerte sich noch gut an das erste Telefonat. Sie hatte unsicher gewirkt, nervös, ja beinah verzweifelt. In seiner Fantasie war sie klein und zerbrechlich gewesen, mit dunklen Schatten unter den Augen. Doch Verona König war eine groß gewachsene Frau von Anfang dreißig. Den burschikosen Eindruck ihrer kurz geschnittenen rotblonden Haare glichen ihre weiblichen Kurven und ein kurzer, eng anliegender Rock mehr als aus. Ihre Beine, so bemerkte Parker, waren schön geformt, ihr Lächeln entspannt und freundlich.

»Ich hab Kaffee gemacht. Möchten Sie auch einen?« Ihre Stimme war tief, und wenn man genau hinhörte, sprach sie mit der melodischen Betonung der Rheinländer.

Parker, der ihr gegenüber an der mit schwarzem Teakholz vertäfelten Bar stand, schüttelte den Kopf. »Nein danke«, antwortete er, »ich hatte heute schon meine zwei Tassen. Aber wenn Sie ein Wasser hätten …?«

Aus der Nähe bemerkte er die Sommersprossen auf ihrer Nase und ihren Wangen, die den allgemeinen Eindruck blühender Vitalität und Frische noch unterstrichen. Ohne Frage, sie war eine attraktive Erscheinung. Parker beobachtete sie dabei, wie sie den bauchigen Edelstahlkühlschrank aufzog und zwei kleine Mineralwasserflaschen herausholte.

»Mögen Sie auch einen Schuss Limettensaft in Ihr Wasser?«, fragte sie freundlich. Parker bejahte und nutzte den Augenblick, den Frau König fürs Limettenschneiden benötigte, um seinen Blick schweifen zu lassen.

Die großen, hohen Fenster auf beiden Seiten des Raumes, den Parker auf gut fünfzig Quadratmeter schätzte, ließen viel Licht herein. Von der hohen weißen Decke mit den Stuckapplikationen hing ein riesiger, zwölfarmiger Kristallleuchter, ein unübersehbarer Eyecatcher. Die Wände waren in einem warmen, zarten Apricot gestrichen. Die Einrichtung war elegant, an manchen Stellen für Parkers Geschmack etwas zu verspielt, aber keineswegs protzig.

»Für die Innenausstattung ist Dominic, mein Mann, verantwortlich«, hörte Parker Verona König hinter sich sagen.

»An ihm ist ein Innenarchitekt verloren gegangen.«

Sie lachte kurz auf. Ein ehrliches Lachen. Dann schaute sie auf die Uhr. »Er müsste jetzt auch jeden Augenblick nach Hause kommen.«

Parker lächelte zurück und räusperte sich. »Frau König«, begann er, »Sie sagten am Telefon, dass Herr Winkler den Auftrag, Ihren Mann zu observieren, angenommen habe.«

Verona König schürzte die Lippen, nickte und antwortete: »Ja. Herr Winkler brauchte zwei Tage. Dann rief er mich an, um mir zu sagen, dass er Fotos gemacht hat.« Sie stellte das Glas vor ihn hin.

»Kompromittierende Fotos, nehme ich an.«

Sie schaute für einen Moment stumm an Parker vorbei. Dann blickte sie ihn an und verzog die Lippen zu etwas, das man für ein Lächeln halten konnte. »Ich habe Herrn Winkler gebeten, hierherzukommen und mir die Fotos im Beisein meines Mannes zu zeigen.« Sie hob den Kopf und richtete den Blick wieder in die Ferne. »Sie zeigten Dominic, wie er eine junge Frau in den Armen hält. Wie er sie an sich drückt. Ihr übers Gesicht streicht, während er sie glücklich anlächelt. Und wie sich die Tür hinter den beiden schließt.« Sie senkte den Blick. »Dominic hat sofort alles zugegeben.«

Parker bemerkte das leichte Beben in ihrer Stimme, nickte verstehend und griff zu seinem Glas. Für einen kurzen Moment betrachtete er die Flüssigkeit darin, dann nahm er einen Schluck. Das kühle, leicht säuerliche Gemisch tat gut. Und er wartete ab. Er ließ der Frau Zeit, sich wieder zu sammeln.

»Wissen Sie«, begann Frau König schließlich, »wir sind seit fast acht Jahren verheiratet«, sie blickte Parker freimütig an, »glücklich verheiratet ...«, sie machte eine kleine Pause, »... da sollte man sich einen kleinen Ausrutscher verzeihen können. Oder was meinen Sie?«

Ihre Worte ließen Parker aufhorchen. Solche leutseligen Sprüche hatte er schon zur Genüge gehört, und er hatte es sich abgewöhnt, darauf zu antworten. Daher nickte er nur, und Frau König fuhr fort: »Dominic hat erst gar nicht versucht, sich rauszureden ...«

Was hätte der reumütige Herr König auch sagen sollen, wenn er halbwegs intelligent ist, dachte Parker. Fotos waren in den meisten Fällen nur schwer zu entkräften. Besonders dann, wenn sie von einem Profi gemacht worden waren. Er formulierte im Kopf die Frage, ob er mal einen Blick auf die Bilder werfen dürfte. Verwarf diesen Gedanken aber im selben Augenblick. Nein, sagte er sich, das ist nicht mein Fall und außerdem zu persönlich. Das geht mich nichts an.

»Dominic und ich haben uns ausgesprochen. Ich habe ihm verziehen.«

»Verstehe«, sagte Parker und nötigte sich ein Lächeln ab. »Dann war der Einsatz von Herrn Winkler ja ein voller Erfolg und …« Sein Satz blieb unvollendet. Der Schlüssel drehte sich im Schloss. Die Tür wurde geöffnet und sogleich wieder geschlossen.

»Das ist er!«, erklärte Frau König salopp und milde lächelnd und deutete mit dem Kinn auf den Mann, der nun mit ausgestrecktem Arm auf Parker zuging.

Gut aussehender Kerl, schoss es Parker durch den Kopf. Athletisch, jedoch seiner Größe von circa ein Meter neunzig angemessen proportioniert. Kein Wunder, dass er einen Schlag bei Frauen hatte. Sein Händedruck war kräftig, aber nicht übertrieben.

»Sie müssen der Privatermittler, der Kollege von Herrn Winkler, sein«, begrüßte er Parker mit einem breiten Lächeln, die makellosen Zähne zeigend. Ein offenes Lächeln, das sich auch in seinen Augen spiegelte. Parker schätzte den Mann mit dem dunklen Drei-Tage-Bart auf Mitte dreißig. Sympathisch, ganz ohne Zweifel.

»Ja, das bin ich«, antwortete Parker freundlich. »Mein Name ist Parker. Lou Parker.« Dominic König nickte zweimal, ging dann auf seine Frau zu und küsste sie auf den Mund. Aus dem Kühlschrank nahm er sich eine Wasserflasche, öffnete sie und prostete Parker zu. Parker lächelte zurück und legte sich in Gedanken die nächste Frage zurecht.

Doch sein Gegenüber kam ihm zuvor. In seinen grünen Augen lag etwas Jungenhaftes, als er fragte: »Und Sie sind auch so ein echter Privatdetektiv?«

Parker nickte und konnte sich dabei nur schwerlich das Schmunzeln verkneifen.

»Ihr Name«, sprach König belustigt weiter, »ist ja beinahe schon Programm. Ist der echt? Oder haben Sie sich den geschäftsmäßig zugelegt?«

Parker schüttelte den Kopf und antwortete knapp: »Nee, der ist angeboren.«

»Ich glaube nicht, dass Herr Parker zum Plaudern hergekommen ist!«

»Natürlich nicht, mein Schatz!«, beeilte sich Dominic König an seine Frau gerichtet zu antworten. Rasch wendete er sich wieder Parker zu. Seine Stimme klang mit einem Mal belegt: »Also, ich bin Ihrem Kollegen geradezu dankbar, dass er mich hat auffliegen lassen. Das Ganze wurde auch für mich immer mehr zu einem unhaltbaren Zustand. Ich bin da so reingerutscht! Also nicht, dass Sie meinen, ich wollte mich hier als Opfer verkaufen. Nein, so ist es nicht … es ist halt nur … passiert.« Und nach einem kaum merklichen Zögern fügte er hinzu: »Und weshalb sind Sie nun hier?«

Parker war froh über die Frage, denn er fand auch, dass es an der Zeit war, zum Kern seines Besuches zu kommen. Doch Keith' Gitarrenriff zu *Satisfaction* hielt ihn erst mal davon ab. Er griff in die Jackentasche, während er ein »Entschuldigen Sie!« von sich gab, und blickte stirnrunzelnd auf sein Handy.

Tina! Nicht jetzt! Er schüttelte den Kopf und drückte sie weg.

»Mein Kollege Winkler wird seit fünf Tagen vermisst!«, sagte er ernst, nachdem er das Mobiltelefon wieder in seiner Jacke hatte verschwinden lassen.

»Tatsächlich?« Erstaunt schaute ihn Dominic König an.

Parker bejahte knapp.

»Und wie können wir Ihnen da helfen?«, hörte er Frau König hinter dem Rücken ihres Mannes fragen.

Parker beugte sich leicht zur Seite, um an dem breitschultrigen Mann vorbeizusehen. »Sie gehören vermutlich zu den Menschen, die ihn das letzte Mal gesehen haben.«

Schweigen.

»Ist Ihnen irgendetwas an Herrn Winkler aufgefallen, was Ihnen seltsam vorkam?«

»Was meinen Sie mit seltsam?«, wollte Frau König wissen.

Parker hatte nicht vor, den Eheleuten den wahren Hintergrund seiner Frage zu erläutern. Dass sein Freund eventuell an einer akuten Depression litt, wollte er ihnen nicht sagen. »Wann war Herr Winkler mit den Fotos bei Ihnen?«, fragte er stattdessen.

Herr König schaute schulterzuckend zu seiner Frau herüber.

»Das war am fünfzehnten dieses Monats«, antwortete sie. »Er hat dann auch gleich sein Honorar bekommen. Sein Auftrag war ja erledigt.«

Parker nickte, als sei ihm das bekannt. Sein Freund war also vor sechs Tagen hier gewesen. Das kam hin. »Wirkte er auf Sie nervös oder irgendwie abwesend?«

Diesmal war es Frau König, die mit den Schultern zuckte und ihrem Mann einen fragenden Blick zuwarf. »Mir ist nichts dergleichen an ihm aufgefallen. Dir, Dominic?«

»Nein«, antwortete der mit nachdenklichem Gesicht und schüttelte bedauernd den Kopf. »An so was kann ich mich auch nicht erinnern. Er wirkte auf mich sehr seriös.«

»Ihr Kollege war auf eine angemessene Art distanziert«, ergänzte Frau König, »was ich als sehr angenehm empfand.«

Als Parker zehn Minuten später wieder vor dem Haus stand, spürte er plötzlich ein schon in Vergessenheit geratenes Verlangen nach einer Zigarette. Er hatte das Rauchen vor fast vier Jahren drangegeben und war in dieser Zeit, bis auf zwei Ausrutscher, auch konsequent nikotinfrei geblieben. Auch wenn sich Alex hin und wieder eine ansteckte, hatte ihm das bisher nie etwas ausgemacht. Parker fühlte sich dadurch nie gefährdet, selbst wieder zum Glimmstängel zu greifen. Aber jetzt, in diesem Moment, musste er sich eingestehen, dass er schwach werden würde, bekäme er eine angeboten.

Verdammt, die Sorge um seinen Freund trieb ihn um. Winkler war nun schon seit fünf Tagen verschwunden. Parker hatte sich mehr von dem Gespräch mit den Königs erhofft, auch wenn er nicht sagen konnte, was genau. Aber auf jeden Fall mehr als *seriös* und *angemessen distanziert*. So kannte er seinen Freund. Was die Arbeit anging – immer professionell. Nie bewertend. Nie verurteilend. Anders als er. Parker ließ sich viel zu häufig von seinen Gefühlen leiten. Das war sein Schwachpunkt. Zugegeben, er verlor nicht selten die Objektivität. Das hatte Winkler ihm oft genug vorgehalten. Aber er war so, wie er war. Bei ihm ging nun mal

Bauch vor Kopf. Punktum! Auch wenn das der Grund gewesen war, warum es mit der gemeinsamen Detektei nicht geklappt hatte. Parker schüttelte den Kopf, so als wolle er dadurch seine Gedanken ordnen.

Er musste unbedingt zu Tanja, Winklers Frau. Parker griff zum Handy, wählte ihre Nummer. Sie meldete sich mit brüchiger Stimme.

»Ich wollte fragen, wann du heute zu Hause bist? Du bist noch auf der Arbeit, verstehe. Noch bis halb sechs?« Parker warf einen raschen Blick auf die Uhr. »Okay, dann bin ich in einer guten Stunde bei dir.«

Kaum hatte er das Gespräch beendet, empfing er eine SMS: »Die haben uns gesehen, im *Maybach*. Manu lässt mich überwachen. Hat seine Jungs auf mich angesetzt. Er befürchtet, dass ich gegen ihn aussage. Die haben auch dich auf dem Kieker. Sei vorsichtig! Ruf mich an, sobald du kannst. LG Tina.«

»Verdammt!« Parker konnte den Fluch nicht unterdrücken, machte einen schnellen Schritt auf den Roadster zu und beschloss, dem plötzlichen Magenknurren nachzugeben. Das *Casbah* war jetzt die richtige Adresse, um seinen Hunger zu stillen. In Gedanken sah er sich schon auf dem Marktplatz in Siegburg sitzen, bei einem großen kühlen Radler und einem Teller Tagliatelle in Sahnesauce mit Lachs und Blattspinat.

»Er hat sich verändert, Lou«, sagte die Mittvierzigerin. Parker und sie saßen einander im Wohnzimmer des Fachwerkhauses der Winklers gegenüber, und Parker hatte sich schon beim Eintreten verstohlen umgeschaut. Rustikal, aber dennoch modern, war ihm spontan durch den Kopf geschossen. »Du würdest Tommi nicht wiedererkennen.«

Tanja Winkler machte eine kurze Pause, in der sie Parker prüfend in die Augen blickte. »Aber wahrscheinlich würde er dir gegenüber versuchen, den Schein zu wahren.« Sie schüttelte den Kopf und verzog missbilligend die Mundwinkel. »Wie lange ist das her? Zwei, drei Jahre? Du hast lange nichts mehr von dir hören lassen …«, stellte sie schließlich ohne Bitterkeit in der Stimme fest, »… er hat sich über den Auftrag gefreut, weil er auf Empfehlung von dir kam. Er hat sich gefreut wie ein kleines Kind und hat von dir gesprochen, als seist du noch sein engster Freund. Du hättest ihn hören sollen, wie er von eurer gemeinsamen Zeit …«, sie brach mitten im Satz ab und wischte sich übers Gesicht.

»Es tut mir leid«, antwortete Parker ehrlich betrübt und verkniff sich die Bemerkung, dass sein alter Freund ihn ja auch hätte anrufen können. Er ließ gebührend Zeit verstreichen, ehe er fragte: »Du sagst, Thomas habe sich verändert – was meinst du damit?«

Tanja drückte schulterzuckend ihre Zigarette aus und fuhr sich durch das aschblonde Haar. »Wo soll ich da anfangen?« Sie überlegte, wandte den Blick von Parker ab und sah aus dem Fenster. Sie schloss die Augen, wie um sich besser konzentrieren zu können. »Er hat erheblich zugenommen. Zu viel und zu viel ungesundes Essen. Zu wenig Sport. Und dann die Diagnose: Diabetes. Vor zwei Jahr ist er plötzlich in der Küche zusammengebrochen und lag fast eine Woche auf der Intensivstation. So lange haben die Ärzte gebraucht, um festzustellen, was mit ihm los war. Und dann dauerte es noch einmal vierzehn Tage, bis sie ihn stabilisiert hatten. Seitdem ist er eingestellt.«

»Verstehe.« Was anderes brachte Parker nicht über die Lippen.

»Tja, und dann war da die Sache vor einem Jahr«, Tanja senkte den Blick, nahm eine Zigarette aus der Schachtel und schob sie sich zwischen die Lippen. Bevor sie weitersprach, hatte sie das Feuerzeug bereits in der Hand und zündete sie an. »Mit diesem jungen Ding.« Sie versuchte ein Lächeln, scheiterte aber jämmerlich.

»Was für eine Sache?«, hakte Parker unbehaglich nach.

Tanja schnaufte und umschloss die Zigarettenschachtel so fest, dass Parker es knistern hörte.

»Tommi hat sich seit ein paar Jahren auf das Aufspüren von vermissten Minderjährigen spezialisiert. Dabei hatte er sich wohl in ein Mädchen verliebt und mit ihr eine kurze Affäre gehabt. Das Mädchen war gerade mal sechzehn Jahre alt.«

Parker sträubten sich sogleich die Nackenhaare, und ein kalter Schauer lief ihm über den Rücken. Er fand auf Anhieb keine Worte – es hatte ihm glatt die Sprache verschlagen. Er richtete den Blick auf die gegenüberliegende Wand. Unwillkürlich versuchte er, diese ungeheuerliche Information in die verschiedenen Szenarien einzubauen. Stand Thomas' Verschwinden im Zusammenhang mit dieser Affäre? Und: War die Affäre wirklich beendet worden? Oder war sein alter Freund mit dem jungen Mädchen abgehauen? Oder war er vielleicht sogar wegen dieses Verhältnisses durch Familie, Freunde beiseitegeschafft worden? Ehrenmord. Rache.

Vergeltung. Wut. Eifersucht. Alles klassische Motive, jemanden umzubringen.

Verdammt, in was für eine Scheiße hatte sich sein Kumpel da verrannt!

Wenn er ihm trotz allem helfen wollte, musste er sich zusammenreißen. Er richtete seinen Oberkörper auf und fragte schließlich mit fester Stimme in die entstandene Stille hinein: »Hast du den Namen des Mädchens?«

Tanja schüttelte den Kopf.

»Eine Telefonnummer? Oder eine Adresse?«

Sie verzog das Gesicht. »Lou, Tommi war auch in dieser Sache sehr diskret. Er war es, der mir von seiner Eskapade berichtet hat. Auch dass das Mädchen so jung war, hat er mir freimütig gestanden. Ich glaubte damals, er wollte sich erleichtern. Aber was weiß ich schon? Wie gut kennt man einen Menschen wirklich?« Sie warf die Hände in die Luft, ließ sie dann wieder schwer auf ihre Oberschenkel fallen. »Nein, er hat mir weder Namen noch sonst etwas über das Mädchen verraten.«

Parker setzte zur nächsten Frage an, doch Tanja fuhr fort: »Er hat mir gesagt, er hätte es beendet. Noch vor seiner Beichte bei mir. Ich habe ihm geglaubt …«, schluchzend brach sie ab, griff nach einem Taschentuch und schnäuzte sich die Nase.

Parker nickte mitfühlend, wartete einen kurzen Moment und fragte dann: »Was sagt die Polizei?«

»Die haben meine Vermisstenmeldung aufgenommen und gesagt, dass sie sich melden, sobald sie was erfahren«, sie stöhnte auf und verdrehte die Augen gen Zimmerdecke. »Ich hatte das Gefühl, dass die mich gar nicht ernst nehmen. Von wegen Privatdetektiv und so.«

»Was ist mit Krankenhäusern, hast du …«

Tanja winkte ab, und Parker bemerkte, wie blass sie auf einmal geworden war. »Das war das Erste, was ich gemacht habe. Ich habe alle Krankenhäuser in der Region angerufen. Troisdorf, Siegburg, St. Augustin, Bonn … sogar die in Köln und Aachen habe ich abtelefoniert.«

Parker wartete, bis Tanja wieder etwas Farbe bekommen hatte.

»Und was ist mit der Presse?«, fragte er schließlich mit plötzlich belegter Stimme. »Ein Foto von Thomas in der Zeitung bringt vielleicht was.«

Tanja nickte, machte den Mund auf, musste sich jedoch erst räuspern, bevor sie sprechen konnte. »Guter Tipp! Danke. Ich werde mich gleich morgen an den *Rhein-Sieg-Anzeiger* wenden, ich kenne da einen Redakteur.«

»Tu das, und ich werde alles dransetzen, Thomas zu finden«, erklärte Parker und fügte noch eine Frage an: »Kannst du mir sagen, an welchem Fall er aktuell arbeitet?«

»Ja, Tommi hat mir von einem fünfzehnjährigen Mädchen erzählt«, sie legte die Stirn in Falten und schaute zur Decke, dachte nach und nickte dann, bevor sie weitersprach: »Ana, so heißt sie. Sie ist verschwunden, schon seit fünf Wochen. Er hat die Telefonnummer und Adresse der Eltern in seinem Laptop – er hat mir das Kennwort gesagt, falls mal was mit ihm sein sollte …«

Als Parker fast anderthalb Stunden später wieder in seinem Auto saß, war er voller düsterer, schwerer Gedanken. Mit verkniffener Miene starrte er auf das Foto in seiner Hand, das er sich von Tanja hatte geben lassen. Es zeigte seinen Freund im weißen Strickpullover und mit einem breiten Lächeln vor dem Brandenburger Tor. Ein verlängertes Wochenende, hatte Tanja dazu erklärt, an einem sonnigen Frühlingstag in Berlin.

Ja, sie hatte recht, Thomas hatte ordentlich zugelegt. Parker spürte, wie ihn das Bild traurig machte, und er legte es ins Handschuhfach. Wieder das Verlangen nach einer Zigarette. Er schaute auf die Uhr, gleich halb neun. Nein, er würde die Eltern von Ana heute nicht mehr anrufen. Das musste bis morgen warten. Er fühlte, wie sich eine plötzliche Müdigkeit seiner bemächtigte, und massierte sich den verspannten Nacken. Er sehnte sich nach seinem Sofa, nach einer Flasche Bier, etwas zu knabbern und nach dem Fernseher. Aber bevor er nach Hause fuhr, wollte er sich noch kurz bei Tina melden. Er wählte ihre Nummer und legte wieder auf, als die Mail-Box ansprang.

Na, wenn sie sieht, dass ich angerufen habe, wird sie sich schon bei mir melden, dachte er und startete den Motor.

8. KAPITEL

Mit einem schmalen Lächeln lenkte er den SUV aus der Tiefgarage. Der Campus war um diese Uhrzeit zwar hell erleuchtet, aber menschenleer. Für einen Moment hielt er an, drehte den Kopf nach rechts und betrachtete den hellblauen Pullover und den Rucksack, die auf dem Beifahrersitz lagen.

Es war okay, er wusste, was er getan hatte. Doch wagte er es nicht, auf die Rückbank zu schauen. Ja, sie war ein Opfer. Er hasste es, dies tun zu müssen. Sie würde öffentlich werden. Ihr Bild und ihr Name würden in der Zeitung stehen. Die geifernde Journaille würde sich darauf stürzen, wie Geier auf das Aas. Das hatte er immer vermeiden wollen und hatte schließlich einen Weg gefunden, diese Geschöpfe aus dieser Welt in eine bessere zu begleiten, ohne dass ihre Körper ausgestellt werden würden. Er hatte ihnen ihre Würde zurückgegeben.

Wenn nichts mehr blieb von Leid und Schmerz, waren sie wirklich erlöst. Doch diesmal … er musste es tun, wollte er seinen Auftrag nicht gefährden.

Sie war eine hübsche junge Frau gewesen. Noch keine achtzehn. Sehr auskunftsfreudig. Überraschend schnell hatte sie Vertrauen zu ihm gefasst und erzählt, dass sie seit zehn Tagen unterwegs sei. Sie hätte mal hier und mal dort geschlafen, und sie würde sein Angebot, bei ihm eine Nacht zu verbringen, gerne annehmen.

Ohne Frage, sie war reizend gewesen. Doch hätte es nicht lange gedauert, und sie hätte sich verändert. Hätte nach und nach ihre Selbstachtung verloren. Hätte sich verkauft und dann komplett aufgegeben. Und sie wäre schlussendlich wie all die anderen elendig verreckt. So war es immer. Ihm waren die verräterischen Spuren sofort aufgefallen. Und dann der Joint! Er schüttelte den Kopf. Früher hatte er noch daran geglaubt, sie vor dem Absturz bewahren zu können. Es war jedes Mal vergebens. Nächtelang hatte er geweint. Bis er seine wahre Bestimmung erkannt hatte. Diese zarten Engel. Zuerst der körperliche Verfall, dann der seelische. Auch sie hatte er vor diesem Untergang bewahrt.

Nein, er wollte dafür keine Dankbarkeit. Das konnte er nicht erwarten. Woher sollten sie es wissen? Er war ihr Schicksal, so war es bestimmt. Ein paar wenige wehrten sich dagegen. Wollten es nicht wahrhaben, dass er ihr Erlöser war. Wie sollten sie – die Drogen hatten ihren Verstand schon infiziert. Irreparabel. Da half kein Entzug mehr. Diese armen Geschöpfe. Niemand kümmerte sich wirklich um sie. Nicht so, wie er es tat. Sie waren allesamt gefallene Engel.

Er schüttelte vehement den Kopf. Er hatte seinen Auftrag, und daher durfte er sich auch von niemandem aufhalten lassen. Darum hatte er das tun müssen, was er getan hatte. Ohne Rücksicht! Es ging nicht anders. Man ließ ihm keine Wahl.

Er schlug sich mit der flachen Hand gegen die Stirn. Ein-, zweimal. Das klatschende Geräusch hallte in seinen Ohren wider.

Beruhige dich! Du hast alles richtig gemacht. Hast den Chip, das Handy und die Uhr im Säurebad vernichtet. Ja, um die Uhr war es wirklich schade. Aber es wäre zu riskant gewesen, sie zu behalten. Du hast es gut gemacht. Man wird dir nichts nachweisen können. Deine Arbeit ist noch lange nicht zu Ende. Die Mission ist nicht gefährdet.

Zufrieden nickend nahm er den Fuß von der Bremse und fuhr los. Er verließ das Gelände, um kurze Zeit später auf die wenig befahrene A 59 zu fahren. Wieder nickte er – in einer halben Stunde würde er am Flughafen sein.

Thomas Winkler stand einfach nur da, regungslos. Mit hängenden Schultern und ausdruckslosem Gesicht starrte er Parker an. Eine plötzlich aufkommende Windböe, die durch das offene Fenster fegte, zerzauste das Haar seines Freundes. Parkers Blick wechselte zwischen Winklers Augen und dessen rechter Hand, in der er ein großes Fleischermesser hielt, hin und her. Blut tropfte dunkelrot von der Spitze auf den hellen Marmor.

Verdammt, ich werde diese Lache nie wieder aus dem Boden herausbekommen, schoss es Parker durch den Kopf. Was wohl Alex dazu sagen wird?

In diesen Gedanken hinein sprang sein Freund unvermittelt auf ihn zu. Parker begriff zu spät, in was für einer Gefahr er sich plötzlich befand, und riss unbeholfen seine Hände vor die Brust. Er sah noch, wie die mächtige Klinge auf ihn niederraste, hörte irgendwoher Keith Richard Gitarre spielen … dann schreckte er hoch.

Er brauchte eine Weile, bis er verstand.

Er fuhr sich mit der Hand übers Gesicht, schloss die Augen und öffnete sie sogleich wieder. Im Fernsehen verabschiedete sich Frank Plasberg gerade von seinen Gästen. Auf dem Tisch vor Parker stand die halb volle Flasche Bier, und Watson schlief grunzend auf dem Sofa. Penetrant spulte sein Handy die Anfangsmelodie von *Satisfaction* ab. Endlosschleife. Ächzend erhob er sich aus dem Ohrensessel, um sich mit schleppenden Schritten in den Flur zu begeben. Ein Blick auf das Display, und Parker nahm ab.

»Hallo Tina«, begann er betont sachlich, »ich hab deine SMS gelesen. Ich muss dir aber sagen, dass ich momentan nur begrenzt Zeit habe, mich um deine Verfolger zu kümmern. Du solltest schleunigst die Polizei einschalten, bevor …«

»Hallo Lou! Hier ist nicht Tina. Ich bin's, Jo. Tina liegt auf der Intensivstation. Ob sie durchkommen wird, ist mehr als fraglich. Sie ist von einem Pkw erfasst worden. Auf der Dürener Straße. Vor zwei Stunden. Der Fahrer ist flüchtig. Auf der Telefonliste ihres Smartphones stehst du ganz oben. Du musst zu mir ins Polizeipräsidium kommen. Sofort.«

Parker betrat das Büro von Jo Degen und sah seinen Freund vor dem Computer sitzen. Er blickte kurz auf.

»Setz dich bitte!« Der Kriminaloberkommissar deutete mit der Hand auf den Stuhl ihm direkt gegenüber und wandte sich wieder dem Bildschirm zu. »Ich bin gleich so weit, muss eben noch den vorläufigen Bericht der KTU lesen, der ist gerade reingekommen.«

Parker nickte wortlos, rückte den Stuhl etwas nach hinten und nahm Platz. Er beobachtete Degen, bemerkte die dunklen Augenringe und seufzte innerlich. *Du siehst verdammt müde aus! Du gehörst ins Bett. Solltest mal richtig ausschlafen. Solltest mal wieder mit deiner Frau an die See fahren. Du bist erst achtunddreißig! Erst oder schon? Die Frage, von welcher Seite man es betrachtet. Ich weiß, Bereitschaftsdienste machen alt.* Parker schaute verstohlen auf die Uhr – gleich zweiundzwanzig Uhr dreißig.

Stattdessen sitzt Marie mal wieder zu Hause und macht sich Sorgen. Scheiße, dieser Job ist ein Beziehungskiller.

Parkers Gedanken schweiften ab, und er erinnerte sich noch gut daran, wie er in einem solchen Büro gesessen hatte. Oftmals völlig übernächtigt. Überstunden ohne Ende. Die Dienststelle beinahe chronisch unterbesetzt. Und alle fast immer am Limit. Körperlich wie psychisch. Und dann die Bilder, die man nie wieder aus dem Kopf bekam. Die ihn bis heute begleiteten. Egal ob alt, ob jung, ob Frau, oder Mann, die Gesichter der Opfer hatten sich eingebrannt. Unauslöschlich. Da musste man schon eine verdammt robuste Natur sein.

Nein, er beneidete seinen Freund weiß Gott nicht. Auch wenn Jos Konto regelmäßig aufgefüllt wurde, ganz im Gegensatz zu seinem eigenen, so mochte Parker nicht mit ihm tauschen. Nicht mehr.

Degen vollführte eine halbe Drehung mit seinem Ledersessel und wandte sich Parker zu. »Schön, dass du so schnell herkommen konntest. Wie ich dir bereits am Telefon …«, er brach mitten im Satz ab und zog die Augenbrauen hoch, »… Lou, du siehst ja ziemlich kaputt aus!«, entfuhr es ihm. »Du brauchst dringend 'ne Mütze voller Schlaf! So kann man dich ja nicht unter die Leute gehen lassen! Was sagt denn Alex dazu?«

Parker musste unwillkürlich schmunzeln, nickte beifällig und beugte sich, beide Hände auf eine Stuhllehne gestützt, zu seinem Freund vor. Ohne auf Degens Bemerkung einzugehen, fragte er: »Wie geht es Tina? Habt ihr irgendetwas? In welchem Krankenhaus liegt sie?«

Nun war es sein Freund, der mit einer Gegenfrage antwortete: »Was hast du mit Tina Rottländer zu tun? Ist sie eine Klientin?«

»Nein! Ähm ja, vielleicht«, stöhnte Parker auf und handelte sich dafür postwendend einen missbilligenden Blick von Degen ein. »Mensch, Jo«, gab er dann ausweichend zur Antwort, »ich weiß jetzt ehrlich gesagt nicht, wo ich anfangen soll. Komm, es ist schon spät! Können wir das hier vielleicht verschieben, und du sagst mir einfach in welchem Krankenhaus …«

»Dann lass mich teilhaben an deinem … Chaos.« Degen neigte den Kopf und fixierte Parker. »Vielleicht kann ich dir beim Sortieren behilflich sein. Nun lass dich nicht so lange bitten, du weißt schließlich, wie der Laden läuft. Je schneller du deine Aussage machst, desto rascher liegst du in deinem Bett. Und du hast Schlaf bitter nötig!«

Parker atmete schwer aus und verdrehte die Augen. Nee, aus der Nummer kam er nicht mehr raus, das wusste er. Degen würde keinen Millimeter von seiner Linie abweichen. Da war er durch und durch Beamter.

Ich weiß schon, dachte Parker: Quid pro quo! Erzählst du mir was, dann erzähl ich dir was. Genau in dieser Reihenfolge. Parker musste anfangen, denn sein Freund war der Polizist, er war das Gesetz. Der Detektiv lehnte sich ergeben zurück und berichtete vom Aufeinandertreffen mit Tina. Vom Auftrag von Frau König. Und vom Verschwinden Thomas Winklers. Er ließ kein Detail aus. Auch nicht, dass sein Freund Winkler ein Verhältnis mit einem so jungen Mädchen gehabt hatte. Bloß was seine Schlussfolgerungen betraf, schwieg er sich aus.

Jetzt war es Degen, der sich mit einem tiefen Seufzer in seinem Sessel zurückfallen ließ. Er war den Ausführungen von Parker aufmerksam gefolgt, hatte keine Zwischenfragen gestellt und fuhr sich nun, bevor er wieder das Wort ergriff, über den akkurat gestutzten Bart. »Etwas viel an Vergangenheit an einem Stück!«, stellte er ohne ironischen Unterton fest und erklärte ehrlich betroffen: »Thomas war in meiner Erinnerung immer ein sehr korrekter Typ. Viel disziplinierter, als wir es waren. Der wusste, wann man genug getrunken hatte ...«

Als Parker hierzu nichts bemerkte, fuhr Degen kopfschüttelnd fort: »Dass der was mit so einem jungen Ding anfängt und plötzlich von heute auf morgen abtaucht ...«

»Na ja, das mit dem Abtauchen ist nicht das erste Mal.«

Degen stöhnte leise auf. »Stimmt! Seine Depressionen!« Er richtete den Blick in die Ferne. »Halt mich bitte auf dem Laufenden.«

Parker gab ein zusicherndes Brummen von sich. Es entstand eine kurze Pause zwischen den Freunden.

Schließlich: »Was Tina angeht, kann ich dir nur den freundschaftlichen Rat geben, dich da rauszuhalten. Wir kümmern uns darum. In dem Fall fehlt dir der

Abstand. Zudem steckt hinter Manuel ›Manu‹ Stanko das organisierte Verbrechen. Selbst aus dem Gefängnis heraus stehen Stanko genügend Handlanger zur Verfügung, die für ihn jederzeit Menschen aus dem Weg räumen.« Degen fuhr sich mit beiden Händen durchs Haar und senkte den Blick auf die Schreibtischplatte, als seien dort die Namen aller Auftragskiller niedergeschrieben.

Parker ächzte laut und stieß innerlich einen Fluch aus. Verdammt, was erzählte ihm sein Freund da! Er war doch nicht weltfremd. Er kannte die Szene. Wusste von den Seilschaften zwischen Unterwelt und den gesellschaftlich Anerkannten. Er war kein Anfänger. Nein, so ließ er sich hier und jetzt nicht abspeisen. »Du bist dran!«, sagte er daher mit unverhohlenem Groll in der Stimme und sah seinen Freund herausfordernd an.

Jo Degen warf ihm einen genervten Blick zu. »Lou, das ist eine Nummer zu groß für dich! Ich habe keine Lust, dich irgendwo von der Straße zu kratzen oder deinen schicken Roadster am Haken eines Bergungskrans hängen zu sehen. Ich hab schon genug Wasserleichen …«

»Hör auf damit!«, gab Parker unwirsch zurück, obwohl er wusste, dass aus Degens Erläuterung nur seine Sorge um ihn sprach. »Du musst mir nicht deine Arbeit erklären«, echauffierte er sich weiter, »musst mir keine Szenarien aufzeigen, die ich selber zur Genüge kenne. Wir müssen uns nicht darüber unterhalten, was damals passiert ist. Wir sitzen noch nicht auf der Parkbank und erzählen uns gegenseitig Geschichten von früher. Du und ich waren beide an dem Fall dran. Und wir waren verdammt nah dran. Haben dafür gesorgt, dass einige von diesen aalglatten Typen plötzlich das ›blinkende P‹ in den Augen hatten. Wir haben sie mehr als nur aufgeschreckt und sie … sie haben uns gegen die Wand fahren lassen. Wie sie das angestellt haben? Ha, sie konnten es – ganz einfach. Es hat mich meinen Job gekostet und fast mein Leben. Du kannst unmöglich von mir verlangen, dass ich hinter alledem einen Punkt setze und so tue, als sei die Welt in Ordnung. Wenn ich jetzt eine Chance sehe, durch Tina an die Hintermänner zu kommen, so werde ich sie nutzen. Koste es, was es wolle!«

Degen schaute seinen Freund lange an. Dann nickte er und antwortete ruhig: »Wir haben eine Zeugin, die den Unfall beobachtet hat. Und wir haben das Fahrzeug, einen schwarzen BMW-Geländewagen, der vor zehn Tagen als gestohlen gemeldet wurde. Die Nummernschilder wurden ausgetauscht.«

»Profis!«

Degen wiegte den Kopf hin und her. »Anzunehmen.«

»In welchem Krankenhaus liegt Tina?«

»In der Uni-Klinik.«

Parker stand schon an der Tür, als Degen wie beiläufig bemerkte: »Grüß Alex von mir!«

Am nächsten Morgen verließ Parker bei schönstem Spätsommerwetter das Haus. Die hochstehende Sonne blendete ihn so sehr, dass es fast schmerzte. Blinzelnd holte er seine Ray-Ban aus der Hemdtasche, setzte sie auf und ging zu seinem Wagen. Parker hatte die halbe Nacht damit verbracht, in seinem Kopf ansatzweise Ordnung zu schaffen. Der Morgenkaffee war extra stark gewesen, und er hatte ein kurzes Telefongespräch mit

Alex geführt. Sie hatten verabredet, dass Alex am frühen Abend zu ihm nach Siegburg kommen sollte. Sie wollten das American-Food-Restaurant *Huckleberry's* in der Waldstraße ausprobieren. Schließlich ging es darum, als Neu-Siegburger die Lokalitäten der Stadt zu erkunden. Parker hatte sogleich online einen Tisch für zwanzig Uhr bestellt und freute sich auf den Abend, auch wenn ihm klar war, dass er bis dahin noch eine Menge zu tun hatte.

Eine knappe Stunde später befand sich Parker auf der Intensivstation der Uni-Klinik Köln. Unterwegs hatte er an einem Blumenladen gehalten und einen Strauß gelber und roter Gerbera gekauft. Die Blumen waren ihm bei Ankunft von einer Krankenschwester freundlich, aber bestimmt abgenommen worden. Jetzt stand er da und starrte mit versteinerter Miene durch die Glasscheibe auf die Vielzahl technischer Geräte, die die Aufgabe hatten, den Zustand der Frau im Bett dort zu überwachen und stabil zu halten. Von Tina erkannte er kaum etwas, aber das, was er sah, was er erahnte, drehte ihm den Magen um.

Manu, der Zuhälter. Rücksichtlos und brutal. Lange Zeit hatte er die Frauen auf dem Straßenstrich am Eifeltor abkassiert – ein verdammt hartes Pflaster. Vor gut zwei Jahren war er ins Internet-Geschäft eingestiegen und ließ Frauen, meist blutjunge Osteuropäerinnen, vor laufender Kamera »tabulos« agieren – Parker hätte kotzen können. Und Manu hatte gute Kontakte zu den besseren Kreisen. Seine Partys waren legendär. Seine Verbindungen auch.

Mit Wut im Bauch schaltete Parker sein inneres Navigationssystem ein, schaute auf die Uhr, fünf nach zwei, und entschied sich für den vermeintlich schnellsten Weg. Sofern man in Köln überhaupt von »schnell« sprechen konnte. Egal was die Uhr anzeigte. Parker fuhr von der Autobahn auf den Militärring. Aus den Boxen erklang Micks Stimme. Diesmal sang er vom Teufel, der sich seinem Publikum vorstellt, und davon, dass jeder Polizist auch ein Verbrecher war und alle Sünder Heilige. Parker musste lachen – wie passend, Herr Jagger! Nachdenklich drehte er den Knopf nach links, und die Musik wurde leiser, trat in den Hintergrund.

Er musste sich sammeln, sich konzentrieren. Nein, nicht wegen des Verkehrs, die Straßen waren wider Erwarten frei, er kam gut durch. Zumal er die Grünphase auf seiner Seite hatte. Nein, er groovte sich ein, so bezeichnete er es, wenn er sich mental vorbereitete. Vorbereitete auf die anstehenden Befragungen. Dieses Abschreiten, von einer Person zur anderen. Und es waren immer dieselben Fragen, die er stellte. Klar, das gehörte dazu. Aber er hasste es. Und es zog ihm auch diesmal den Magen zusammen. Dieses ungute Gefühl begleitete einen, ließ sich nicht abschütteln. Besonders dann, wenn die Ermittlungen einen ins Milieu führten. Und wenn man dann noch alleine war … ohne Partner, der einem den Rücken freihielt, wenn es eng wurde. Ohne Netz und doppelten Boden. Draußen, in der freien Wildbahn, ungeschützt. Das war etwas anderes als auf dem Revier, im Verhörzimmer.

Was erwartete ihn? Worauf musste er sich einstellen? Er trug keine Waffe bei sich. Nicht am helllichten Tag. Aber was hieß das schon? Menschen wurden egal zu welcher Tages- und Nachtzeit umgebracht.

Okay, er war kein Namenloser. Die Szene kannte ihn. Er genoss einen gewissen Ruf, der ihn im besten Falle schützte, aber er machte ihn keineswegs unverwundbar. Seine Nähe zu Katharina hatte ihm manches Mal den Hintern gerettet. Und wenngleich die *Schwarze Witwe vom Eigelstein* zurzeit einsaß, hielt sie dennoch einige einflussreiche Fäden in der Hand und selbige schützend über den Detektiv. Und das, obwohl Parker sie und ihren Sohn in den Knast gebracht hatte. Aber er machte sich nichts vor: Man wusste nie, wie viel Credits man noch hatte.

Er war am Ziel angekommen. Am Eifeltor. Kölns berühmt-berüchtigtes Gelände für Wohnwagenprostitution. Sofort wurde das Magenziehen stärker; es breitete sich aus und ließ ihn schwitzen.

Parker lenkte seinen Roadster langsam an den rechts aufgestellten Wohnwagen vorbei, die wie an einer Perlenschnur aufgereiht hintereinander parkten. Es war nicht viel los, an diesem frühen Nachmittag. Nur wenige Fahrzeuge schoben sich mit heruntergelassenen Scheiben träge über den Asphalt. Vor manchen Caravans standen Campingstühle, auf denen leicht bekleidete Frauen saßen. Einige von ihnen starrten gelangweilt vor sich hin, andere lasen Zeitung oder zogen gedankenverloren an ihren Zigaretten. Wieder andere zeigten sich in dem Moment besonders willig, als sie Parker kommen sahen. Mit mehr oder weniger eindeutigen Gesten und Zurufen versuchten sie den vermeintlichen Kunden anzulocken, ihn von ihren Reizen zu überzeugen.

»Hey, Sahneschnittchen, du kannst dein Sportwägelchen unbesorgt vor meinem Liebesnest abstellen!«

»Liebchen, mit 'nem Fuffie biste dabei!«
»Alles mit Gummi!«
Dabei war der unüberhörbar osteuropäische Akzent eindeutig in der Überzahl. Parker hatte das innere Bedürfnis, sich wegzuducken, ein etwas schwieriges Unterfangen, wenn man in einem Cabrio saß.
Verdammt, das waren nicht die Frauen, die hier zu finden er gehofft hatte. Diese Frauen würden ihm nichts sagen.
Eine langbeinige Rothaarige in hohen schwarzen Lackschaftstiefeln, knapp sitzenden Hotpants und schwarzer, hautenger Korsage in Lederoptik bewegte sich lasziv auf Parker zu, der nun seinen Wagen zum Stehen brachte.
»Hallo, Parker-Schatz!«, hauchte die Rothaarige, öffnete ungeniert die Beifahrertür und ließ sich mit einem »Hoppla, ganz schön tief!« in den Sitz fallen. »Dich hab ich ja lange nicht mehr gesehen.« Sie zog die Tür zu, klappte die Sonnenblende herunter und warf einen kurzen, kritischen Blick in den kleinen Kosmetikspiegel. »Was treibt dich denn hierher?« Sie wandte sich Parker zu. »Doch nicht etwa ...« Sie ließ den Satz unvollendet, legte die Finger mit den rot lackierten langen Nägeln auf ihren Mund und kicherte affektiert, wofür sie einen abschätzigen Seitenblick von Parker kassierte, der dann den Motor startete und abrupt anfuhr.

Parker kannte Maren aus seiner Zeit als Polizist. Maren war irgendwas um die vierzig, und Maren war noch bis vor fünf Jahren ein Mann gewesen und hieß Martin. Parker hatte was gut bei ihr. Er hatte ihr quasi das Leben gerettet. Maren wurde damals von drei

Skinheads überfallen, als sie auf dem Eigelstein Männer ansprach. Die Glatzen hatten sie fast totgeprügelt, und wäre Parker, der dort Streife fuhr, nicht dazwischengegangen, wäre sie wohl nicht mit einem vierwöchigen Krankenhausaufenthalt davongekommen.

Parker fuhr zurück auf den Militärring und drückte dank geringem Verkehr das Gaspedal durch.

»Schätzelein, was rast du denn so! Wo willst du denn mit mir hin? Du machst mich noch ganz schwindelig! Meine Frisur!«

Parker antwortete nicht, schaute nur stur geradeaus auf die Fahrbahn, ohne eine Miene zu verziehen. Innerlich musste er jedoch schmunzeln. Die Fahrt war nur von kurzer Dauer. Bereits nach fünf Minuten verringerte er die Geschwindigkeit, setzte den Blinker und bog links in den Komarweg ein. Im Schritttempo steuerte er den roten MX5 auf den Parkplatz des DJK Clubheims, bremste schließlich und schaltete den Motor aus. »Keine Sorge«, sagte er, während die Fußballer auf dem gegenüberliegenden Sportplatz für einen Moment seine Aufmerksamkeit gewannen. Der Ball lag auf dem Elfmeterpunkt. Der Spieler in Weiß-Blau lief an und drosch das Spielgerät einen halben Meter übers Tor, wonach sofort ein lautes Aufstöhnen folgte, gepaart mit deftigen Flüchen und wildem Gestikulieren. Parker schüttelte den Kopf, als er geistesabwesend seinen angefangen Satz beendete: »… ich fahr dich gleich wieder zu deinem … Arbeitsplatz.«

Jetzt war es Maren, die ihn mit einem misslaunigen Blick strafte. »Wie du das sagst!«, giftete sie und verzog dabei die rot geschminkten Lippen. »*Arbeitsplatz*. Bei dir klingt das wie *Seuchengebiet*. Ganz schön herablassend. Wir sind schwer arbeitende Mädels, wir kriegen nichts geschenkt. Wir ...«

Parker hob beschwichtigend die Hand. »Hey, ist schon gut, ich hab's nicht so gemeint!« Er grüßte den älteren Herrn mit Dackel an der Leine, der nun mit offenem Mund an dem Cabrio vorbeiging, mit einem freundlichen Nicken und wartete, bis der Hundebesitzer außer Hörweite war.

»Du hast das von Tina gehört?«

»Ja, schrecklich, wir sind alle geschockt. So etwas spricht sich rasend schnell ...«

»Und du kennst doch Manu«, kam Parker direkt zur Sache. »Was spricht man so über ihn?«

Maren schaute ihn verständnislos an. »Klar kenn ich Manu! Der schöne Manu. Aber ich versteh nicht, was du von mir hören willst. Du weißt doch, dass er im Knast sitzt.«

»Ja, das ist mir bekannt. Aber hat er Kontakte nach draußen? Zur Szene?«

»Gibt es in der Wüste Gobi Sand?« Maren rollte mit den Augen. »Meine Güte, Lou, du bist doch kein Anfänger mehr! Manu ist kein kleiner Zuhälter, der gehört zur ersten Liga hier in Köln. Natürlich hat er Kontakt zu seinen Leuten. So hoch können die Gefängnismauern gar nicht sein. Manu weiß, wie man Vollzugsbeamte schmiert.«

Als habe er ihre Reaktion überhört, stellte Parker gleichmütig fest: »Also ja!« Er drehte sich zu Maren um, zog die Sonnenbrille aus und schob eine Frage hinterher: »Kannst du mir Namen nennen? Wer steht auf seiner Gehaltsliste?«

Maren stöhnte auf und wich seinem Blick aus. »So viel Zeit habe ich nicht«, antwortete sie kopfschüttelnd, »ich müsste das komplette Alphabet von A bis Z durchgehen.«

»Mir reichen die Experten fürs Grobe.«

Sie stockte. »Das kannst du nicht von mir verlangen«, flüsterte sie und schaute ihm flehentlich in die Augen. »Du weißt, was mit denen passiert, die zu redselig sind.«

Ja, das wusste Parker. Das wusste er nur zu gut. Einige von ihnen hatte er an diversen Tatorten begutachten müssen. Keines dieser Opfer hatte er je vergessen. Konnte sie nicht vergessen. Diese maskenhaften Gesichter. Verzerrt. Entstellt. Diese gebrochenen Blicke. Ja, Parker wusste, wie die Szene mit Verrätern umging, aber er hatte keine Wahl, wollte er die Typen finden, die Tina überfahren hatten.

»Ich suche nach den Fahrern eines schwarzen Geländewagens der Marke BMW. Damit wurde Tina überrollt. Ob sie durchkommen wird, ist mehr als fraglich. Also, was spricht man dazu in deinen Kreisen?«

»Du glaubst, dass Manu dahintersteckt?«

Parker dachte kurz nach und entschied sich dafür, ihr die Antwort schuldig zu bleiben. Stattdessen hakte er nach: »Was ist? Hast du was gehört?«

Maren starrte an Parker vorbei und verfiel in Schweigen. »Schwarzer Geländewagen?«, sagte sie nach geraumer Zeit. »Einige der Mädchen haben mal was fallen lassen ...«

»Und?«, wollte Parker wissen, der merkte, dass er nachfragen musste, damit sie weitererzählte.

»Die Kolleginnen haben vor ein paar Tagen von einem dunklen Geländewagen gesprochen, der zu unterschiedlichen Zeiten ein paarmal durch unsere Straße gefahren ist. Einmal wären zwei junge, bullige Typen in schwarzen Anzügen ausgestiegen, die wie Zwillinge aussahen. Als zwei der Mädchen auf sie zu sind, haben sie sich wieder in ihren Wagen gesetzt und sind abgerauscht. Danach wurden sie nicht wieder gesehen. Ich dachte erst, das wären vielleicht irgendwelche Zuhälter, die in fremden Gewässern fischen wollten. Typen, die erst die Lage auskundschaften und dann Mädchen entführen. Aber wahrscheinlich waren das bloß irgendwelche Spanner, von denen lungern ganze Herden bei uns herum. Glotzen und aufgeilen und das, ohne zu zahlen. Wenn du mich fragst, müssten wir Eintrittsgeld verlangen dürfen. Bekämen wir von jedem Voyeur bloß fünf Euro …«

Hier unterbrach Parker sie. »Du selbst hast aber weder den Wagen noch die beiden Kerle gesehen?«

»Nein, hab ich nicht. Ich habe mir einen Kurzurlaub auf Malle gegönnt.«

»Okay, ich fahr dich jetzt zurück.«

»Lou, hat Manu was mit Tinas …«, sie stockte für einen Augenblick, »… Unfall zu tun?«

Parker zog die Augenbrauen hoch. »Würdest du das ausschließen?«, antwortete er mit einer Gegenfrage.

Als er Maren wie versprochen wieder am Eifeltor absetzte und ihr zum Abschied leise »Ruf mich an, wenn dir was zu Ohren kommt!« zuflüsterte, zeigte die Uhr Viertel vor drei.

9. KAPITEL

Schuch!« Die Stimme der Frau klang resolut.

»Guten Tag, Frau Schuch«, begann Parker und stellte sich vor.

»Ja?«, fragte die Frau am anderen Ende der Leitung. Ihr veränderter Tonfall sprach Bände. Parker glaubte, ein leichtes Zittern zu vernehmen.

»Ich bin ein Kollege von Thomas Winkler.«

»Hat er Ana gefunden?« Das Beben in ihrer Stimme war nun unüberhörbar. Parker spürte, wie sich sein Magen zusammenkrampfte. »Wo ist sie? Ist ihr etwas geschehen? Wir haben seit Tagen nichts mehr von Herrn Winkler gehört.«

Parker räusperte sich. »Herr Winkler ist verschwunden.«

»Verschwunden?«, wiederholte die Frau.

Plötzlich überfielen Parker Zweifel, ob es richtig war, sie vom Verschwinden Winklers unterrichtet zu haben. Beunruhigte er sie durch diese Information denn nicht noch zusätzlich? Aber wie hätte er es anders verpacken sollen? Das Schluchzen der Frau riss Parker aus seinen Gedanken.

»Und wer sucht nun nach Ana?«, fragte sie mit erstickter Stimme.

Parker überlegte kurz, wie weit er mit seiner Antwort gehen konnte, und entschied sich für völlige Offenheit. »Thomas Winkler ist nicht nur ein Kollege, sondern auch ein guter Freund von mir. Ich versuche herauszubekommen, wo er sich aufhält und was mit ihm passiert ist.«

Parker machte eine kleine Pause und horchte in den Hörer hinein, um sich zu vergewissern, dass die Frau ihm folgen konnte. »Ja, verstehe«, erklärte sie tonlos, und er fuhr fort: »Ich kann Ihnen anbieten, die Suche nach Ihrer Tochter fortzusetzen. Dazu möchte ich Sie gerne persönlich kennenlernen. Ich hab hier eine Adresse in Olpe, Kampstraße 10. Ist die Anschrift korrekt?«

»Ja.«

Parker sah auf die Uhr und versuchte abzuschätzen, wie lange er brauchen würde. Schließlich sagte er: »Wenn es Ihnen recht ist, wäre ich so gegen halb fünf bei Ihnen. Geht das für Sie in Ordnung?«

»Ja, bis dahin ist auch mein Mann von der Arbeit zu Hause.«

Gut anderthalb Stunden später saß Parker dem Vater von Ana gegenüber.

»Hören Sie, wir sind eine ganz normale Familie, das habe ich auch schon Ihrem Kollegen gesagt. Und wir können uns auch keinen Reim darauf machen, was unsere Tochter dazu bewogen hat, in einer Nacht- und Nebelaktion ihr Elternhaus zu verlassen. Mein Gott, Streitigkeiten gibt es doch in jeder Familie. Das ist doch noch lange kein Grund abzuhauen. Wie kommt sie dazu, uns ein Stück Papier dazulassen mit den Zeilen: ›Macht euch keine Sorgen, aber ich halte es zwischen euch nicht mehr aus! Ich muss mal für eine Weile verschwinden. Melde mich wieder! Ana.‹ Was soll das heißen, sie hält es zwischen uns nicht mehr aus? Können Sie mir das erklären? Warum sollten wir uns schuldig fühlen? Sie ist unser einziges Kind und hat immer alles, was sie sich gewünscht hat und was wir ihr erfüllen konnten, von uns bekommen. Tablet, Smartphone, diesen ganzen Schnickschnack, der ja heute so lebensnotwendig ist. Ich war da nicht immer für, aber meine Frau …«

Anas Vater ließ den Satz unvollendet, faltete das weiße DIN-A4-Blatt in der Mitte zusammen und legte es vor sich auf den Esstisch.

Parker schaute von dem Foto, das ein junges, hübsches Gesicht zeigte, hoch, in das hagere Gesicht des Mannes. Seine Mundwinkel hingen herab, und seine Augen hatten dunkle Ringe. Parker schätzte ihn auf Anfang vierzig, Frau Schuch auf nur unwesentlich jünger. Sie brachte eine Glasschale mit Plätzchen an den Tisch, ihre verlangsamten Bewegungen ließen darauf schließen, dass sie Beruhigungsmittel eingenommen hatte. Wortlos ließ sie sich auf den Stuhl neben ihrem Mann fallen und legte die Hände in den Schoß. Ohne auf die Erklärungen des Mannes einzugehen, fragte Parker: »Hat mein Kollege Ihnen von ersten Erkenntnissen berichtet?« Er blickte erst Anas Mutter an, dann ihren Vater.

»Erkenntnissen?«, fragte die Frau hörbar verwirrt. »Was meinen Sie mit … Erkenntnissen?«

Noch bevor Parker antworten konnte, wandte sich der Mann seiner Frau zu: »Er meint, ob Herr Winkler schon etwas herausbekommen hat.«

»Gibt es Anhaltspunkte, wo sich Ihre Tochter vermutlich aufhält oder aufgehalten hat?«, ergänzte Parker.

Der Mann nickte. »Das Letzte, was wir von Herrn Winkler diesbezüglich erfahren haben, war, dass Ana in Bonn gesehen worden ist. Im Bahnhofsviertel. Herr Winkler rief an und sprach davon, dass er einen Sozialarbeiter, der sich um obdachlose Jugendliche kümmert, treffen wolle. Ob das geschehen ist, wissen wir nicht. Herr Winkler hat sich danach nicht mehr bei uns gemeldet.«

»Wann war das?«

»Vor etwa anderthalb Wochen. Aber auf den Tag genau kann ich Ihnen das nicht sagen.« Er schaute fragend zu seiner Frau. Sie schlug zustimmend die Augen nieder und griff nach einem Keks.

Parkers Blick fiel wieder auf das Foto von Ana. »Ist das ein aktuelles Bild von Ihrer Tochter?«

Frau Schuch nickte, und ihr Mann antwortete: »Von diesem Jahr. Olper Stadtfest im Juni. Kennen Sie vielleicht: ›Olpe feiert unter den Linden‹ – ist auch über die Stadtgrenzen hinaus bekannt.«

»Und die silbernen Ohrringe …«

»Ach, ihre geliebten Engelsflügel! Hat sie zu ihrem fünfzehnten Geburtstag von der Oma bekommen«, erklärte die Frau unvermittelt mit lauter Stimme, so als habe plötzlich jemand einen inneren Schalter umgelegt. Ihre Lethargie war mit einem Mal verschwunden. »Die hat Ana seitdem nicht mehr ausgezogen.«

Von außen hätte man das *Huckleberry's,* das etwas versteckt in einem Wohnviertel lag, für eine gewöhnliche, in die Jahre gekommene Kneipe halten können. Doch inzwischen hatten viele Siegburger die Gaststätte entdeckt, und daher war es ratsam vorzubestellen. Alex und Parker saßen an einem Zweiertisch am Ende des American-Food-Restaurants, und der Detektiv ließ für einen Moment die Atmosphäre auf sich wirken. Jeder Tisch war besetzt. Von jungen Pärchen, über Familien, bis hin zu einer Gruppe Senioren war alles vertreten. Rot gestrichene Wände, rustikale Ausstattung, runde Stehtische, Bar. Gemütlich und stilecht.

Parker fühlte sich sofort wohl und war sehr zufrieden mit der Wahl des Restaurants. Aus den Lautsprechern vernahm er amerikanische Trucker-Musik, und er betrachtete die zahlreichen US-Autokennzeichen, Blech- und Werbeschilder von Ford, Cadillac und Chevrolet an den Wänden mit einem amüsierten Lächeln. Amüsiert war auch das Lächeln, mit dem Alex ihn über die Speisekarte hinweg musterte.

»Was geht denn in deinem Kopf gerade vor?«, erkundigte sie sich augenzwinkernd.

»Kindheitserinnerungen«, Parker deutete mit dem Kinn zur Wand hinter ihr. »Als ich ein kleiner Junge war, war ich ein großer Fan von amerikanischen Serien. Und darin fuhren die Helden solche Schlitten. Damals war noch keine Rede von Elektroautos. Schwer vorstellbar: Magnum, der mit hochgezogenen Augenbrauen verschmitzt in die Kamera grinst, während er mit durchdrehenden Reifen in einem E-Mobile Marke Renault Twizy sitzt. Oder was wären Starsky und Hutch ohne …«

Noch bevor Parker sich endgültig schwindlig schwärmen konnte, hörte er eine freundliche Stimme neben sich fragen: »Wissen Sie schon, was Sie trinken wollen?«

Unverkennbar, der niederländische Akzent. Parkers Grinsen wurde noch breiter, als er seine Bestellung aufgab: »Für mich bitte ein Heineken.«

Die attraktive Kellnerin widmete ihm ein Lächeln, nickte und wandte sich Alex zu.

»Ich schließ mich da an! Und ich habe auch schon herausgefunden, was ich essen möchte.«

»Du bist aber schnell heute«, wunderte sich Parker. »Da muss der Hunger aber groß sein!« Er versuchte ein überraschtes Gesicht zu machen, doch Alex verzog keine Miene: »Also, ich hätte gerne den Classic Cheeseburger. Quarter Pounder.«

»Sehr gerne!«

Parker glaubte, den drängenden Blick zweier Augenpaare auf sich zu spüren und beeilte sich zu sagen: »Ja, dann will ich mich gar nicht lange mit Suchen aufhalten und entscheide mich für … für den Half Pounder Classic Hamburger!«

Die Bedienung verließ den Tisch, und Alex' Gesichtsausdruck wurde schlagartig ernst. »Und Jo geht auch davon aus, dass dieser Manu hinter dem Anschlag auf Tina steckt?«, fragte sie und nahm somit den Gesprächsfaden von vorhin wieder auf, als sie sich auf dem Weg zum Restaurant befanden.

Die Frage kam so spontan, dass sich Parker erst mal sortieren musste. Dann: »Ja, davon ist Jo überzeugt und ich ebenfalls. Es passt zu Manus Handschrift. Er fühlt sich zu Recht von Tina bedroht und lässt sie mundtot machen. Ob er ihr nur einen Denkzettel verpassen wollte oder ob er den Auftrag erteilt hat, sie umzubringen, ist dabei unerheblich. Fakt ist, wenn sie gegen ihn aussagt, muss er mit einer langjährigen Gefängnisstrafe rechnen, und eben das wird er mit allen ihm zur Verfügung stehenden Mitteln versuchen zu verhindern. Da kennt dieser Dreckskerl keinerlei Skrupel.«

»Und du?«, raunte Alex Parker mit gedämpfter Stimme zu, »stellst du für ihn nicht genauso eine Gefahr dar? Manus Leute haben dich mit ihr gesehen. Was werden sie denken?«

Parker runzelte die Stirn. »Was meinst du?«, stellte er sich unwissend. »Was sollen sie schon denken?«

Alex sah ihm in die Augen. »Du weißt genau, was ich meine!«, sagte sie so schnell, als hätte sie seine Frage schon gekannt, bevor er sie ausgesprochen hatte.

Parker holte tief Luft, neigte den Kopf zur Seite und sagte sanft: »Schatz, ich bin für Manu völlig uninteressant. Ich habe nichts gegen ihn in der Hand, und das weiß er. Hätte ich irgendwelche Beweise, die ihn belasten könnten, würde ich dir zustimmen. Doch dann hätte ich auch schon längst gegen ihn ausgesagt …«

»Aber er weiß von eurem Kontakt. Muss er nicht befürchten, dass Tina dir belastende Informationen über ihn verraten hat?«

Parker zuckte mit den Schultern. Eine Antwort blieb er schuldig.

10. KAPITEL

Riders on the storm. Ah, du bist auf der Jagd! There's killer on the road. Die Sonnenbrille ist deine Tarnung. Verstehe! Doch sie verrät dich auch. Was siehst du? Was denkst du? Hältst du sie für Abschaum? Ja, das tust du.

Parker saß auf einer der Stufen und beobachtete versteckt hinter seiner dunklen Ray-Ban das Treiben, das sich nur wenige Meter vor ihm abspielte. Hoch stand die Sonne über dem Bonner Loch, und er spürte die intensive Wärme auf seinem Gesicht. In unregelmäßigen Abständen nahm der Detektiv kleine Schlucke aus einer Wasserflasche, die er zwischen seinen Füßen abgestellt hatte. Auch wenn er seinen Blick nicht vom Geschehen um ihn herum nahm, so lenkten ihn doch seine Gedanken ab. Er dachte an Alex, an den gestrigen Abend und daran, was sie zu ihm im *Huckleberry's* gesagt hatte. Insgeheim musste er ihr recht geben. Klar, es war keineswegs abwegig, dass er ebenfalls auf Manus Liste stand. Doch was sollte er tun? Sich verkriechen?

Du bist ein Profi – klar, es ist deine Aufgabe, die gebrochenen Engel zu suchen, sie einzufangen, um sie wieder zurück-

zubringen. Zurück, in ihr verlogenes Leben. Du bringst sie dorthin zurück, wo man versucht sie zu brechen. Wo man ihnen ihre Flügel stutzt. Und wo man sie verurteilt, wenn sie es nicht schaffen, so zu leben wie all die anderen. Du bist schuldig, Detektiv!

Parker schüttelte innerlich den Kopf. Wie aufgewühlt sie gewesen war! So hatte er sie noch nie erlebt. Und es war ihm nicht wirklich gelungen, sie zu beruhigen. Der Abend war gelaufen. Dementsprechend angespannt fiel auch die Stimmung während des Frühstücks aus. Sie saßen sich im Restaurant-Café *Felders* gegenüber und schwiegen sich an. Auf dem kurzen Weg zum Bahnhof blieben sie ebenfalls stumm. Und als sie in die Regionalbahn stieg, hatte sie Tränen in den Augen.

Was ist mit dir? Du wirkst so abwesend. Was geht in dir vor? Ist dir bewusst, dass du dich mitschuldig machst? Nein, du kannst dich nicht herausreden. Ich kenne dich! Du bist mir mehr als einmal im Leben begegnet. Du gibst vor, nur das Beste zu wollen. Leute wie du lügen, wenn sie behaupten, die Schwachen schützen zu wollen. Ihr gebt vor, sie vor Schlimmerem bewahren zu wollen. Aber du lässt zu, dass man sie einsperrt. Wegsperrt. Und die gefallenen Engel schreien, so laut sie können, doch niemand hört sie. Dieses System lässt keine Verweigerung zu. Dieses System ist böse, Abgrundtief böse. Und du, Detektiv, machst dich zum Handlanger dieses Systems!

Es hatte Parker geschmerzt, Alex so abfahren zu lassen, aber er hatte keine Worte gefunden. Verdammt, manchmal hasste er seinen Job. Er wollte nicht, dass sie sich ängstigte. Und natürlich konnte er sie verstehen. Wäre er an ihrer Stelle, so … jetzt sah Parker einen großgewachsenen, schlaksigen Mann, mit einem hellen Strohhut auf dem Kopf, der geradewegs auf die am Boden sitzenden Punks zuging. Parker zählte sieben Jugendliche. Dort angekommen, kniete der Mann sich vor die jungen Leute, sprach sie an, unterhielt sich mit ihnen.

Parker schätzte den Typ mit den flachsblonden Rastalocken und dem Kinnbärtchen auf Mitte zwanzig. Der Mann öffnete die lederne Umhängetasche, die er bei sich trug, und als sei es ein abgesprochenes Zeichen gewesen, stürmten sogleich drei Hunde unterschiedlicher Größe auf ihn zu und versenkten ihre Nasen in der Tasche.

Der junge Typ hatte einige Mühe damit, die Hunde davon abzuhalten, den Inhalt komplett auszuräumen. Parker sah, wie eine Handvoll eingeschweißter Einwegspritzen, einige Kondome und Gummihandschuhe heraus auf den Betonboden fielen, und tippte auf Sozialarbeiter. Kurz entschlossen erhob er sich und ging auf die Gruppe zu.

Was ist jetzt? Du stehst auf, um sich ihnen zu nähern? Ach ja, klar, du stellst Fragen. Einer wie du muss Fragen stellen.

»Hallo zusammen!«, sagte Parker, beugte sich etwas herunter, zog das Foto aus der Jackentasche und kam sofort zur Sache. »Kennt einer von euch das Mädchen? Ana heißt sie.«

Ah, du zeigst das Foto!

Parker hielt das Bild so, dass jeder der Punks es sehen konnte.

»Scheiß Bulle!«, zischte einer der Jugendlichen, ein kräftiger Bursche mit Flesh-Tunnels an beiden Ohren. Er schaute Parker dabei provozierend in die Augen. »Verpiss dich, oder ich hetze dir Rocky auf den Hals!«

Schon sah sich der Detektiv einem Mischlingsrüden gegenüber, der ihn leise, aber gefährlich knurrend fixierte. Und als sich dann auch noch eine kleine rundliche Frau anschickte hochzukommen, fuhr der Mann mit dem Strohhut dazwischen. »Hoho, jetzt bleibt mal geschmeidig, Leute!«, sagte er ruhig, woraufhin die Frau mit den grünen Haaren wieder ihre Sitzposition einnahm. Dann wandte er sich Parker zu: »Mein Name ist Max Rau. Ich arbeite für die Stadt Bonn. Sind Sie von der Polizei?« Er überraschte Parker mit einem kräftigen Händedruck.

»Nein, ich bin Privatdetektiv …«

Du stellst dich vor. Oh, Detektiv, du hast deine Seele verkauft! Was hat man dir dafür gezahlt? Irgendwann werde ich dich nach deinem Preis fragen. Noch nicht jetzt, obwohl ich dir ganz nah bin. Wenn du wüsstest …

»Schau an, ein Privatschnüffler!«, schallte es ihm aus dem Pulk mit kaum verhohlener Verachtung entgegen. Darüber ging Parker hinweg und vollendete seine Antwort betont freundlich: »… meine Name ist Lou Parker, und ich bin von den Eltern beauftragt worden, nach dem Mädchen zu suchen. Ana ist erst fünfzehn.«

»Und wenn du diese Ana gefunden hast«, blaffte ihn der Wortführer an, »was machste dann?«

»Was meinst du?«, stellte Parker sich dumm.

»Das kann ich dir sagen! Dann bringst du sie wieder zu ihren Eltern, und die sperren sie wieder in ihren goldenen Käfig!«

»Woher weißt du das?«, fragte Parker. »Kennst du Ana? Hat sie dir das erzählt?«

»Fuck off, Alter!«

Der Punk schlug seine Augen nieder und drehte sich mit grimmigem Gesicht eine Zigarette. Auch Rocky zog sich zurück und legte seinen zotteligen Kopf auf den Schoß der Frau, die ihm mit sanften Worten übers Fell strich. Die Situation hatte sich einstweilen beruhigt.

So nah! Doch deine Zeit ist noch nicht gekommen. Ich weiß, du wirst nicht locker lassen … bis dein Weg dich zu mir führt. Und wenn das geschieht, werde ich vorbereitet sein. Lou Parker, du wirst mich nicht aufhalten. Du wirst dich in deiner Suche nach der Wahrheit verlieren … und in dem Moment, in dem du mir zu nahe kommst, werde ich dich töten!

Parker wendete sich dem Sozialarbeiter mit der Absicht zu, ihm ebenfalls das Bild von Ana zu zeigen, als eine dünne Stimme unvermittelt fragte: »Kann ich das Foto noch mal sehen?« Parker schaute sich um. Ein schmalbrüstiges Kerlchen, mit gelben Haaren, das den Detektiv unwillkürlich an einen kleinen, mageren Singvogel erinnerte, erhob sich von seinem Platz, wofür er postwendend einen missbilligenden Blick vom Ober-Punk kassierte.

»Aber klar doch!«, antwortete Parker, hielt ihm die Aufnahme hin und schickte gleich eine Frage hinterher: »Kann ich deinen Namen erfahren?«

Schulterzuckend betrachtete der Junge das Foto. »Beastie«, presste er zwischen den Zähnen hervor.

Beastie! Ist klar, dachte Parker amüsiert, während er das Kerlchen genauer musterte: Seine Pupillen waren vergrößert, die Wangen waren abgezehrt und hingen schlaff über den kleinen Mund herab.

»Und«, fragte Parker nach einer Weile, »kennst du Ana?«

Wieder zuckte der Junge mit den Schultern. »Kann sein«, druckste er herum, »vielleicht. Vielleicht war sie mal hier. Vielleicht aber auch nicht.«

»Wann?«, hakte Parker nach, der das Gefühl hatte, dass Beastie mehr wusste, als er vor seinen Freunden zugeben wollte. »Wann war sie hier?«

»Keine Ahnung, Mann. Ich hab doch gesagt, dass ich mich nicht so genau erinnern kann. Hier kommen so viele her ... Manche bleiben, manche verschwinden wieder.«

»Hey, Privatschnüffler«, grätschte der Anführer dazwischen, »deine Audienz ist zu Ende! Ich sag es nur noch einmal: piss off!«

Parker spürte, wie ihm nun langsam, aber stetig der Kamm schwoll. Der Kerl ging ihm erheblich auf die Nerven. Doch noch bevor er ansetzen konnte, um etwas Passendes zu erwidern, machte sich sein Handy bemerkbar. Parker wandte sich von der Gruppe ab und drückte auf den kleinen grünen Hörer.

»Hallo, Tanja«, begrüßte er Winklers Frau, »es ist momentan ungünstig. Ich bin mitten in einer Befragung, kannst du ...«

»Lou, die Polizei hat gerade angerufen«, unterbrach ihn Tanja. Deutlich vernahm Parker ihre Anstrengung, ein Schluchzen zu unterdrücken. »Sie haben Tommis Wagen gefunden. Am Flughafen.«

Parker hörte sie am anderen Ende schwer atmen.

»Auf der Rückbank ...« Ihre Stimme versagte, und sie brauchte eine Weile, um weiterzusprechen. Dann: »... auf der Rückbank ... fand man die Leiche einer jungen Frau.«

Parker hatte das Gefühl, als zöge man ihm den Boden unter den Füßen weg. Ungewollt laut stöhnte er auf, packte sich an die Stirn, die mit einem Mal patschnass war, und schloss für einen Moment die Augen. Unzählige Gedanken schossen ihm durch den Kopf. So sehr er sich auch anstrengte, es war ihm unmöglich, einen davon zu greifen.

Was ist jetzt plötzlich? Was versetzt dich so in Aufruhr? Bist ja plötzlich so blass! Du zitterst! Ist jemand gestorben?

»Kannst du bitte herkommen?«, hörte er Tanja Winkler flehentlich fragen.

»Sicher! Ich bin in gut zwanzig Minuten bei dir.«

Parker verstaute hastig sein Mobiltelefon in die Jackentasche, zog zwei Visitenkarten hervor und ging rasch auf den verdutzt dreinschauenden Rau zu. »Ich muss weg«, sagte er zu dem Sozialarbeiter, »hier ist meine Nummer. Rufen Sie mich an. Heute Abend. Wo und wie kann ich Sie erreichen?«

Parker drückte dem schmächtigen Jungen, der immer noch teilnahmslos auf seinem Platz stand, ebenfalls eine Karte in die Hand.

»Jugendamt der Stadt Bonn«, erwiderte Rau kopfschüttelnd.

Parker antwortete mit einem knappen Nicken, schenkte Beastie noch einen eindringlichen Blick und machte sich mit schnellen Schritten auf den Weg.

Oh, es muss ja was Schreckliches passiert sein! Was bringt dich so aus der Balance, dass du Hals über Kopf davoneilst? Erzähle es mir bei Gelegenheit. Und keine Bange, ich halte den Kontakt zu dir!

11. KAPITEL

Noch bevor Parker den MX5 entriegelt hatte, meldete sich erneut das Mobiltelefon in seiner Jackentasche.

»Na mein Held«, säuselte die ihm bekannte, rauchige Stimme, »was bist du denn so außer Atem?« Sie lachte auf. Gekünstelt. »Ich hoffe, ich störe dich nicht bei …«

»Maren, komm zur Sache!«, unterbrach Parker seine Informantin barsch, während er sich in seinen Roadster setzte. »Ich bin gerade nicht in Stimmung, um …«

»Ist ja gut! Ich kann auch später anrufen!«

Er konnte sie vor sich sehen, wie sie schmollend ihren roten Mund verzog und theatralisch die Augen verdrehte. Er riss sich zusammen. »Entschuldige!«, beeilte er sich zu sagen. »Aber ich bin momentan etwas im Stress. Was liegt an? Hast du was für mich?«

Deutlich hörte er, wie sie an einer Zigarette zog, den Rauch tief inhalierte, um ihn dann geräuschvoll aus dem Mund zu blasen. Sie ließ sich Zeit, und Parker stand kurz davor, die Geduld zu verlieren.

Gerade als er zum Sprechen ansetzte, sagte Maren: »Zwei meiner Kolleginnen, deren Namen ich selbstverständlich für mich behalten werde, haben mir erzählt, dass sie vorgestern für eine private Feier in einem Club im Friesenviertel gebucht worden sind.«

Jetzt war es Parker, der mit den Augen rollte. Na klar, das Friesenviertel! Einst Kölns heißestes Pflaster. Vor zwanzig Jahren war die Friesenstraße noch das Eldorado für Boxer, Zocker, Zuhälter und Freier. Hier wurde für jede Vorliebe, und war sie auch noch so extravagant, etwas angeboten. Der einfache Streifenpolizist hatte in diesen Zeiten nicht wirklich was zu sagen gehabt. Im Friesenviertel trafen sich die Halb- und Unterwelt mit den Stars und Sternchen aus Sport, Showbusiness und Politik. Und alle hatten sich ganz doll lieb. Man kannte sich, man half sich. Im wahrsten Sinne des Wortes, ein großes Schmierentheater. Heute stand das Viertel für Bars und Kneipen und war für viele Nachtfalter die Partymeile Nummer eins, was allerdings keineswegs bedeutete, dass sich das Milieu komplett verabschiedet hätte. Man agierte nur etwas diskreter.

»Lou?«, hörte Parker Maren vorsichtig fragen. »Bist du noch dran?«

Parker stöhnte auf und wischte sich mit der Handfläche übers Gesicht. »Na klar«, antwortete er gereizt, »ich warte!«

Maren schnalzte leise mit der Zunge und fuhr mit gespielter Erbitterung fort: »Die Mädels erkannten in den beiden Türstehern die identisch aussehenden Typen mit dem dunklen Geländewagen wieder. Du weißt schon, die vom Eifeltor. Schwarze Anzüge, Bodybuilder-Figuren.«

»Wie heißt der Club?«

»*Touché*!«

»Lass mich raten: Das *Touché* gehört Manu! Hab ich recht?«

»Du Fuchs!«, hauchte Maren lasziv in das andere Ende der Leitung.

Parker lächelte und warf einen Blick auf seine Uhr. Fast halb zwei. »Hast du Namen für mich?«

Als Antwort kam ein Kreischen: »Neiiiin! Legst du es darauf an, Blumen auf mein Grab zu legen? Was denkst du? Du weißt ganz genau, wie gefährlich es für uns Mädchen ist, nach Namen zu fragen!«

»Okay, Maren, ich muss jetzt auflegen«, sagte er, hielt kurz inne und schickte ein rasches »Danke!« hinterher.

Von unterwegs hatte Parker im Polizeipräsidium angerufen und Degen zu einem Treffen gedrängt. Der Detektiv hatte mit offenen Karten gespielt, und Degen war alles andere als begeistert gewesen, als er hörte, dass Parkers Besuch keinen rein freundschaftlichen Hintergrund haben sollte. Doch Parker hatte sich nicht abwimmeln lassen. Hatte argumentiert, dass er im Fall Tina Rottländer etwas anzubieten hätte. Hatte Degen unverhohlen daran erinnert, dass auch er mit Thomas Winkler befreundet war. Und dass man einen alten Kumpel in Schwierigkeiten nicht hängen ließ. Selbst wenn dieser Kumpel womöglich einen Schritt zu weit gegangen war. Schließlich konnte er dem Kriminaloberkommissar ein zwar mürrisches, aber zustimmendes Brummen abringen. So hatte Parker sein Kommen für den späten Nachmittag angekündigt.

Nun stand er vor Tanja Winkler und erschrak: Sie war nur noch ein Schatten ihrer selbst. Wirkte um Jahre gealtert. Wie konnte sich ein Mensch innerhalb von nur achtundvierzig Stunden so verändern? Ihre Augen waren blutunterlaufen, die Gesichtsfarbe fahl, die Wangen eingefallen. Das strähnige Haar war lieblos zu einem Zopf zusammengebunden. Parker roch Nikotin und Alkohol, als er sie wortlos in den Arm nahm. Er spürte, wie ihr ganzer Körper bebte, vernahm ihr Weinen und drückte sie fester an sich.

»Die Polizei war da«, hörte er sie undeutlich sagen. »Sie haben Tommis Arbeitszimmer durchsucht und seinen Laptop mitgenommen.« Mit einem unterdrückten Schluchzen löste sie sich aus seiner Umarmung und schwankte vorneweg durch den Flur ins Esszimmer. Dort ließ sie sich in einen der Stühle fallen und griff nach der Zigarettenschachtel.

Auf dem Tisch standen ein überquellender Aschenbecher und ein Schwenkglas mit bernsteinfarbenem Inhalt. Gut halb voll. Parker, der ihr folgte, tippte auf Cognac. Der Geruch des Weinbrandes stach ihm in die Nase, als er sich ihr gegenüber hinsetzte.

Tanja schaute Parker an, ein Blick, der den Detektiv bis ins Mark traf. Dieser Blick sprach von vielen durchweinten Nächten. So viel Trauer, so viel Verzweiflung lagen darin. Mit zittrigen Fingern zog sie ein Stäbchen aus der Schachtel und setzte es in Brand. »Schön, dass du so schnell gekommen bist.« Tanja hatte hörbar Mühe, ihre Zunge zu kontrollieren. Sie zeigte auf das Glas und fragte lallend: »Lou, willst du auch was trinken?«

Als Parker stumm den Kopf schüttelte, fügte sie mit einem verzerrten Lächeln hinzu: »Im Eichenfass gereift. Ein wirklich feiner Tropfen. Hat Tommi von einem Kunden geschenkt bekommen. Solltest du probieren, sonst verpasst du was! Aber vielleicht willst du ja warten, bis Tommi wieder da ist. Trinken unter Männern«, sie lachte auf, »so wie ihr's früher gemacht habt.«

Ihre Hand griff nach dem Glas, führte es zum Mund und kippte den Inhalt in einem Zug hinunter. Parker fühlte sich unwohl. Hilflos. Fragte sich, was er ihr sagen sollte. Ihm fiel nichts Tröstliches ein. Womit hätte er sie auch aufmuntern können? Je länger das Schweigen dauerte, desto bleierner wurde die Situation.

Schließlich ergriff Tanja wieder das Wort, was Parker innerlich aufatmen ließ: »Sie haben mich gefragt, ob ich wisse, wo Tommi sich aufhalten könnte? Ob wir irgendwo auf der Welt ein Haus oder eine Wohnung hätten …«, sie hielt inne, schaute an Parker vorbei, dann wieder zu ihm. Sie schüttelte den Kopf. »Als ob wir so reich wären, uns einen Zweitwohnsitz leisten zu können. Wir zahlen doch immer noch an diesem Haus hier ab.« Unwirsch fuhr sie sich mit dem Handrücken über den Mund.

Parker beugte sich vor, sah ihr in die wässrigen Augen. »Tanja, bitte denk nach«, sagte er fast schon beschwörend, »wo könnte Thomas untergekommen sein? Hat er Freunde? Hat er dir gegenüber mal eine Adresse erwähnt, wo er während seinen Ermittlungen gewohnt hat? Was hat er am Flughafen gewollt?«

Sie schüttelte abwesend den Kopf und starrte dann an sich herunter, die Schultern nach vorne gekippt. »Tommi hat keine Freunde«, antwortete sie nach einer Weile, ohne dass sie aufschaute. »Den letzten Freund, den er hatte, warst du. Manchmal habe ich ihn dabei beobachtet, wie er sich alte Fotos auf seinem Laptop angesehen hat. Fotos von dir. Von euch. Von uns. Von seinem vierzigsten Geburtstag. Im *Treppchen* in Rodenkirchen. Mein Gott, was wart ihr hochachtungsvoll! Oder von unserem gemeinsamen Urlaub auf Santorin vor ein paar Jahren. Weißt du das noch? Wir alle zusammen in einem der Restaurants in Oia. Boah, was war das für ein Ausblick! Erinnerst du dich?« Sie blickte auf, und Parker erkannte das plötzliche Funkeln in ihren Augen, und er spürte den Stich in seinem Herzen.

Natürlich erinnerte er sich! Oh, wie leid ihm alles tat. Ja, er hätte sich mehr um seinen alten Freund kümmern müssen. Warum hatte er es nicht getan? Verdammt, er konnte es sich selbst gegenüber nicht erklären. Und er fand keine Worte, die er hätte aussprechen können, eben um es zu begründen. Langsam erhob sich Tanja von ihrem Platz und ging zu der Anrichte, wo ein gerahmtes Bild ihres Mannes stand. Sie blieb eine Weile davor stehen, um es zu betrachten. Dann wendete sie sich Parker zu: »Tommi ist kein schlechter Kerl, er hat nur viel Pech in seinem Leben gehabt. Vielleicht zu viel für ein Leben.«

Sie fing wieder an zu weinen. »Sie sind auf seinen Wagen im Flughafen-Parkhaus aufmerksam geworden«, erklärte sie unter Tränen, »weil ein anderer Besucher mit seinem Auto den Kotflügel beschädigt hatte. Der Fahrzeughalter hatte die Polizei gerufen, um den Schaden zu melden. Die Beamten haben dann auf dem Rücksitz die Leiche entdeckt … Lou, er ist dein Freund … traust du ihm so etwas zu?«

Parker hielt nun nichts mehr auf seinem Stuhl. Er stand auf, ging auf Tanja zu und nahm sie in den Arm. Das Gesicht an seine Brust gedrückt, sagte sie etwas, doch es war zu undeutlich, um es zu verstehen. Sachte strich er ihr übers Haar.

»Und, was hast du im Fall Tina Rottländer?«, kam Degen unumwunden zur Sache. Er lehnte sich, die Hände hinter dem Kopf verschränkt, in seinem Bürodrehstuhl zurück und blickte Parker emotionslos an. Der Schnellhefter, der aufgeschlagen vor ihm auf dem Schreibtisch lag, entging Parker nicht.

Pokerface, dachte der Detektiv und musste innerlich schmunzeln. *Das alte Spiel!* Aber er verzichtete diesmal auf die üblichen Spitzen und kam ebenfalls sofort auf den Punkt: »Deine Leute sollten sich mal im *Touché* umschauen und den beiden Türstehern dort ein paar Fragen stellen. Die reizenden Kerlchen dürften nicht zu übersehen sein – kräftig gebaut und einander zum Verwechseln ähnlich. Man könnte sie für Zwillinge halten.«

»Und?«

»Und sie scheinen eine Schwäche für schwere Autos zu haben. Vorzugsweise Geländewagen.«

Degen ließ sich nach vorne fallen. Den Oberkörper mit beiden Händen auf dem Schreibtisch abgestützt, schaute er Parker mit gestrengem Blick in die Augen. »Deine Quelle!«, sagte er tonlos.

Parker antwortete, noch ehe er es sich verkneifen konnte: »Vergiss es! Wenn ich das tue, kann ich meinen Job an den Nagel hängen, und das weißt du. Ich bin zu dir gekommen, weil ich dachte, dass du ebenso wie ich ein Interesse daran hättest, Thomas' Verschwinden aufzuklären. Du auf deine Weise, ich auf meine, aber gemeinsam für unseren alten Kumpel. Ich war eben noch bei Tanja. Sie ist völlig fertig. Und ich bin es auch! Doch das scheint dir ja egal zu sein. Bei unserer Freundschaft – du kannst mich mal!«

Degens Mimik zeigte keinerlei Verärgerung, er schien über die harten Worte seines Freundes hinwegzusehen. »Und du weißt sehr genau, dass ich dir keine ermittlungsrelevanten Informationen weitergeben darf«, erklärte er bedauernd.

Parker antwortete, ohne zu zögern. »Aber du darfst mir einen Kaffee holen«, er ließ das Gesagte einen kurzen Moment wirken, und fügte dann hinzu: »und dich vielleicht unterwegs von einem deiner Kollegen aufhalten lassen.«

Degen starrte ihn kopfschüttelnd an. Dann nickte er grimmig. Abrupt erhob er sich und ging, ohne Parker eines Blickes zu würdigen, an ihm vorbei. Kaum hatte sein Freund die Bürotür hinter sich ins Schloss gezogen, stand Parker ebenfalls auf und griff nach dem Schnellhefter. Im Stehen überflog er die handschriftliche Notiz des Kriminaloberkommissars: *Bei der Toten handelt es sich um die siebzehnjährige Celine Mannteufel. Personalausweis und ein Portemonnaie mit fünfunddreißig Euro und sechzig Cent fand man im Rucksack der Toten, der auf dem Beifahrersitz lag. Dort fand man ebenso Kleidungsstücke der Toten. Ihre Eltern hatten die junge Frau vor acht Tagen als vermisst gemeldet.*

Im Wageninneren fand man Fingerabdrücke, die auch auf den Sachen der Toten zu finden waren. Ob die junge Frau vor ihrem Tod Geschlechtsverkehr hatte, muss die Obduktion ergeben – liegt noch nicht vor. Jedoch wurden keine Spermaspuren auf den Kleidungsstücken gefunden. Auch steht die genaue Todesursache noch nicht fest. Vermutlich wurde sie erwürgt. Was den Fundort des Wagens angeht: Wir haben die Bilder der Video-Überwachung noch nicht sichten können. Dafür fehlt uns einfach das Personal. Du weißt, so etwas dauert Stunden. Wahre Zeitfresser. Zudem ist im Flughafenparkhaus auf einigen Ebenen die Video-Überwachung ausgefallen. Wir haben also kein Bildmaterial. Wir wissen nicht, ob Thomas seinen Wagen selber gesteuert hat. Tja, Pech für uns und Glück für den Mörder.

Auch die Befragung des Flughafenpersonals war erfolglos – was aber nichts heißen muss. Thomas kann auch mit falschem Bart und falschen Papieren unterwegs sein. Zudem konnten wir noch nicht alle Angestellten befragen. Dafür fehlen uns zurzeit die Leute, aber das kennst du ja.

Also: Es gibt, von den Fingerprints mal abgesehen, keinen stichhaltigen Beweis, dass Thomas der Mörder des Mädchens ist. Aber es gibt auch nichts, was für seine Unschuld spricht. Unsere Freundschaft zu ihm zählt da nicht!

So, mein Lieber, das dürfte wohl reichen. Bevor du gehst, benutze bitte den Schredder. Und ziehe die Tür zu! Melde dich, sobald du was rausgefunden hast.

Und auch sonst … wir haben ja lange kein Bier mehr zusammen getrunken!

Hello, it's me. I was wondering if after all these years …

Parker drehte den Knopf nach rechts. Adeles eindringliche Stimme beschallte die Kalker Hauptstraße. Er liebte diesen Song, der so traurig und hoffnungsfroh zugleich war. Und er passte zu seiner momentanen Stimmung. Eine Hand am Lenkrad, die andere ruhend auf dem Chromschaltknauf, ein Geschenk von Alex, steuerte er seinen MX5 durch das weitgehend orientalisch geprägte Stadtviertel. Parker hatte sich entschlossen, die Autobahn zu meiden und über Land von Köln nach Siegburg zu fahren. Er genoss es, mit dem Roadster oben ohne und im gemütlichen Tempo durch die Straßen zu cruisen. Es entspannte ihn, und der leichte Fahrtwind half ihm, seine Gedanken zu ordnen. Er dachte an seinen Kumpel Degen, und ein Lächeln huschte über sein Gesicht.

Das eben im Präsidium war mal wieder typisch Jo gewesen! Und es zeigte Parker, dass sie sich noch immer als Team verstanden, wie damals, als sie noch Kollegen waren. Insgeheim war Parker erleichtert gewesen, dass es sich bei der Toten nicht um Ana Schuch gehandelt hatte.

Hello from the other side …

Verdammt, Thomas, wo bist du? Was ist mit dir geschehen? Hattest du was mit der jungen Frau, die tot in deinem Wagen gefunden wurde? Wenn ja, okay! Deine Sache. Was sollte ich schon für einen Grund haben, dich deshalb zu verurteilen? Was weiß ich schon von dir und Tanja? Welches Urteil könnte ich mir über dich schon erlauben? Hab doch selber so einiges verbockt in meinem Leben. Nein, ich bin kein Pharisäer. Und ich schmeiße auch nicht den ersten Stein! Du bist mein Freund! Aber … hast du sie umgebracht? Ich kann das nicht glauben! Will nicht glauben, dass so etwas aus dir geworden ist.

Das kurze Hupen hinter ihm riss ihn jäh aus seinen Gedanken. Grün! Parker streckte entschuldigend die Hand gen Himmel, nahm sachte den Fuß von der Bremse, ließ die Kupplung kommen, trat auf das Gaspedal und passierte die Ampel. Rösrather Straße. Er musste noch mal zum Bonner Loch. Gleich morgen! Musste den Punks das Foto von Thomas zeigen, dazu war er heute nicht gekommen. Auch wenn es eher unwahrscheinlich war, dass die ihm überhaupt irgendeine Auskunft gaben. Doch er durfte nichts unversucht lassen. Und er wollte diesem Beastie etwas stärker auf den Zahn fühlen. Das Kerlchen hatte mehr zu sagen, als er vor den anderen zugeben wollte.

Und Max Rau! Wenn er der Sozialarbeiter war, mit dem sich Thomas getroffen hatte, war er die erste Adresse für Parker.

Und was ist mit Tina?

Er schüttelte den Kopf. Nein, darum konnte er sich zum jetzigen Zeitpunkt nicht auch noch kümmern. Das war Sache der Polizei. Da hatte Jo recht. Die Gefahr, sich zu verzetteln, Fehler zu machen, indem er Entscheidendes übersah, war zu groß. Auch wenn er endlich an die Hintermänner kommen wollte, die für seinen Absturz verantwortlich waren, hatte die Suche nach Thomas Winkler Priorität. Außerdem durfte es nicht sein, dass Alex sich so sehr um ihn sorgte. *Alex*! Er sah sie wieder vor sich, wie sie heute Morgen mit Tränen in den Augen in die Bahn stieg, und es versetzte ihm sogleich einen schmerzhaften Stich. Er musste sie anrufen. Sobald er zu Hause war …

Als Parker gute dreißig Minuten später die Wohnungstür aufschloss, stieg ihm augenblicklich der würzige

Geruch von Knoblauch, Zwiebeln und Basilikum in die Nase.

»Tempismo perfetto!«, hörte er Alex' Stimme aus der Küche. »Dann kann ich ja jetzt das Ajvar ins Wasser geben. Ich bin kurz vorm Verhungern!«

Parker hätte in diesem Moment am liebsten vor Freude laut ihren Namen gerufen, doch er hielt sich zurück. Stattdessen eilte er in die Küche, um vorsichtig die Stimmungslage zu testen. »Nudeln, lecker! Aber ganz schön gewagt! Was wäre gewesen, wenn ich erst spät nach Hause gekommen wäre?«

Alex drehte sich zu ihm um und gab ihm einen zarten Kuss auf den Mund. »Noch eine halbe Stunde hätte ich dir gegeben, mein Schatz, dann hätte ich mit Watson gegessen!«, entgegnete sie spitz. Wie aufs Stichwort kam der alte Kater unter dem Esstisch hervor, gab ächzende Schnurrlaute von sich, die Parker an eine rostige Türangel erinnerten, und strich Alex um die Beine.

Der Detektiv zog die Augenbrauen hoch. »Das hat der ja noch nie bei mir gemacht!«, stellte er mit Erstaunen fest. »Ich wusste gar nicht, dass Schnurren zu seinem Repertoire gehört, ganz zu schweigen von …«

Keith' Gitarrenriff schnitt ihm das Wort ab. Er warf Alex einen entschuldigenden Blick zu und nahm ab. »Parker!«

»Ja, hier ist Rau. Max Rau. Ich sollte Sie anrufen, wegen dem vermissten Mädchen.«

»Wunderbar, Herr Rau«, Parker zwinkerte Alex zu, zeigte mit dem Kopf in Richtung Flur und wendete sich ab. »Schön, dass Sie anrufen. Ich habe auch nur zwei Fragen an Sie.«

»Ja?«

»Kennen Sie eine Ana Schuch? Fünfzehn Jahre, zirka ein Meter siebzig groß, schlanke Figur. Hellbraunes, schulterlanges Haar. Grüne Augen.«

Ein kurzer Moment des Schweigens. Dann: »Tut mir leid, Herr Parker, aber da kann ich Ihnen nicht helfen. Eine fast identische Beschreibung hat mir auch schon Ihr Kollege durchgegeben. Er hat mir auch das Foto gezeigt ...«

»Sie haben mit Thomas Winkler gesprochen?«

»Ja, er hat in meiner Dienststelle angerufen. Wir haben uns dann in einem Bonner Biergarten getroffen. Das war vor einer guten Woche. Aber ich konnte ihm nicht helfen. Und ich sage Ihnen, wie es ist: Ich glaube, ich hätte ihm auch nichts gesagt, selbst wenn ich was gewusst hätte.«

»Warum?«

Max Rau stöhnte durchs Telefon: »Weil er mir äußerst unsympathisch war, dieser Typ mit seinem feinen Anzug und der teuren Uhr am Handgelenk. Ich konnte ihm anmerken, dass es ihm nur ums Geld ging. Er wollte dieses Mädchen nicht finden, weil er sich um sie sorgte, sondern weil er die Kohle von den Eltern schnell einstreichen wollte. Nee, Herr Parker, da können Sie von mir denken, was Sie wollen, aber solchen profitgeilen Ignoranten helfe ich nicht!«

12. KAPITEL

Vollmond. Er hielt ihn wach. Wie immer schon. Schon als Kind hatte er ihn nicht schlafen lassen. Egal. Er mochte es. Und er mochte die Stille der Nacht. Einfach nur daliegen und mit offenen Augen an die Decke starren. Die Vorhänge waren bis auf einen schmalen Spalt zugezogen, doch der reichte aus, damit das Mondlicht seinen Weg ins Zimmer fand, und somit war es hell genug, dass er sich mit seinem Blick an der Deckenstruktur festhalten konnte. Weißer, feiner Rauputz. Rauputz! Es war ihre Idee gewesen.

Sie lag neben ihm. Er hörte ihren Atem, ruhig und gleichmäßig. Es beruhigte ihn, sie neben sich zu wissen. Ja, es beruhigte ihn beinah auf eine kindliche Art und Weise. Sie war stark. Sie war klug. Und sie hielt zu ihm. Manchmal überkam ihn das Gefühl, sich ganz nah an sie zu schmiegen. Manchmal. Doch er widerstand. Versagte es sich. Es war gut so, wie es war. Ob sie ihn verstehen würde? Sollte er ihr von seiner Arbeit erzählen? Von den Engeln, die er erlöste? Er drehte den Kopf zur Seite und schaute für einen kurzen Moment zu ihr hinüber.

Nein! Abrupt drehte er den Kopf zurück und starrte wieder zur Decke. Es war allein seine Sache. Sie hatte damit nichts zu tun. Es war gut, wie es war. Ja, er hatte ihr erzählt, dass er im Internat gewesen war. Für eine lange Zeit. Ja, er hatte die Bezeichnung ›Heim‹ vermieden. Hatte die näheren Umstände, die dazu geführt hatten, so unspektakulär, wie ihm möglich war, dargestellt. Soweit man das kann, wenn beide Eltern bei einem Verkehrsunfall ums Leben gekommen sind. Zehn Jahre sei er alt gewesen. Und plötzlich Vollwaise. Nein, er habe keine Geschwister, hatte er ihr erzählt. Das Vermögen seiner Eltern habe ausgereicht, dass er im Internat bleiben und dort sein Abitur machen konnte. Dass er in Wahrheit adoptiert worden war, hatte er verschwiegen.

Wahrheiten? Unwahrheiten? Was sagt das schon aus?

Er hatte früh gelernt, den Menschen das zu erzählen, was sie hören wollten. Die sanften Atemgeräusche der Frau neben ihm beruhigten ihn und begleiteten seine Gedanken.

Früher, als er sich mit Minusch ein Bett teilte, war er nie so entspannt gewesen. Minusch schlief immer sehr unruhig. Bewegte sich viel und sprach im Schlaf. Und mitunter hatte sie auch geschrien. Wenn sie das tat, hatte er ihre Hand in die seine genommen und sachte zugedrückt. Ihre Hand war klein, feucht und kalt. Manchmal war sie durch seine Berührung wach geworden. Dann hatte sie ihn angestarrt, so als sei er ein Fremder. Warum hatte sie eigentlich nie gewollt, dass er Mama zu ihr sagte? So wie es andere Kinder taten. Seltsam, für ihn hatte es keine Rolle gespielt, dass er seinen Erzeuger bis heute nicht kennengelernt hatte. Nur einmal hatte er sie gefragt. Minusch hatte ihm erklärt, sein Vater sei ein berühmter Musiker und auf Welttournee. Damit war für ihn das Thema abgehakt gewesen. Andere Männer kamen und gingen. Waren sie nachts noch da, verzog sich Minusch mit ihnen auf das Sofa im Wohnzimmer, und er schlief alleine auf der Doppelmatratze. Aber er tat nur so, als ob er schliefe. Er horchte. Horchte und wachte darüber, dass seiner Mutter nebenan nichts passierte. Bewaffnet mit einem großen Küchenmesser, das er dann immer heimlich aus dem Schrank holte, lag er da, mit flachem Atem, und horchte. Jederzeit bereit, Minusch zu verteidigen. Dabei wusste er wohlweislich zu unterscheiden, ob es sich bei den Geräuschen um Lust- oder um Angstschreie handelte. Es passierte auch einmal, dass er mit erhobenem Arm, das Messer fest in seiner Hand, schreiend ins Zimmer gesprungen kam und dem Kerl die Klingenspitze an den Hals hielt. Er hätte zugestoßen, ohne Zögern. Diese Entschlossenheit musste wohl auch sein Gegenüber gesehen haben, denn er suchte panisch das Weite und ließ bei seiner Flucht aus der Wohnung seine Jacke da. Minusch warf sie aus dem Fenster, nachdem sie die Scheine aus dem Portemonnaie genommen hatte.

Er musste schmunzeln. Nicht nur, dass er sie beschützt hatte, sie waren durch seine Aktion auch noch an Geld gekommen, um mal wieder den Kühlschrank aufzufüllen. Minusch hatte sein Gesicht in beide Hände genommen, ihn überschwänglich geküsst und ihm ins Ohr geflüstert, wie stolz sie auf ihn sei. Dass er ihr Ritter sei. Dass er ein Ritter ohne Furcht und Tadel sei. Ein richtiger Drachentöter. Wie die im Märchen. Er erinnerte sich an die Geschichten, die Minusch ihm an guten

Tagen erzählte. Frei erfundene Geschichten. Geschichten von Feen und Kobolden. Von Waldgeistern und Stadtwichteln. Zuweilen las sie ihm Tolkien vor, doch Tolkien machte ihm Angst. Es waren seine Figuren, die in ihm solch intensive Furcht auslösten. Sie wurden in seiner Fantasie real. Wurden in seinem Kopf lebendig, ohne dass er es verhindern konnte. Gollum, die Balrogs und vor allem der Hexenkönig von Angmar nisteten sich in seine Träume ein und rissen ihn unbarmherzig in den Abgrund. Vom Albdruck gequält, wachte er dann regelmäßig schweißgebadet auf.

Nein, Tolkien durfte es nicht sein. Es reichte ihm schon, dass er die Werke von Tolkien in der Wohnung wusste.

Er bat sie, bettelte förmlich darum, dass sie die drei Bände von *Herr der Ringe* wegschaffen möge. Aber sie lachte ihn aus. Eines Morgens, Minusch schlief noch, nahm er die Bücher aus dem Regal, steckte sie in seinen Tornister und verließ das Haus. Auf dem Weg zur Schule schmiss er sie in einen Papiercontainer. Minusch bemerkte die Lücke im Regal noch am selben Abend und sprach zwei Wochen nicht mehr mit ihm. Sie hätte ihn ausschimpfen, ja schlagen können, das hätte er ertragen. Aber sie stellte nicht nur das Reden ein, sie ignorierte ihn komplett. Schenkte ihm keinerlei Beachtung. Blendete ihn völlig aus. Antwortete nicht auf seine Fragen. Reagierte nicht auf seine Tränen.

Sie hatte recht. Was er getan hatte, war unverzeihlich gewesen. Er hatte sie bestohlen. Hatte seine eigene Mutter bestohlen! Und dabei wusste er doch, was die Bücher ihr bedeutet hatten. Wie konnte sie ihm danach noch vertrauen? Sie und er waren doch eine Einheit gewesen! Eine verschworene Gemeinschaft von zwei Seelen, die denselben Herzschlag besaßen. Mit einem Mal war alles zerstört. Er hatte alles zerstört! Nein, es gab keine Strafe, die hart genug gewesen wäre.

Ohne es verhindern zu können, flossen ihm die Tränen über die Wangen und tropften aufs Kopfkissen. Er lag da und weinte tonlos.

Er schloss die Augen und sah sie wieder vor sich. Minusch beugte sich über sein Gesicht und sang ihm zur Beruhigung ein Lied. Sie hatte ihm verziehen.

Er war so glücklich, sie wieder singen zu hören. Wie sehr er es liebte, wenn sie für ihn sang. Mit dieser Stimme, die so erstaunlich kraftvoll war und so gar nicht zu ihrem zerbrechlichen Körper passen wollte.

Jim Morrison war ihr Gott. Ein toter, unsterblicher Gott.

Well, show me the way, to the next whisky bar … er summte leise die Melodie und sang in Gedanken mit.

Doch plötzlich verschwand ihr Gesicht, und ihr Gesang entfernte sich.

Kinderstimmen. Ja, er hörte sie ganz deutlich. Sie wurden immer lauter. Die Stimmen riefen seinen Namen. Dann das Gelächter. Er hatte die Augen fest zusammengekniffen und hielt sich mit beiden Händen die Ohren zu. Aber es nützte nichts. Die kreischenden Stimmen, das schrille Lachen, der Singsang drangen trotzdem zu ihm durch.

Er lag zusammengekauert auf dem Boden der Turnhalle. Der scharfe Geruch von Schweiß und Gummimatten stach ihm in die Nase. Ein Geruch, den er nie wieder vergessen sollte.

Und die Kinder hatten einen Kreis um ihn gebildet, und einer fing an zu schreien: »Schisser! Schisser!«

Und dann schrien auch die anderen: »Schisser! Schisser!«

Es dauerte eine Ewigkeit, bis eine Hand ihn an der Schulter fasste und eine dunkle Stimme zu ihm sprach: »Komm, steh auf! Du musst das Seil nicht hochklettern, wenn du es dir nicht zutraust. Na komm, steh auf, du kannst dich auf die Bank setzen.«

Langsam hob er den Kopf und sah in das kantige Gesicht des Sportlehrers. Im Hintergrund hörte er die anderen Kinder, wie sie flüsterten und feixten. »Nein, es liegt nicht daran, dass ich es mir nicht zutraue! Ganz bestimmt nicht!«, antwortete er trotzig und stand auf. »Aber wenn ich herunterfalle und mir was breche, muss ich ins Krankenhaus, und dann ist Minusch alleine.«

Wieder lachten die Kinder. Lauthals. Verflucht, es war ihm so rausgerutscht! Er hätte sich dafür auf der Stelle ohrfeigen können.

Der Lehrer machte »Pssst!« und legte den Zeigefinger auf den Mund, und die Kinder verstummten. Sie hatten Respekt vor ihm. Alle, auch die größeren Schüler. Mit Herrn Petrow legte man sich besser nicht an. Alexej Petrow war Exilrusse und ein harter Knochen. Aber bei ihm wussten alle, wo sie dran waren. Petrow war keiner dieser Weichspüllehrer, die so taten, als seien sie die besten Freunde der Schüler. Die, die spätestens bei der Notenvergabe ihr wahres Gesicht zeigten und unter einer Klassenarbeit gnadenlos ein ›Leider am Thema vorbei‹ schrieben. Oder die einem augenzwinkernd und schulterklopfend sagten, dass man die Klasse voraussichtlich wiederholen musste.

Petrow runzelte die Stirn. »Minusch?«, fragte er mit russischem Akzent. »Ist das deine Katze?«

Von dieser Sekunde an hatte er sich geschworen, unsichtbar zu werden. Er durfte nicht mehr auffallen. Musste sich leise verhalten. Musste fleißig lernen. Nein, er durfte ihnen keinen Grund liefern. Und dann diese Fragen! Alle stellten sie ihm immer wieder diese Fragen: »Was hast du denn so Schönes am Wochenende gemacht?« Die Lehrer. Die Frau vom Jugendamt. »Wann gehst du denn abends so zu Bett?«

Und das alles im Plauderton. Als ob er nicht gemerkt hätte, dass sie ihn bloß aushorchen wollten. Dass Minusch und er unter Beobachtung standen. Sie hielten ihn für blöd!

»Weckt deine Mutter dich morgens? Wer schmiert dir dein Pausenbrot?«

Oh, sie waren leicht zu durchschauen. Er spielte ihnen was vor, und er war verdammt gut darin. An manchen Tagen begleitete er Minusch zur Vergabe. Methadonprogramm. Substitutionsambulanz im Drogenhilfezentrum. Er begleitete sie immer dann, wenn es ihr nicht gut ging. Wenn sie körperlich angeschlagen war. Schmerzen hatte. Dann stützte sie sich auf ihn, und er war stolz, dass er ihr großer Sohn war.

»Du bist mein Personenschutz! Mein Bodyguard!«, sagte sie jedes Mal und lächelte dabei, so gut es ging. Ja, mit zehn Jahren war er ihr großer Sohn gewesen.

Er wischte sich die Tränen aus den Augen und schwang sich aus dem Bett. Ein kurzer Seitenblick auf seine schlafende Frau, als die sich im selben Moment zu ihm herumdrehte. Für eine Weile verharrte er auf der Stelle und lauschte atemlos in das Zimmer hinein. Alles blieb ruhig. Erleichtert atmete er aus. Nein, er wollte sie nicht unnötig aufschrecken. Wo sie doch zurzeit etwas angespannt war. Mit einem schmalen Lächeln nickte er in ihre Richtung und trat dann durch die offene Schlafzimmertür in den Flur. Darum bemüht, jegliches Geräusch zu vermeiden, zog er die Tür langsam hinter sich zu und kappte somit den hellen Schein des Mondes. Der Korridor lag nun im Dunkeln, doch er verzichtete darauf, Licht zu machen. Auf nackten Füßen ging er über die kalten, grau melierten Marmorfliesen zur Treppe, die ins Erdgeschoss führte. Auf Anhieb fanden die Finger seiner Rechten den Aluminiumhandlauf der Spindeltreppe, und er stieg nach unten. Durch die breite Fensterfront des Wohnzimmers fiel jetzt wieder das helle Mondlicht und erleichterte ihm den Weg zur Küche. Dort schaltete er die Deckenleuchte an und öffnete den Kühlschrank. Mit der Milchpackung in der Hand setzte er sich auf einen Stuhl.

Er war gerade im Begriff, die Verschlusskappe aufzudrehen, als ihm die Tageszeitung ins Auge fiel, die zusammengefaltet auf dem Tisch lag. Das Bild auf der Titelseite irritierte ihn zutiefst, und er ließ die Milch ungeöffnet. Trancegleich stellte er sie ab und griff nach dem Lokalblatt. Sie war vom Vortag. Ein kalter Schauer lief ihm über den Rücken und ließ ihn augenblicklich frösteln. Es schockte ihn, das Foto des Mannes in der Zeitung zu sehen.

»Ich schwöre dir, ich werde ihn töten!« Die Stimme am anderen Ende der Leitung klang gehetzt.

»Ganz ruhig!«, antwortete er bestimmt.

»Ist dein Handy sauber?«

»Ja, verdammt, was denkst du?«

»Okay, du musst jetzt einen kühlen Kopf bewahren, sonst …«

»Fuck!«, unterbrach ihn der Mann. »Die Bullen haben Guido gekascht. Wie soll ich da cool bleiben …«

»Ich weiß, dass sie deinen Bruder einkassiert haben«, er hielt das Mobiltelefon näher an seine Lippen, »gerade deshalb musst du untertauchen, sonst greifen die dich auch noch ab. Du bist mein bester Mann. Ich brauche dich da draußen. Du bist meine Verbindung zur Außenwelt. Wenn du dich jetzt zu öffentlich bewegst, schadest du mir. Ich hoffe nur, dass dein Bruder die Klappe hält.«

»Guido ist kein Schwätzer! Er wird nichts sagen!«

»Weiß ich doch! Ich wollte es nur noch mal von dir hören!«

Kurzes Schweigen.

»Er war bei ihr«, presste der Mann schließlich zwischen den Zähnen hervor. »Wir haben gesehen, wie er reinging und nach zwanzig Minuten wieder rauskam. Ich bin mir sicher, die Schlampe hat ihm die Information über uns gesteckt und er hat seine Bullenfreunde auf uns gehetzt. Wir hätten ihr auf der Straße den Rest …«

»Ihr hättet sie nicht da liegen lassen dürfen«, schnitt er dem Mann das Wort ab. »Aber ich glaube nicht, dass sie ihm was geflüstert hat. Sie wird die Warnung verstanden haben, wenn sie überhaupt in der Lage ist zu reden. Nein, ich hätte schon längst was gehört. Hier drin funktioniert die Stille Post äußerst zuverlässig. Ich sage dir, wenn der Privatschnüffler überhaupt irgendetwas über euch weiß, dann aus einer anderen Quelle.«

»Wer?«

»Das ist jetzt unwichtig! In zwei Wochen beginnt die Gerichtsverhandlung. Scheiße, Junge, es tut mir leid wegen Guido, echt! Aber auf deine Rachegefühle kann ich momentan keine Rücksicht nehmen. Das musst du verstehen. Mach mit dem Schnüffler, was du willst, meinetwegen, aber noch nicht jetzt! Später! Ich kenn dich, es fällt dir schwer, doch halt dich zurück. Alles was zum jetzigen Zeitpunkt irgendwie mit meiner Person in Verbindung gebracht werden kann, schadet mir. Die warten doch nur darauf! Junge, es geht um meinen Kopf! Begreifst du das?« Die Hand fest um das Mobiltelefon gespannt, wartete Manu Stanko auf eine Antwort. Er hörte den Mann am anderen Ende der Leitung schwer atmen, und Stanko wusste, wie gefährlich es jetzt für ihn wäre, noch weiter Druck aufzubauen. Nein, er durfte seinen Mann da draußen nicht verlieren.

»Hey, brauchst du irgendwas? Geld? Eine Wohnung? Du weißt, ich kann ein paar Leute anrufen. Das ist kein Problem. Ich hab hier drin ziemlich viel Beinfreiheit. Die Schließer sind auf meiner Seite.« Er lachte. »Keine Angst, mein Telefon ist safe. Junge, sag mir einfach, was du willst, ich sorge noch heute dafür, dass du es bekommst.«

Stanko horchte angestrengt in den Hörer. Er zwang sich, nicht zu schreien. Ruhig und gelassen zu klingen. Nur die Finger seiner rechten Hand wollten dem Diktat nicht Folge leisten – sie klopften mit einem Stift rhythmisch auf die Schreibtischplatte vor ihm. »Wo steckst du gerade?«, fragte er lauernd.

»In Siegburg. Vor seinem Haus.«

»Scheiße, Junge!«, brach es aus ihm heraus, doch zu mehr blieb ihm keine Zeit; die Stimme am anderen Ende war schon nicht mehr da.

Vermisst: Wo ist Thomas Winkler (53 Jahre)? stand über dem Foto.

Lautlos las er den Text darunter: *Der Mann arbeitet als privater Ermittler und wird von seiner Ehefrau seit acht Tagen vermisst. Thomas Winkler ist ca. 1,80 m groß, ca. 100 kg schwer, korpulente Statur. Er hat kurze, hellbraune Haare und besitzt ein gepflegtes Äußeres. Er trägt einen hellen Anzug, eine blaue Krawatte und blaue Wildlederschnürschuhe. Möglicherweise hat er sich vor seinem Verschwinden in Bonn und Siegburg aufgehalten. Thomas Winkler ist Diabetiker. Hinweise bitte an diese Zeitung unter der Rufnummer …*

Er legte die Zeitung beiseite und ließ den Kopf kraftlos nach vorne sinken. Nur mit Mühe gelang es ihm, einen Schrei zu unterdrücken, er verlor jedoch den Kampf gegen die Tränen.

So viele Opfer. Ihm fielen keine Worte mehr ein, die ihn hätten trösten können. Keine Lügen. Ja, er war ein Monstrum. Ein von Gott gesandtes Monstrum. War es überhaupt Gott, der von ihm verlangte, seine gefallenen Engel zu erlösen?

Es kam ihm plötzlich so widersinnig vor, dass er laut lachen musste. Wo war Gott, als er an diesem verfluchten Tag aus der Schule kam und Minusch regungslos auf der Matratze vorfand? Dieser Tag, der für immer sein Leben verändern sollte. Er hatte alles versucht. Sie geschüttelt, sie angeschrien. Hatte ihr sogar zweimal ins Gesicht geschlagen. Aber sie wurde einfach nicht wach. Was hätte er denn tun sollen? Lange musste er auf den Klingelknopf der Nachbarin drücken, bis endlich die Tür geöffnet wurde. Misstrauisch funkelten ihn die kleinen wässrig-blauen Augen hinter der eckigen Brille an. »Was willst du?«, hatte die gebückte Alte unwirsch gefragt.

»Mama ist krank. Sie liegt da und rührt sich nicht.«

13. KAPITEL

Vogelgezwitscher. Irgendwo hämmerte ein Specht. Parker schaute auf die Uhr und lief los. Um kurz nach neun Uhr war noch nicht viel los auf seiner Laufstrecke. Er ließ es gemächlich angehen und nahm die leichte Steigung, die zum Lohmarer FriedWald führte, ohne übertriebenen Ehrgeiz. Er sog die frische Waldluft in seine Lungen und beglückwünschte sich einmal mehr dafür, dass er vor vier Jahren das Rauchen drangegeben hatte. Er erhöhte ein wenig das Tempo und grüßte mit einer knappen Handbewegung einen entgegenkommenden Läufer.

Ja, der Tag hatte für ihn gut angefangen. Von den warmen Sonnenstrahlen, die sich durch die offene Balkontür ins Schlafzimmer auf sein Gesicht gelegt hatten, war er geweckt worden und hatte blinzelnd Alex wahrgenommen, wie sie mit einem Lächeln und einer Brötchentüte in der Hand im Türrahmen stand. Eine Mischung aus Wasserlilie und frischem Kaffee war ihm dabei in die Nase gestiegen, und er hatte sich nicht entscheiden können, was er verführerischer fand. Alex war schon recht früh aufgestanden und unter die Dusche gestiegen, um anschließend bei *Fassbender* Brötchen und Croissants zu holen. Das gemeinsame Frühstück rundete den gelungenen Tagesbeginn ab.

Parker lächelte versonnen, und er hätte die Erinnerungen gerne noch weiter genossen, wäre noch gerne bei Alex geblieben. Doch seine Gedanken führten wie so oft Regie, ohne dass er etwas hätte dagegen tun können. So kam ihm das gestrige Telefonat mit Max Rau in den Kopf.

Rau hatte unumwunden zugegeben, dass er Thomas nicht mochte. Dass er ihm äußerst unsympathisch war. Was bedeutete das? Bedeutete es überhaupt etwas? Machte ihn das verdächtig? Hatte der Sozialarbeiter etwas mit dem Verschwinden seines Freundes zu tun? Gab es ein Motiv?

Rau kümmerte sich überwiegend um obdachlose Jugendliche. Und er versorgte Junkies mit Einwegspritzen, sprach mit ihnen, bot seine Hilfe an und versuchte dadurch ihr Vertrauen zu gewinnen. Der junge Mann umschrieb seine Arbeit als ein ›niederschwelliges Angebot‹. Gelang es ihm, Drogenabhängige davon zu überzeugen, medizinische Hilfe anzunehmen oder sich gar auf einen begleiteten Entzug einzulassen, hatte er schon mehr erreicht, als es seine Stellenbeschreibung hergab. Jedoch verschwieg er auch nicht, dass die meisten seiner Klienten die Therapien abbrachen. Dann landeten sie wieder auf den Bahnhofsvorplätzen der Städte. Parker schüttelte den Kopf – was für eine desillusionierende Tätigkeit. Warum setzte man sich freiwillig so viel Frust aus? Am Geld konnte es wohl kaum liegen.

Und warum wird man Polizist?, hörte er die innere Stimme spöttisch fragen.

Parker nickte lächelnd einer jungen Frau mit Hund zu. Artig blieb der Vierbeiner bei ihr sitzen, bis Parker an ihnen vorbeigelaufen war. Insgeheim bewunderte er Max Rau, zog den Hut vor dessen Engagement. Dennoch musste er sich an die Fakten halten: Rau hatte tagtäglich mit diesen jungen Menschen zu tun, die, aus welchen Gründen auch immer, glaubten, es zu Hause nicht mehr aushalten zu können. Die abhauten und vielleicht ihre ersten Erfahrungen mit Drogen machten. Doch Drogen bekam man nicht geschenkt. In der Szene zahlte man für alles, wenn manchmal auch erst später. Wer auf der Platte lebte und abhängig war, brauchte Geld. Und das Geld für Drogen ließ sich nur schwerlich erbetteln.

Also rutschten viele der Jugendlichen in die Prostitution ab. Freier, die die Not der Junkies ausnutzten und sich ihrer für ein paar Euro bedienten, standen leider Schlange. Mindestlohn war in den verdreckten Gassen, in den Hauseingängen oder auf dem Beifahrersitz kein Thema. Parker verzog missmutig die Mundwinkel. Verdammt, diese ganze Scheiße hatte ihn schon damals, als er noch Polizist war, zutiefst angeekelt. Und wieder holte ihn die Ohnmacht ein. Ein Gefühl der Ohnmacht, die er früher oft in sich gespürt hatte.

Kannte Max Rau dieses Gefühl auch? Parker glaubte, ja. Die Frage war nur, wie ging der Sozialarbeiter damit um? Er, der die Szene ebenso gut kannte wie Parker. Und so wie er den jungen Mann einschätzte, war Rau kein Typ, der die Augen vor der Wirklichkeit verschloss. Irgendetwas sagte ihm, dass er sich noch etwas intensiver mit Max Rau beschäftigen sollte. Er nahm sich vor, ihn nachher anzurufen, um ein Treffen mit ihm zu vereinbaren.

Und was war mit Tina?

Parker wurde von seinem eigenen abrupten Gedankensprung überrumpelt, musste die Antwort aber verschieben, denn er vernahm das typische ›Tak-Tak-Tak‹ schon, bevor er sie sah. Trendsport! Auf Parkers Gesicht legte sich ein breites Grinsen. Plötzlich liefen alle nur noch mit Stöcken durch den Wald. Von wegen ›Waldesruh‹! Damit war es nun vorbei. Hinter der Biegung schloss er auf die gemischte Gruppe von Nordic-Walkern auf, grüßte jede einzelne der acht Personen, die ihn freudig zurückgrüßten, und überholte sie mit größer werdenden Schritten.

Sein Weg führte ihn an dem großen Teich vorbei, aus dem noch vor gut drei Monaten das ohrenbetäubende Balzgequake von einer Million Fröschen zu hören war. Nun war die Arbeit getan, die Frösche verstummt, und es war ruhig im Teich.

Tina! Ja! Er spürte sogleich den Stich in seinem Herzen. Und seine Wut. Auch wenn er emotional Lichtjahre von ihr entfernt war, so konnte er nicht so tun, als sei sie ihm egal. Das, was man ihr angetan hatte, war eine Schweinerei, und die, die für diese Schweinerei verantwortlich waren, gehörten weggesperrt. Und das für eine lange Zeit. Für eine sehr lange Zeit. Parker hoffte inständig, dass die Polizei die Verbrecher schnell dingfest machen würde und dass Manu, sollte er etwas damit zu tun haben, zur Verantwortung gezogen würde.

Parker ging in Gedanken die Zeitfenster durch, die ihm zur Verfügung standen, um Tina ein weiteres Mal im Krankenhaus zu besuchen. Auch wenn er nicht mit ihr reden konnte, so wollte er doch nach ihr sehen.

Wollte sich bei den Ärzten nach ihrem Zustand erkundigen. Zwanzig Minuten später erreichte er die Fußgängerbrücke, die über die B 56 führte. Bemerkte während des Vorbeilaufens das weiße Bettlaken, das an der Brüstung in Fahrtrichtung Much hing und auf dem in großen roten Blockbuchstaben der Name ›**Julia**‹ zu lesen war. Darunter ein wohlgeformtes, rotes Herz.

Ach wie süß! Da hat sich aber jemand viel Mühe gegeben, dachte er schmunzelnd. Wie mag sie wohl aussehen, diese Julia? Ob sie die Liebesbotschaft liest? Hey Julia, ich hoffe, du weißt die Aktion zu schätzen! Von wem auch immer sie sein mag, du kannst dir sicher sein, geliebt zu werden.

Als er kurz darauf auf den Parkplatz einbog, die Schritte etwas verlangsamte und auf sein Auto zulief, blickte er wieder auf seine Uhr. Viertel nach zehn. Parker nickte zufrieden. »Das war eine gute Stunde«, sagte er leise zu sich. »Nicht übel, Parker!«

Kaum hatte er das Stoffverdeck des Roadsters aufgeklappt und war zum Kofferraum gegangen, um eine Flasche Wasser herauszuholen, machte sich sein Mobiltelefon im Handschuhfach bemerkbar.

»Hey Jo«, rief er in den Hörer hinein, erschrak über seine Lautstärke und fügte mit gedämpfter Stimme rasch hinzu: »Sorry, aber ich komme gerade vom Laufen. Bin noch ein wenig außer Atem.«

»Dann hol erst mal Luft«, hörte er seinen Freund sagen. »Bist ja schließlich auch nicht mehr der Jüngste!«

»Wer von uns beiden war jetzt noch mal der Ältere?«, konterte Parker ohne Zögern und lehnte sich gegen den Kotflügel seines Sportwagens. Den Mann im schwarzen

Audi TT, der ihn seit seiner Ankunft auf dem Parkplatz nicht mehr aus den Augen gelassen hatte, bemerkte er nicht.

Es war nach zehn. Die Sonnenstrahlen drängten sich durch den schmalen Spalt der zugezogenen Vorhänge, und er lag noch im Bett. Er hatte sich für heute krankgemeldet. Krank! Wann kam das mal vor?

Sie war etwas beunruhigt gewesen, hatte ihn gefragt, ob sie was tun könne. Er hatte verneint, und sie war gegangen. Nun war er allein und starrte an die Decke. Die Nacht hing immer noch bleischwer in seinen Knochen, und er fühlte sich jämmerlich.

Das Foto in der Zeitung hatte plötzlich alles infrage gestellt und ihn um seinen Schlaf gebracht. Ja, das Foto hatte ihn verwirrt. Die Ehefrau ließ nach ihm suchen, sorgte sich um ihn. Traf ihn eigentlich eine Schuld? Durfte er so handeln, wie er es getan hatte? Er hatte Leid gebracht, obschon er nur Erlösung bringen wollte. War es nicht dieser Dämon in ihm? Setzte er ihn nicht beinah tagtäglich in Flammen, sodass er fürchten musste, innerlich zu verbrennen? Zog er ihn nicht immer wieder an diese Orte? Dorthin, wo sie sich versammelten. Wo das Elend zu Hause war. Er hasste diese Orte und fühlte sich doch von ihnen angezogen. Oh nein, er hatte es sich nicht ausgesucht. Wer hatte es bestimmt?

Diese Verantwortung! Hätte er ihren Tod überhaupt verhindern können? Einen solchen Tod? Einen so qualvollen Tod? Er war doch noch ein Kind gewesen. Wie hätte er es wissen sollen? Mein Gott, hätte er es geahnt, dann wäre alles anders gekommen.

Sie wollte doch nur schlafen! Nur schlafen!

Unzählige Male war er diesen frühen Nachmittag im Mai durchgegangen. Flashbackartig erlebte er diese Momente immer und immer wieder. Wie er die Tür aufgeschlossen hatte. Wie er ihren Namen rief, so wie er es immer getan hatte, wenn er von der Schule nach Hause kam. Wie er den Schulranzen im Flur abgestellt und die Jacke an die Garderobe gehängt hatte, um dann ins Schlafzimmer zu stürmen. Wie er sie da hatte liegen gesehen. Blass. Regungslos. Instinktiv hatte er sein Ohr auf ihren Mund gelegt. Hatte ihren Atem gespürt. Doch diese Erkenntnis hatte seine glühende Angst nicht beiseitewischen können. Was er auch versucht hatte, er hatte sie nicht aufwecken können.

Ja, er hatte die Situation falsch eingeschätzt – aber er war doch noch ein Junge von gerade mal zehn Jahren gewesen! Und heute?

Nein, er durfte nicht die Augen vor der Realität verschließen. Das tat die Gesellschaft schon zur Genüge. Er musste sich seiner Aufgabe stellen. Und es war gut. War er es nicht, der ihnen half, in Würde vor Gott zu treten?

Es war sein Verdienst, dass seine Engel diese Welt verlassen konnten, ohne unnötig gelitten zu haben. Und dafür war kein Preis zu hoch, selbst wenn es sich dabei um ein Menschenleben handelte. Er durfte sich von nichts aufhalten lassen. Musste rigoros die beseitigen, die versuchten, sich ihm in den Weg zu stellen.

Er spürte wieder die Wut in sich aufsteigen. Diese unbändige Wut, die nur noch von seiner Trauer übertroffen wurde. Genug der Zweifel! Ja, er führte ein Doppelleben, Gott hatte es so gewollt!

Seine Kieferknochen arbeiteten. Energisch schlug er die Decke zur Seite und stieg aus dem Bett, erleichtert darüber, seinen Glauben wiedergefunden zu haben.

»Sagen dir die Namen Marcel und Guido Sander etwas?«

»Sind das die Zwillinge?«

»Ja. Und sie sind tatsächlich Zwillinge. Kennst du die Herrschaften?«

Parker zuckte unwillkürlich mit den Achseln. »Nein, kenne ich nicht. Habt ihr sie überprüft?«

Degen ließ sich Zeit mit der Antwort, und Parker nahm das Mobiltelefon von der linken in die rechte Hand. Schweiß lief ihm die Schläfen hinunter. Blinzelnd schaute er zum Himmel. Eine weiße, einsame Wolke schob sich träge vor die Sonne. Zu leicht, um Schatten zu spenden. Parker schluckte. Durst. Seine Kehle fühlte sich an, als sei sie mit Schmirgelpapier malträtiert worden. Er räusperte sich und krächzte ins Telefon: »Komm schon, Jo, mach es nicht so spannend! Ich bin ja auch ganz Ohr, aber ich tropfe unangenehm vor mich hin, und ich muss gleich dringend was trinken, sonst …«

Parker vernahm Degens Lachen am anderen Ende der Leitung. Unüberhörbar: Es machte Jo Spaß, ihn ein wenig zappeln zu lassen. »Ist ja gut! Hab ich verstanden«, entgegnete sein Freund amüsiert. »Joggen! Um diese Zeit! Na, deinen Tagesablauf möchte ich haben!«

Parker seufzte ergeben, beließ es aber dabei und verkniff sich jede weitere Antwort. Nach all den Jahren der Freundschaft kannte man sich, und das war jetzt Degens Show. Und der schien etwas Großes auf der Pfanne zu haben, daher hielt Parker sich bedeckt.

»Also«, begann Degen erneut, nur diesmal mit ernster Stimme, »du hattest den richtigen Riecher. Zwei meiner Beamten haben gestern Abend dem *Touché* einen Besuch abgestattet und von den beiden Türstehern die Ausweispapiere verlangt. Von wegen Routinekontrolle. Bei der Überprüfung vor Ort kam heraus, dass die Herren Sander über ein nicht unerhebliches Strafregister verfügen. Von Körperverletzung, Schutzgelderpressung bis hin zu Drogendelikten ist alles vorhanden. Zudem ergab die Abfrage, dass noch ein Strafbefehl ausstand, wegen illegaler Einfuhr und Handel mit Anabolika. Als die Kollegen die Sander-Zwillinge verhaften wollten, entzog sich einer der beiden, Marcel Sander, durch Flucht der Festnahme. Die Fahndung ist raus.«

Parker nickte grimmig und leckte sich über die trockenen Lippen. Einen Augenblick glaubte er, sein Freund wollte den Ausführungen noch etwas hinzufügen, was er aber nicht tat. »Konntet ihr dem Kerl den versuchten Mord an Tina schon nachweisen?«, fragte er schließlich. Diesmal musste der Detektiv nicht lange auf eine Antwort warten.

»Die beiden Herren sind da durchaus professionell vorgegangen. Die Kollegen von der KTU haben im Inneren des gestohlenen Fahrzeuges keine Fingerabdrücke der Sanders gefunden. Auch auf der Karosserie war nichts dergleichen zu finden gewesen. Aber …« Hier legte der Kriminaloberkommissar eine kleine Spannungspause ein.

Parker stöhnte auf und fuhr sich durch das feuchte Gesicht. »Und?«, fragte er mit heiserer Stimme. »Was

›aber‹?« So ganz langsam neigte sich seine Geduld dem Ende zu.

»… die Herren waren so freundlich«, fuhr Degen fort, »und ließen uns den Wagenschlüssel da. Er steckte im Zündschloss. Offensichtlich hatten beide, während sie den Wagen benutzten, Handschuhe getragen. Guido Sander machte bloß einen entscheidenden Fehler: Er muss sie einmal nicht angehabt haben, denn auf dem Schlüssel wurde der Fingerprint seines rechten Daumens entdeckt.«

14. KAPITEL

Als Parker die Wohnungstür aufschloss, war es kurz nach elf Uhr. In der Wohnung war alles ruhig. Watson lag auf dem Ohrensessel und schlief leise schnaufend vor sich hin. Von draußen drang das Vogelgezwitscher durch die auf Kipp gestellten Fenster, und in der Luft hing der zarte Geruch von Alex' Parfum.

Parker ließ seine Schlüssel auf den Telefontisch im Flur fallen, zog sich die Laufschuhe aus und ging auf Socken ins Bad. Sein Blick fiel sogleich auf den kleinen, gelben Zettel, der unübersehbar mittig auf dem Spiegel klebte. Lächelnd las er die mit geschwungener Schrift geschriebene Botschaft: »Il mio Detective, ich liebe dich!«

Schmunzelnd löste er das Post-it vom Spiegel, ging damit ins Wohnzimmer, geradewegs auf das Sideboard zu, kniete sich davor und zog die unterste Schublade auf. Er holte die rot-weiße DIN-A4-Kladde mit dem FC-Köln-Logo hervor und schlug sie auf. Sein Grinsen blieb, als er die Seiten darin durchging und schließlich auf der ankam, auf der noch rechts unten Platz war. Sorgsam klebte er die Haftnotiz neben eine weitere. Rasch griff er zum Kugelschreiber, der ebenfalls in dem Schubfach lag, und schrieb das heutige Datum und die Zahl 114 daneben. Bevor Parker die Kladde wieder zurücklegte, drehte er den Kopf in Richtung Watson, der gerade im Begriff war, seinen Schlafplatz zu verlassen.

»Hey Dicker«, raunte er dem Kater zu, »das, was du hier gesehen hast, ist eine Top-Secret-Angelegenheit. Ein Wort von dir zu Alex, und du bist tot!«

Eine Viertelstunde später stand Parker unter der Dusche und ließ noch einmal das Telefongespräch mit Degen Revue passieren. Er hoffte inständig, dass die Fahndung nach diesem Marcel Sander rasch zum Erfolg führte. Tinas Leben hing womöglich davon ab. So wie er von seinem Freund hatte erfahren können, bestand der Polizeischutz weiterhin für sie. Die Krankenstation wurde durch einen Beamten rund um die Uhr bewacht. Wie lange dies jedoch noch der Fall sein würde, hatte auch der Oberkommissar ihm nicht sagen können. Aber das war jetzt nicht mehr Parkers Fall, sondern ausschließlich Sache der polizeilichen Ermittlungen. Er war froh darüber, seinem Freund den richtigen Tipp gegeben zu haben, mehr konnte er für Tina nicht tun. Und das war für ihn auch vollkommen in Ordnung. Schließlich hatte die Suche nach Thomas Winkler absolute Priorität und verlangte seine ungeteilte Aufmerksamkeit und Zeit. Von Ana Schuch mal ganz abgesehen. Die Eltern hatten ihm den Auftrag erteilt, nach ihrer Tochter zu suchen, und Parker hatte ihnen sein Wort gegeben. Nach wie vor hielt Parker an seiner Überzeugung fest, dass beide Fälle miteinander zu tun hatten. Fand er Ana, so würde er auch seinen Freund finden.

Das Mädchen war laut Eltern in Bonn gesehen worden. Das hatte Thomas herausgefunden. Lebte Ana noch? Musste er nicht damit rechnen, den Eltern letztendlich eine traurige Mitteilung überbringen zu müssen? Parkers Magen krampfte sich zusammen. Bilder stiegen in ihm auf. Bilder von Menschen, denen er in der Vergangenheit die Nachricht vom Tod eines geliebten Angehörigen überbracht hatte. Bilder von weinenden Eltern, Ehefrauen, Ehemännern. Menschen, die zusammenbrachen. Ihn anschrien. Ihn einen Lügner schimpften, weil sie es nicht glauben, nicht akzeptieren wollten … Verflucht! Trotzig verbannte er den Gedanken an Anas Tod wieder aus seinem Kopf.

Eine Schlüsselrolle, da war sich Parker sicher, nahm Max Rau ein, auch wenn er noch nicht zu sagen vermochte, welche dies war. Hatte der Sozialarbeiter etwas mit dem Tod von Celine Mannteufel zu tun? Wenn ja, inwiefern? Traute er ihm einen Mord zu? So sehr er auch in sich hineinhorchte, Parker konnte sich diese Frage nicht beantworten. Aber was hieß das schon! Er kannte Max Rau nicht, hatte keinen blassen Schimmer davon, wie der Mann tickte. Parker fiel der abgedroschene, jedoch nur zu wahre Satz ein, dass man jemandem nur vor die Stirn, aber nicht dahinter blicken konnte. Und was war mit Ana? Sie sollte sich im Bahnhofsviertel aufgehalten haben. Eben dort, wo Rau arbeitete. Hatte Rau ihn angelogen, als er sagte, dass er Ana nicht kannte? Wenn ja, warum? Oder steckte hinter alldem doch sein Freund Thomas? War er ein Mörder? Hatte er ein Verhältnis mit Celine Mannteufel gehabt? Durchaus denkbar. Was war passiert? Wollte sie ihn verlassen? War Thomas eine Sicherung durchgebrannt? War es eine profane Beziehungstat?

Profan? Scheiße, Parker!, wies er sich ärgerlich zurecht. Er ist dein Freund! Wie denkst du über ihn? Du kennst ihn doch!

Tanja kam ihm wieder in den Sinn: *›Er hat sich verändert, Lou.‹*

Ja, mag sein. Wir alle haben uns verändert!

Parker drehte das Wasser ab, öffnete die Duschkabine und trat hinaus. Mechanisch griff er nach dem Handtuch, zog es von der Sprossenheizung und trocknete sich ab.

Ja, verdammt, er stand zu nah davor, das wusste er selber. Er sah nur einen kleinen Ausschnitt vom großen Ganzen. Wollte er das gesamte Bild erfassen, so musste er ein paar Schritte nach hinten treten. Nein, er war nicht objektiv. Konnte er auch gar nicht sein. Immerhin ging es hier um einen alten Freund. Aber gerade deshalb musste er sich zusammenreißen und professionell an den Fall rangehen. Dies bedeutete, dass er sich an die Fakten halten musste. Dass er versuchen musste, die Puzzleteilchen zu sortieren. Das hätte ihm Thomas auch geraten.

Was hatte er? Viel war's nicht. Max Rau. Thomas. Oder gab es den unbekannten Dritten? Einen, den er nicht auf der Rechnung hatte? Doch warum sollte jemand eine Leiche in das Auto seines Freundes packen und damit zum Flughafen fahren, um es im Parkhaus abzustellen? Eine Inszenierung, um seinen Freund ... ja, was? Um ihm einen Mord in die Schuhe zu schieben? Um von was auch immer abzulenken? Wurde hier eine falsche Fährte gelegt? Aber warum der Aufwand? War Thomas bei seiner Suche nach Ana auf irgendetwas gestoßen? Mädchenhandel? Entführung? Erpressung? Alles möglich.

Wurde Thomas für wen auch immer zu gefährlich? Wenn es so war, war dann Thomas noch am Leben?

Diesen Gedanken hatte Parker bisher gut verdrängen können, aber jetzt ließ er sich nicht mehr ignorieren. Geistesabwesend verließ Parker das Bad, ging ins Schlafzimmer und zog sich an. Dann setzte er sich vor seinen Rechner, ließ ihn hochfahren und rief die Suchmaschine auf. Keine fünf Minuten später nahm er das Telefon von der Station und wählte die Nummer des Allgemeinen Sozialen Dienstes in Bonn.

»Herr Rau ist heute nicht da«, erklärte die Frau und fügte hinzu: »Kann ich Ihnen weiterhelfen?«

»Nein«, antwortet Parker knapp. »Haben Sie vielen Dank.«

Er drückte auf den Knopf mit dem roten Hörer und holte sich die Anruferliste auf das Display. Es dauerte eine ganze Weile, und er war schon fast versucht aufzulegen, als eine Stimme leise fragte: »Ja bitte?«

Parker war im ersten Augenblick etwas irritiert, weil er die Stimme nicht gleich zuordnen konnte. Sie klang brüchig und schwach.

»Max Rau?«, vergewisserte er sich.

Die Antwort kam zögerlich. »Ja.«

»Schön, dass ich Sie erreiche. Lou Parker hier. Ich hatte es schon auf Ihrer Dienststelle versucht, da sagte man mir …«

»Ich bin krank«, unterbrach ihn Max Rau ungehalten. »Was wollen Sie denn noch? Ich habe Ihnen alles gesagt, was ich weiß!« Der Mann hustete, hielt das Telefon etwas von seinem Mund weg, und Parker hörte, wie im Hintergrund plötzlich Musik erklang. Er erkannte das Stück und natürlich auch die Band auf Anhieb: *Light my fire* von den Doors. »Und es ist nichts hinzugekommen«, ergänzte Rau nach der Hustenattacke. »Ich wüsste also nicht, was ich Ihnen noch erzählen könnte.«

Parker stutzte. Schwang da Unsicherheit im Tonfall des jungen Mannes mit? Das passte so gar nicht zu dem Bild, das er sich von dem Sozialarbeiter gemacht hatte. Parker musste unwillkürlich an dessen festen Händedruck und das burschikose Auftreten denken. Sein Bauchgefühl sagte ihm, dass er jetzt dranbleiben musste. Er durfte Max Rau nicht mehr vom Haken lassen. Hatte Parker in ihm seinen Hauptverdächtigen? Möglich. Er musste ihn sehen. Ganz bald. Musste ihm in die Augen blicken, wenn er seine Fragen stellte. Und das ging nicht am Telefon.

»Oh, ich will Sie jetzt auch gar nicht weiter behelligen«, erwiderte Parker beschwichtigend, »ich kriege ja mit, Sie sind angeschlagen …«, er unterbrach sich, überlegte und sprach dann betont wichtig weiter, »… aber ich bräuchte Ihre Meinung als Experte. Ich brauche jemanden wie Sie, der tagtäglich mit der Klientel zu tun hat … man liest ja so viel in der Zeitung von verschwundenen Jugendlichen. Und dass die Zahl … ähm …«, Parker tat so, als suche er eine passende Bezeichnung, »… dieser Nestflüchter ständig steigt.« Er lachte kurz auf. »Aber kann man den ganzen Horrorgeschichten Glauben schenken? Was die immer so schreiben! Ich hab da mittlerweile meine Zweifel. Sie hingegen haben tagtäglich mit den Kids zu tun. Ja, und auch das, was der Punk gesagt hat, von wegen zurück in den goldenen Käfig bringen, den die Eltern dann wieder zusperren, hat mich nachdenklich gemacht.«

»Und was stellen Sie sich da vor?« Raus Stimme klang gequält.

»Ich könnte Sie heute besuchen«, antwortete Parker rasch, »Sie sind ja krank, so müssten Sie nicht vor die Tür. Sie könnten mir von Ihren Erfahrungen berichten. Ich werde auch nicht lange …«

»Nein!« Jäh schnitt ihm der Mann das Wort ab. »Das geht nicht!«

Sofort war Parker hellwach. »Das geht nicht?«, wiederholte er ruhig und ließ einen Moment verstreichen. »Ach so! Verstehe«, entgegnete er dann, machte erneut eine kleine Pause, um dann bedauernd hinzuzufügen: »Dann werde ich den Eltern von Ana Schuch mitteilen, dass sie sich mit Ihnen und Ihrer Dienststelle in Verbindung setzen sollen. Damit wäre meine Arbeit getan.«

»Ähm, Moment mal bitte!«

Parker konnte hören, wie Rau eine Hand über das Telefon legte. Lächelnd wartete er ab. Gedämpft vernahm er Stimmen vom anderen Ende der Leitung, aber so sehr er sich auch anstrengte, er konnte nichts verstehen. Doch glaubte er eine helle Stimme zu hören. Die Stimme eines Kindes. Oder die einer jungen Frau? Dann wurde die Musik wieder lauter.

»Okay, gut«, Raus Einlenken kam ihm nur widerwillig über die Lippen, was unschwer zu hören war, »Sie lassen ja sowieso nicht locker. Aber nicht bei mir zu Hause. Meine Katzen mögen keinen Besuch. Schlagen Sie was vor!«

»Nun, ich kenne mich in Bonn nicht so gut aus, was die Lokalitäten ...«

»Wo sind Sie?«

»In Siegburg.«

»Dann kennen Sie ja bestimmt das *Casbah*.«

»Natürlich. Aber ist das nicht ein bisschen zu viel verlangt? Wo Sie doch krank sind.«

»Das geht schon. Ich fahre mit der S-Bahn und nehme das Rad mit«, erklärte Rau mit belegter Stimme. »Außerdem lege ich keinen gesteigerten Wert darauf, dass mich meine Kunden mit Ihnen sehen. Das macht in Bonn dann ganz schnell die Runde. Dann ist Siegburg schon besser – liegt nicht in meinem Distrikt. Wann soll ich da sein?«

Parker blickte auf die Uhr. »Sagen wir in einer Stunde. So gegen dreizehn Uhr? Von wo kommen Sie?«

»Bonn-Zentrum«, antwortete Rau schniefend.

»Na, das ist ja zu schaffen«, stellte Parker sachlich fest. »Dann in einer Stunde im *Casbah*.«

Parker saß mit ausgestreckten Beinen unter einem der großen Sonnenschirme, vor ihm auf dem Tisch ein frisches Radler und einer dieser köstlichen Junis Cupcakes, der veganen Spezialität des *Casbah*. Trotz idealen Biergartenwetters waren um diese Uhrzeit nur ein paar Plätze besetzt. Kein Vergleich zu einem Samstag oder Sonntag. Oder zu einem lauen Sommerabend. Da war es fast immer der pure Glücksfall, einen Platz draußen zu ergattern. Wie oft hatten er und Alex noch einige Runden drehen müssen, um endlich zwei freie Stühle in Beschlag nehmen zu können.

Parker schaute sich um. Für einen kurzen Moment schenkte er seine Aufmerksamkeit drei Spatzen, die sich laut schimpfend um eine am Boden liegende Eiswaffel stritten. Er hob den Blick und schaute nach vorn. Auch auf dem Marktplatz war um diese Zeit wenig los. Daher fiel ihm die Gestalt auf dem Fahrrad schon von Weitem auf. Der groß gewachsene Mann kam nur langsam voran, er schien etwas Mühe mit dem Treten zu haben. Wenige Meter vor dem Biergarten hielt er an und stieg vom Rad.

Max Rau grüßte Parker mit einem knappen Kopfnicken und kam dann mit schleppenden Schritten auf ihn zu. Trotz der sommerlichen Temperaturen trug er eine Wollmütze, was seinen Kopf etwas unförmig aussehen ließ, und einen Wollpullover. Schniefend blieb er vor dem Detektiv stehen. »Ich gebe Ihnen keine Hand«, sagte er, zog den freien Stuhl zurück und setzte sich Parker gegenüber. »Es sei denn, Sie haben Bock auf eine fette Erkältung.« Rau versuchte es mit einem Grinsen. Der Versuch misslang.

Parker schüttelte den Kopf. »Ach nee«, antwortete er leutselig, »hatte ich dieses Jahr schon. Mein Bedarf an grippalen Infekten ist gedeckt.« Er blickte hoch zu der jungen Frau, die zu ihnen an den Tisch getreten war. »Was möchten Sie trinken?«, fragte Parker den jungen Mann. Rau wendete sich der Bedienung zu und bestellte, ohne einen Blick in die Karte zu werfen, einen Smoothie Spicy Ananas.

»Oh«, bemerkte Parker augenzwinkernd, »Sie scheinen das Angebot zu kennen!«

Max Rau nickte gleichmütig und kramte ein Taschentuch hervor. »Herr Parker …«, begann er, schnäuzte sich geräuschvoll die Nase, stopfte das Papiertuch umständlich zurück in die Hosentasche und setzte seinen angefangen Satz fort, »... es ist ja wirklich großartig, dass Sie sich so für meinen Job interessieren ...«, er blickte Parker unvermittelt scharf an, »... aber halten Sie mich bitte nicht für so blöd, dass ich darauf reinfalle. Ich bin doch in Ihren Augen bloß ein Freak, der sich beruflich mit anderen Freaks beschäftigt. Für Sie bin ich doch nur so ein verträumter Weltverbesserer.«

Parker, von seiner Direktheit überrascht, präsentierte dem Sozialarbeiter sein breitestes Lächeln, blieb aber ansonsten stumm. Ja, er wollte ihn provozieren. Und es lief besser als erhofft. Er konnte den Mann kommen lassen, konnte darauf warten, dass sein Gegenüber etwas Unbedachtes sagte. Er brauchte ihn nur reden lassen.

»Was wollen Sie?«, fragte Rau, jetzt mit hochrotem Kopf. Deutlich sichtbar traten Schweißperlen auf seine Stirn. »Ich kenne Sie nicht! Scheiße! Erst Ihr Freund und dann Sie. Tauchen plötzlich auf, stellen Fragen, rufen auf meiner Dienstelle an. Was soll das Ganze? Haben Sie 'ne Ahnung, was das für einen Eindruck bei meinen Vorgesetzten macht? Von meiner Klientel mal ganz zu schweigen! Die flippen aus, wenn solche Typen wie Sie in ihrem Kiez aufkreuzen. Die haben keinen Bock auf Ihre Fragen. Die fühlen sich durch Sie belästigt. Und die mögen es auch nicht, wenn mir Fragen gestellt werden. Darauf reagieren die mit Rückzug. Wissen Sie, wie lange es braucht, bis diese Menschen jemandem vertrauen? Wenn es auch nicht in Ihre Welt passt, Herr Parker«, das ›Herr‹ kam Rau besonders akzentuiert über die Lippen, »diese Menschen brauchen

Zuwendung und Zuspruch und Chancen auf einen möglichen Neustart. Leute wie Sie möchten doch gar nicht hinter die Fassaden blicken. Es hat immer Gründe, wenn Menschen auf der Straße landen.« Er machte eine kurze Atempause, in der er sich über die Stirn wischte. »Also, wenn Sie was gegen mich vorzubringen haben, dann raus damit, ansonsten lassen Sie mich in Ruhe. Und ich hab auch keine Ahnung, wo sich dieses Mädchen aufhält, das Sie suchen.«

»Darf ich erfahren, wie alt Sie sind?«, erkundigte sich Parker unvermittelt.

Mit einem Ausdruck der Verwirrung starrte Rau ihn an. Doch bevor er antworten konnte, stellte die Kellnerin den bestellten Smoothie vor ihn auf den Tisch.

Parker musste sich eingestehen, dass er den jungen Kerl, der sich so vehement für seine Schützlinge einsetzte, mochte.

»Was soll das denn nun werden?«, entfuhr es Rau grimmig. »So 'ne Art Verbrüderung oder was?«

Parker hob mit einer beschwichtigenden Geste beide Hände vor die Brust. »Beruhigen Sie sich, bitte! Nur eine Frage des Interesses, Herr Rau. Fernab jeglichen Hintergedankens.«

Für einen Augenblick hielt der Mann den finsteren Blick bei, dann entspannten sich seine Gesichtszüge, und er griff nach seinem grünen Getränk. »Fünfundzwanzig«, sagte er, nachdem er einen kräftigen Zug durch den Strohhalm getan und den Smoothie wieder zurück auf den Tisch gestellt hatte.

Parker nickte, und Max Rau schob eine Frage hinterher: »Und Sie? Wie alt sind Sie, Herr Privatdetektiv?«

Parker musste grinsen und antwortete: »Siebenunddreißig.«

Jetzt war es Rau, der verstehend nickte. Für eine kleine Weile sagten beide Männer nichts. Parker nahm sein Glas, setzte an und trank einen großen Schluck. Es dauerte weitere zwei Minuten, bis Max Rau das Schweigen brach: »Wie wird man eigentlich Privatdetektiv?«

Parker verzog seufzend die Mundwinkel. »Das ist eine lange Geschichte …«

»Dann die Kurzfassung!«

Parker sah das plötzliche Leuchten in Raus rot geränderten Augen. Sie sind doch alle gleich, dachte er bei sich. Machen einen auf unheimlich cool, doch insgeheim finden sie Detektive höchst faszinierend! Aber wenn es der Sache dient.

»Okay«, brummte er schließlich, »doch nach der Kurzfassung bin ich wieder mit Fragen dran!« Er schaute den Mann prüfend an.

Rau nuschelte schulterzuckend etwas, das nach »Klar!« klang.

Parker hakte nach: »Haben wir eine Abmachung?«

»Ja, Mann!« Rau musste niesen, fingerte wieder sein Taschentuch hervor und putzte sich lautstark die Nase.

Parker wartete, bis der junge Mann so weit war, und erzählte dann, warum er damals zur Polizei gegangen war, wie sein Dienstalltag bei der Kripo ausgesehen hatte, dass er gegen einen Kinderpornoring ermittelt hatte und dass er im Zuge dieser Ermittlungen einigen Personen des öffentlichen Lebens zu nahe gekommen war, weshalb er seinen Dienst quittieren musste. Und dass er dann mit dem Freund, den er heute suchte, eine Detektei aufgemacht hatte.

Max Rau schwieg während der ganzen Zeit. Er saß nur da. Still und regungslos. Verfolgte jedes Wort gebannt, ohne jegliche äußere Regung. Als Parker fertig war, schnappte Rau sich sein Glas. Geräuschvoll sog er den dickflüssigen Inhalt durch den Strohhalm nach oben. »Respekt! Hast dich also mit den Säulen der Gesellschaft angelegt«, übergangslos wechselte der junge Mann vom ›Sie‹ zum ›Du‹. »Dann bist du ja einer von den Guten!« Er grinste feist. »Der unbestechliche Detektiv. Klingt nach Romanfigur. Chapeau! Warum hast du das nicht gleich gesagt?«

Parker ließ die Lobhudelei unkommentiert und griff stattdessen in seine Hemdtasche. »Bitte schauen Sie sich das Bild genau an«, sagte er ernst und reichte dem Mann das Foto. »Haben Sie das junge Mädchen gesehen? Bitte denken Sie nach – die Eltern von Ana sind mit den Nerven ziemlich am Ende.«

Max Rau nahm die Fotografie, betrachtete sie und gab sie kopfschüttelnd zurück. »Nee, habe ich nicht gesehen. Tut mir leid, dass ich Ihnen und den Eltern da nicht helfen kann.« Sein Lächeln bekam jetzt etwas Bedauerndes. »Und was Ihren Freund angeht – ich fürchte, da kann ich Ihnen auch nicht mehr sagen als das, was ich Ihnen schon am Telefon gesagt habe. Sorry.« Er kratzte sich am Kinnbart und sah dem Detektiv dabei zerknirscht in die Augen.

Parker zuckte mit den Schultern. »Ja, wirklich schade. Aber nun sind Sie an der Reihe, mir ein wenig von sich zu erzählen. Warum sind Sie Sozialarbeiter geworden?«

Bevor Rau antwortete, zog er sich erst einmal den Pullover aus und hängte ihn hinter sich über die Rückenlehne. »Jetzt ist es mir doch ein bisschen zu warm geworden«, erklärte er mit hochrotem Kopf und strich sich dabei etwas linkisch das T-Shirt glatt. Auf seinen Augenbrauen stand der Schweiß. Sofort stach Parker die silberne Kette mit dem Anhänger ins Auge – ein Engelsflügel.

»Tja«, begann Rau und wiederholte Parkers Frage, »warum bin ich Sozialarbeiter geworden?« Er hielt inne und starrte vor sich auf den Boden. Seine Gesichtsmuskeln zuckten. Parker spürte, wie sehr er mit sich kämpfte.

Schließlich schaute er auf und lächelte. »Die Kurzfassung?«, fragte er.

Parker nickte und lächelte ebenfalls. »Okay, die Kurzfassung.«

Wieder senkte Rau den Blick. »Ich habe meinen Vater bis heute nicht kennengelernt«, sagte er abwesend. »Meine Mutter hat mich ohne ihn zur Welt gebracht. Hat mich großgezogen, bis sie starb. Da war ich gerade mal elf Jahre alt.« Er hob den Kopf, sah Parker geradewegs ins Gesicht, hielt dem Blick jedoch nicht stand und schaute an ihm vorbei. »Ich bin dann stationär untergebracht worden«, fuhr er fort. »Schon seltsam. Nach all den Jahren schäme ich mich immer noch dafür.«

»Wofür schämen Sie sich?«

»Dass ich im Heim war! Verrückt, oder? Dabei weiß ich heute, dass ich keine Schuld trage. Schon überhaupt nicht am Tod meiner Mutter.«

»Wodurch ist Ihre Mutter ums Leben gekommen?«

»Sie hatte einen angeborenen Herzfehler. Pulmonalstenose.«

»Und das bedeutet was?«, fragte Parker mit echtem Interesse.

»Verengung der Herzklappe«, erklärte Rau lapidar. »Sie war erst fünfunddreißig. Ich hab sie an dem Morgen in ihrem Bett gefunden. Da war sie schon kalt und starr.« Er machte eine ausholende Handbewegung. »Aber ich möchte jetzt nicht mehr über meine Mutter reden.« Er zuckte mit den Achseln. »Sie war ein guter Mensch, aber ich hab sehr schnell gelernt, auf eigenen Beinen ...«, begann er, blieb jedoch den Rest des Satzes schuldig und trommelte mit den Fingern auf der Tischkante herum. Dann griff er abermals nach seinem Glas und leerte es in einem Zug. »Die Gruppenpädagogen«, sprach er weiter, während er das Glas wieder abstellte, »waren tolle Leute. Die waren mit viel Herzblut bei der Sache. Die haben mich geprägt. Waren so etwas wie Vorbilder für mich. Ich hab mein Abitur gemacht, und mir war klar, dass ich Sozialarbeit studieren werde.«

Abermals entstand eine Pause. Parker versuchte in Max Raus Mimik etwas zu entdecken, was auf seine Gemütsverfassung schließen ließ. Die Augen des Mannes waren an Parker vorbei gerichtet, ins Leere, die Lippen leicht geöffnet. Dass die Kindheitserfahrungen Spuren auf Raus Seele hinterlassen hatten, stand für Parker außer Frage. Nur wie tief die Furchen waren und was sie aus dem Mann gemacht hatten, lag für den Detektiv zum jetzigen Zeitpunkt im Dunkeln.

Rau zog eine Grimasse. »Ach, was soll's«, murmelte er sanft, »was geschehen ist, ist geschehen. Es gibt keinen Grund für mich, im Selbstmitleid zu versinken.« Er setzte sich in seinem Stuhl zurück. Gedankenverloren spielten seine Finger mit dem Anhänger der Kette. Parker begann etwas zu begreifen, was fast zur Gewissheit wurde, dann aber trat die Kellnerin an den Tisch, und ihm entglitt es wieder.

»Darf ich Ihnen noch was bringen?«

Max Rau verneinte und zückte sein Portemonnaie aus der Gesäßtasche.

Parker kam ihm zuvor. »Sie sind natürlich eingeladen«, sagte er, und zur Bedienung gewandt fügte er hinzu: »Bringen Sie mir bitte ein Mineralwasser.«

»Herzlichen Dank!« Max Rau griff hinter sich und holte den Pullover nach vorn. »Dann mache ich mich jetzt mal auf.«

»Herr Rau, verraten Sie mir doch bitte Ihre Adresse.«

»Wie? Was ist los?« Ungläubig starrte er Parker an. »Was soll das denn schon wieder?«

»Ich brauche die Adresse der Vollständigkeit halber. Gehört zu den Vertragsbedingungen, die ich mit meinen Klienten immer vereinbare.«

Rau kratzte sich am Kinn, dann schüttelte er heftig den Kopf. »Vertragsbedingungen? Das haben Sie sich doch gerade ausgedacht … Sie wollen mich doch bloß verarschen … das ist doch völliger Bullshit …«

»Sie haben recht!«, räumte Parker freimütig ein. »Geben Sie sie mir trotzdem? Ich kriege sie sowieso raus, ich hab meine Kontakte. Sie könnten mir nur dabei helfen, Zeit zu sparen. Ich müsste dann auch nicht in Ihrer Dienstelle anrufen lassen.«

»Anrufen lassen?«, echote der Mann.

»Na ja«, gab Parker gedehnt zurück, »ich hab nach wie vor gute Beziehungen zur Polizei. Ich würde dann einen ehemaligen Kollegen bitten anzurufen ...«

Rau entblößte seine Zähne und brachte mühselig ein Grinsen zustande. »Wolfstraße 13«, knurrte er und stand auf. Mit wutverzerrtem Gesicht zog er sich den Pullover über. Er war bereits im Begriff, sich grußlos abzuwenden, als Parker noch einmal das Wort an ihn richtete: »Ich bezweifle, dass das stimmt.«

Die Augen des Mannes verengten sich. »Was meinen Sie?«, fragte er gereizt.

»Dass Sie Ana Schuch nicht kennen«, erwiderte Parker trocken.

Max Rau zuckte mit den Achseln, fixierte Parker aber mit größter Aufmerksamkeit. Und der Detektiv glaubte für einen Moment in dem Gesichtsausdruck des Mannes die pure Verzweiflung zu sehen. Die beiden Männer starrten sich in einem unangenehmen Schweigen an. Schließlich hob Rau den Arm und verzog seine Lippen zu einem lautlosen Lachen. »Mann, denken Sie doch, was Sie wollen«, brach es aus ihm hervor. »Ehrlich, es ist mir scheißegal! Und lassen Sie mich ab sofort in Ruhe!«

15. KAPITEL

Parker saß exakt acht Minuten, nachdem sich Max Rau so aufgebracht von ihm verabschiedet hatte, in seinem MX5 und programmierte das Navi. Kurz darauf bestätigte die Stimme die Route und lenkte ihn in Richtung Bonner Straße. Er hatte Rau aufgescheucht, da war er sich absolut sicher. Jetzt musste er nur vor ihm da sein und sich vor seinem Haus auf die Lauer legen. Parker hoffte, dass er auch diesmal auf sein Bauchgefühl vertrauen konnte.

Nein, er hielt Max Rau nicht für einen Mörder. Was auch immer zwischen ihm und Ana Schuch war, der Detektiv glaubte nicht, dass er sie umgebracht hatte. Vielleicht, ja, vielleicht hielt er sie gegen ihren Willen gefangen. Doch selbst das traute er dem jungen Mann nicht zu.

›*Ach, ihre geliebten Engelsflügel. Hat sie zu ihrem fünfzehnten Geburtstag von der Oma bekommen. Die hat Ana seitdem nicht mehr ausgezogen.*‹

Oder war es der pure Zufall gewesen, dass Rau einen solchen Engelsflügel um den Hals trug? Parker glaubte nur bedingt an Zufälle und in diesem Fall eher gar nicht. Die Frage war halt nur, ob sich Ana freiwillig von einem ihrer geliebten Flügel getrennt hatte? Aus Liebe?

Parker hatte Glück – die Straßen waren frei, und auch auf der A 560 war nur wenig Verkehr. Wenn ihm auch auf der Bonner Autobahn kein Stau dazwischenkam, müsste er in einer knappen Viertelstunde vor Ort sein. Und er lag gut in der Zeit.

Als er in die schmale Wolfstraße einbog, waren zwölf Minuten vergangen, und er hatte sein Ziel erreicht. Zwischen den Bäumen, die links und rechts am Straßenrand standen, fand er gegenüber der Hausnummer 11 einen Parkplatz. Er drehte den Schlüssel einmal nach links, und der Motor erstarb.

Tresor hieß die Kneipe auf der anderen Straßenseite. Schon von außen wirkte sie herzlich rustikal. Mit einer fetten Note an der Fassade, woraus Parker schloss, dass es sich dabei wohl um eine Musik-Kneipe handeln musste. Aber die Kneipe interessierte ihn nicht. Sein Augenmerk galt dem Gebäude nebenan, dem mit der Hausnummer 13.

Und er sah ihn im Rückspiegel kommen. Parker rutschte automatisch etwas tiefer in den Sitz und beobachtete Max Rau dabei, wie er vom Rad stieg, seinen Schlüssel aus der Jeans zog und die Haustür aufschloss. Er drückte mit der einen Hand die Tür auf und schob sein Fahrrad mit der anderen in den Flur. Wenig später war er im Haus verschwunden, und die Tür fiel mit einem metallischen Klacken zurück ins Schloss.

Parker blickte auf die Uhr, die zehn nach zwei zeigte, und brummte misslaunig. Unter Umständen konnte diese Observation Stunden dauern, und er verfluchte sich dafür, dass er nichts zu trinken dabei hatte. Die Sonne knallte unbarmherzig auf das Stoffdach des kleinen Sportwagens, und der Detektiv spürte bereits, wie sich der Schweiß auf seiner Kopfhaut sammelte. Nicht mehr lange, dann hätte die Sonne den Innenraum in eine Sauna verwandelt. Aus gutem Grund hatte er das Verdeck des Roadsters zugelassen, und auch jetzt noch bestand die Gefahr, dass Rau aus dem Fenster blickte und ihn sah. Daher entschied er sich zähneknirschend fürs Schwitzen.

Natürlich musste Parker damit rechnen, dass weder der Mann noch das Mädchen das Haus verließen. Und auch wenn Rau alleine aus der Tür treten würde, hätte Parker nichts gewonnen. Nein, er hatte nur auf die eine Karte gesetzt – Ana Schuch und Max Rau erschienen gemeinsam auf der Bildfläche.

Der Detektiv fuhr sich mit der flachen Hand über den feuchten Nacken. Schon jetzt spürte er eine gewisse Mattigkeit in sich aufsteigen. Wie lange würde er hier ausharren können? Wann musste er die Aktion abbrechen? Im Geiste sah er sich aussteigen, rüber zum Haus gehen und seinen Finger auf den Klingelknopf legen. Ein verführerischer Gedanke! Endlich aktiv werden. Warum nicht mal auf die brachiale Tour? Mal sehen, was passierte. Doch Parker verwarf den Gedanken sogleich wieder. Max Rau musste ihn nicht in die Wohnung lassen. Gefahr in Verzug? Den Mann einfach zur Seite schieben und rein? Nein! Parker besaß keinerlei Beweise, die ein solches Vorgehen gerechtfertigt hätten. Auch wenn er in seiner Zeit als Ermittler schon so manche zielgerichtete Beobachtung durchgeführt hatte und in diesem Bereich über viel Erfahrung verfügte, so hasste er es dennoch. Dieses Rumsitzen, auf einen Punkt starren und dazu verdonnert sein, abzuwarten, ohne Gewähr zu haben, dass sich der Aufwand überhaupt lohnte. Sicher, es gehörte zu seinem Job, doch dieses Warten war ihm schon immer zuwider gewesen.

Wie von selbst trommelten und klatschen seine Hände den Rhythmus von *We will rock you.* Und er sang leise: *Buddy, you're a boy make a big noise …*

Wenn es doch nur schon so weit wäre! Und ihm fiel die nervenaufreibende, endloslange Bahnhofsszene von *Spiel mir das Lied vom Tod* ein. Unweigerlich musste er an seinen Vater denken. Er war ein großer Fan von Sergio Leone gewesen. Wie oft hatten sie den Kult-Western zusammen gesehen? ***Vater!*** Parker konnte erst Jahre nach dessen Tod ermessen, wie viel von seinem Vater in ihm steckte, wie viel er von ihm gelernt hatte.

Mechanisch drehte er den Zündschlüssel einen Klick nach rechts, und das Radio sprang an. Die Sprecherin unterhielt sich mit einem Menschenrechtler. Es ging um Flüchtlinge und um die katastrophalen Zustände in den sogenannten Schwellenländern. Ohne es zu wollen, stöhnte Parker laut auf und schaltete das Radio wieder aus. Oh nein, das konnte er sich jetzt nicht anhören. Das zog ihn nur noch mehr runter. Ihm war nach Zerstreuung. Nach humorvoller Melancholie. In dem Moment, als er sich nach rechts beugen wollte, um im Handschuhfach nach einer CD von Gerd Köster zu suchen, sah er aus dem Augenwinkel, wie sich schräg gegenüber unendlich langsam die Haustür öffnete.

Sekundenlang passierte gar nichts.

Gebannt starrte Parker durch die heruntergelassene Scheibe auf die sich bewegende Tür. Er wagte kaum zu atmen und rutschte noch etwas tiefer nach unten. Dann kam ein Rollator zum Vorschein, und Parker sah eine alte Dame, die etwas steif aus der Tür trat und mit beiden Händen die fahrbare Gehhilfe vor sich auf den Bürgersteig schob. Wieder seufzte Parker unwillkürlich auf. Er schloss kurz die Augen und war bereits gedanklich dabei, Kösters Stimme aus den Lautsprechern zu lauschen, als er die beiden Personen bemerkte, die der weißhaarigen Frau auf die Straße folgten.

Parker beobachtete für eine kleine Weile das junge Paar, wie es sich vor dem Haus stehend angeregt miteinander unterhielt. Obwohl der Detektiv nur wenige Meter entfernt im Wagen saß, konnte er nur einzelne Wortfetzen verstehen: »... Was? Das ... nicht ... dein Ernst ...«

Das Mädchen warf wild gestikulierend die Hände in die Luft. Schlaff und mit herabhängenden Armen schien sich der junge Mann zu ergeben. Theatralisch drehte sie sich auf dem Absatz um, ging ein Stück die Straße hoch, um im selben Moment wieder kehrtzumachen. Stampfend bewegte sie sich auf den Mann zu, der mit hängenden Schultern und gesenktem Blick auf sie wartete.

Parker hatte genug gesehen. Er ließ die Scheibe hochfahren, öffnete die Autotür und schälte sich aus dem Sitz. Als er wieder hochschaute, lagen sich die beiden stumm in den Armen. Noch schenkten sie ihm keine Aufmerksamkeit, zu sehr waren sie mit sich selbst beschäftigt. Sanft drückte der Detektiv die Fahrertür zu und betätigte den Sensor. Erst das klackende Geräusch, das die Verriegelung des Fahrzeuges anzeigte, ließ das Paar aufhorchen. Wie auf Kommando drehten sie die Köpfe und sahen in Parkers Richtung. Schlagartig entglitten Max Rau die Gesichtszüge, als sich ihre Blicke trafen. Jegliche Farbe war mit einem Mal aus seinem Gesicht gewichen. Ana Schuch guckte ihren Freund stirnrunzelnd an, dann schien sie zu verstehen, denn ihr Gesicht versteinerte, als sie wieder zu Parker hinübersah.

»Das wird Manu ganz und gar nicht gefallen!«

Emotionslos kam der Einwand über seine Lippen. Ohne seinen Blick von der Straße zu nehmen, befreite er mit stoischer Gelassenheit einen Kaugummistreifen aus der Verpackung und steckte ihn sich in den Mund.

»Er muss davon nichts erfahren!«, antwortete der andere energisch. »Also, machst du's?«

Der bullige Endvierziger drehte das Silberpapier zwischen seinen Fingern zu einem schmalen Röhrchen. Es eilte ihm nicht mit der Antwort. Er bewegte nur den Kopf nach links und blickte den Mann neben sich mit großer Ruhe an. Dann wandte er sich wieder ab und verharrte in seinem Schweigen.

»Osman, was ist jetzt?«, drängte der andere gereizt und verlor dabei jegliche Überlegenheit. »Der Kerl hat dafür gesorgt, dass mein Bruder eingefahren ist und dass die Bullen mir im Nacken sitzen. Verdammt, lass mich jetzt nicht hängen!«

»Und warum machst du es nicht selber?«, meinte Osman umso ruhiger. »Wenn du Rache für deinen Bruder willst, solltest auch du das Messer führen.«

Marcel Sander schnalzte verächtlich mit der Zunge. »Ich kann es nicht tun, weil ich nicht weiß, ob er mich erkennt, sobald ich ihm zu nahe komme. Er ist ein Profi. Wahrscheinlich haben ihm seine Bullenfreunde ein Foto von mir oder Guido gezeigt. Er würde doch sofort Bescheid wissen … du kannst ihn verfolgen, ohne dass er Verdacht schöpft. Und wenn er dich dann bemerkt, ist es zu spät, um nach Hilfe zu schreien. Parker«, man konnte die Verachtung förmlich spüren, als er den Namen aussprach, »soll dafür bluten, dass …«

»Habe ich verstanden!«, unterbrach ihn der Hüne schroff. »Du kennst meine Preise«, Osman rieb sich über seinen kahlen Schädel und hielt erneut kurz inne, um dann fortzufahren: »Und du wirst noch was drauflegen müssen, weil es nicht mit Manu abgesprochen ist. Und weil ich danach für 'ne Weile Urlaub machen muss.«

»Ist schon klar!«, brummte Sander mit zuckendem Mundwinkel. »Und, wann machst du's?«

»Die erste Hälfte jetzt und die zweite sofort nach Erledigung«, sagte Osman, ohne auf die Frage einzugehen. Er nahm den Kaugummi aus dem Mund und legte ihn zurück in das Silberpapier. Bedächtig rollte er das Papierstück zu einer Kugel und steckte es in die Außentasche seiner Anzugjacke. »Wenn du das Geld nicht hier hast, vergessen wir das Ganze.« Osman senkte langsam die Augenlider. Jede Faser seines muskulösen Körpers gab zu erkennen, dass er es sich leisten konnte abzuwarten.

Schließlich griff Sander in sein Jackett, fischte einen prall gefüllten Umschlag heraus und reichte ihn Osman. Der Kahlköpfige nickte, nachdem er einen Blick in das Kuvert geworfen hatte, und seine dunklen Augen schienen eine gewisse Befriedigung auszudrücken.

Er öffnete die Wagentür. Ein angedeutetes Kopfnicken und Osman wuchtete seinen schweren Körper aus dem schwarzen Audi TT.

Entschlossen ging Parker auf das Paar zu. Auf dem Weg zu ihnen sah er, wie Max Rau ihn verstört anstarrte. Leicht zogen sich Ana Schuchs Brauen zusammen, dann grinste sie höhnisch und brach schließlich in ein hysterisches Lachen aus. Der junge Mann versuchte sie zu beruhigen, nahm sie in die Arme und strich ihr über das Haar.

Als Parker vor den beiden stand, sah er Anas Tränen. »Können wir uns unterhalten?«, fragte er und deutete auf die Musik-Kneipe. »Wie wär's dort?«

Abrupt befreite sich das Mädchen aus der Umklammerung. Voller Hass funkelte sie Parker an. Und noch bevor Max Rau etwas sagen konnte, fauchte sie: »Es gibt nichts zu bereden!« Sie wischte sich trotzig die Tränen aus dem Gesicht. »Und sagen Sie meinen Eltern, sie kö…«

Mit einer knappen Handbewegung schnitt Parker ihr das Wort ab, und er zückte ohne zu zögern sein Mobiltelefon. »Überhaupt kein Problem«, sagte er in einem Tonfall, der keinen Zweifel aufkommen ließ, wer hier nach welchen Regeln zu spielen hatte. »Dann rufe ich jetzt die Polizei, die werden ganz fix an Ort und Stelle sein, dich einpacken und ebenso schnell nach Hause ins Sauerland fahren. Und dein Freund hier«, Parker zeigte mit dem Kinn auf Max Rau, »verliert seinen Job und muss obendrein noch mit einer Anzeige rechnen.«

Ana Schuchs Gesicht sprach Bände. Sie war offensichtlich erneut den Tränen nahe. »Bitte tun Sie das nicht«, lenkte sie, nun doch etwas beschämt, ein. »Max kann nichts dafür. Ich habe ihn überredet, dass er mich bei sich wohnen lässt. Ich liebe ihn ...« Ana Schuch schaute Parker flehentlich in die Augen.

Max Rau, der bisher mit betretener Miene geschwiegen hatte, räusperte sich, zog die Nase hoch und sagte mit belegter Stimme: »Hey, lasst uns das nicht weiter auf der Straße bequatschen. Gehen wir in die Kneipe.«

Parker nickte und ließ dem Paar den Vortritt. Ehrlich, derb und handfest, ohne Schnickschnack, war das Erste, was Parker einfiel, als er das *Tresor* betrat. Auch wenn hier seit dem Rauchverbot keine Zigarette mehr in Brand gesetzt worden war, so ganz war der Geruch von den unzähligen Selbstgedrehten nicht verschwunden. Dazu kam das typische Aroma von frisch gezapftem Bier, das sich mit den Ausdünstungen von sporadisch gewaschenen Holzfällerhemden paarte. Das Kneipenmobiliar bestand ausschließlich aus robustem braunem Naturholz. Darts. Kicker. Fassbier. Eine prächtige Theke dominierte den Eingangsbereich. Dahinter der Wirt, den Parker auf Anfang fünfzig schätzte; mit dem Sechstagebart und dem grauen Pferdeschwanz wirkte er ebenfalls ehrlich, derb und handfest. Und ebenfalls ohne Schnickschnack.

Er nickte Parker kurz zu, und der Detektiv tat es ihm gleich. Aus den Lautsprecherboxen dröhnte *Ace of Space* ... ehrlich derbe Stromgitarren-Musik, und Parker glaubte den guten alten Lemmy zu sehen, wie er an der

Theke saß und ihm durch das diffuse Kneipenlicht mit einem Bier in der Hand zuprostete.

Parker schmunzelte. Die Kneipe schien ihm wie aus der Zeit gefallen. Hier hatte sich der Zeitgeist an der geschlossenen Tür eine blutige Nase gestoßen. *Motörhead* sei Dank. Kurzum, das *Tresor* war ein Laden, in dem man sich durchaus wohlfühlen konnte. Bis auf den Wirt und zwei Männer, die stumm nebeneinander auf Barhockern am Tresen saßen, war die Kneipe leer.

Abends ist es hier bestimmt rappelvoll, dachte Parker.

Er folgte Ana Schuch und Max Rau, die einen der Stehtische im hinteren Bereich anvisierten. Das Mädchen setzte sich auf einen Hocker, Rau und Parker blieben stehen. Der Wirt schaute fragend herüber, und Rau bestellte zweimal Apfelschorle. Parker konnte einfach nicht widerstehen und orderte ein frisch gezapftes Mühlenkölsch, was der Wirt mit einem gönnerhaften Grinsen quittierte.

»Boah, das ist schon krass«, begann Ana Schuch grollend und schob sich aufgeregt eine Haarsträhne hinters Ohr, »das muss man sich mal reintun! Da lassen die mich von zwei Detektiven jagen!«

»›Die‹ sind deine Eltern«, dozierte Parker streng und schickte ein stummes Dankgebet gen Himmel, dass er keine Kinder hatte, insbesondere keine halbwüchsige Tochter. Der Wirt kam an den Tisch und stellte wortlos die Getränke ab. Ebenso wortlos wandte er sich um und ging wieder hinter seine Theke.

»Und überhaupt«, sie warf Parker einen bockigen Blick zu, »wie haben Sie mich überhaupt finden können? Sie und Ihr Partner?«

»Dafür sind sie Detektive«, antwortete Max Rau, der schlaff und blass neben ihr stand. »Die finden Menschen. Das ist deren Job.«

Ana Schuchs Gesichtsausdruck verhärtete sich. Parker beobachtete, wie sie die Muskeln anspannte, um sich kerzengerade aufzurichten. »Und jetzt wollen Sie, dass ich reumütig nach Hause krieche, oder was?« Etwas zu hastig griff sie nach dem Glas, verschüttete dabei ein wenig von der Apfelschorle und trank ungeachtet dessen einen großen Schluck.

»Hast du auch Thomas Winkler kennengelernt?«, erkundigte sich Parker, ohne auch nur mit einem Wort auf ihre Frage einzugehen.

»Ihren Kollegen?«

Parker knurrte bejahend.

Sie schüttelte den Kopf. »Nein«, gab sie patzig zur Antwort. »Max hat mir von ihm erzählt, aber er ist mir nie begegnet.« Sie blickte ihren Freund von der Seite an, der mit zusammengepressten Lippen nickte.

Parker seufzte. Nein, hier war wohl nicht allzu viel zu holen. Die Kleine vor ihm war bloß eine anstrengende, pubertierende Göre, die ihn keinen Schritt weiterbringen konnte. Dabei hatte er so gehofft, durch sie an Winkler zu kommen. Doch die Spur war kalt. Eiskalt. Diese herbe Erkenntnis traf ihn wie ein Keulenschlag. Alles für die Katz! Seine Fahrt ins Sauerland. Die Befragung am Bonner Loch. Die Observation. Das jetzt hier. Bloße Zeitverschwendung. Er hatte sich völlig vergaloppiert. Stand mit leeren Händen da. Und das Schlimmste war, ihm fehlte jeglicher Ansatzpunkt, in welche Richtung er nun seine Ermittlungen weiterführen sollte.

Okay, Ana Schuch lebte. Unter anderen Umständen wäre das ein Grund zum Feiern gewesen.

Doch verdammt, wo war sein Freund Thomas? Und wo war der Faden, der ihn zu ihm führte? Parker nippte trübselig an seinem Bier und registrierte aus dem Augenwinkel, wie ein weiterer Gast die Kneipe betrat. Der groß gewachsene, kräftige Mann mit schwarzem Anzug und Krawatte schaute sich kurz um und entschied sich dann für einen Platz an der Theke.

Parker hörte, wie er sich einen Kaffee und ein Wasser bestellte. Allein die Bestellung passte so was von überhaupt nicht. Dieser Gast war kein Stammgast, da war sich der Detektiv sicher. Der Mann mit dem polierten kahlen Schädel wirkte in diesem Schuppen auffällig deplatziert. Parker spürte, wie sich sein Magen zusammenzog und sich die Muskeln in seinem Nacken verkrampften. Unweigerlich setzte sein Hirn die innere Rasterfahndung in Gang und glich in Sekundenschnelle alle gespeicherten Gesichter mit dem des Mannes ab. Negativ. Ihm war der Kerl vorher noch nie über den Weg gelaufen. Dennoch leuchteten in ihm alle Warnsignale.

»Was passiert denn jetzt?« Die verschnupfte Stimme von Max Rau durchbrach Parkers Anspannung und holte ihn wieder an den Tisch zurück.

»Ich schlage vor, Ana ruft jetzt ihre Eltern an!«, antwortete Parker bestimmt.

»Puh, das ist ja wohl ein Witz …«

»Kein Witz!«, unterbrach Parker sie. »Du bist erst fünfzehn! Entweder rufst du deine Eltern jetzt und hier an oder ich tue es. Und ich werde nicht zögern, Namen und Adresse deines Freundes weiterzugeben. Mir ist es ganz egal, was du für Probleme mit deiner Mutter und deinem Vater hast. Vielleicht hast du sogar gute Gründe, nicht mehr zu Hause leben zu wollen, doch deine Eltern haben ein Recht darauf, zu erfahren, wo du dich aufhältst.«

Das Mädchen warf Parker einen gereizten Blick zu. Ihr Seufzen war eine Spur zu affektiert. Aber ansonsten blieb sie stumm.

»Er hat recht!«, meldete sich Max Rau zu Wort. Ein nachdenklicher Ausdruck legte sein junges Gesicht in Falten. »Du solltest sie anrufen. Ihnen sagen, dass es dir gut geht. Und dass du bald wieder nach Hause kommst.« Er machte eine kurze Pause, nahm ihre Hand und fügte hinzu: »Wenn du willst, komme ich mit dir.«

Sie warf ihm einen verschleierten Blick zu und wandte sich dann an Parker. Mit einem kurzen Schulterzucken, das entschuldigend wirkte, flüsterte sie: »Kann ich Sie um was bitten?«

Parker hob die Augenbrauen an. »Und das wäre?«

Ana schürzte die Lippen, sie sah plötzlich unsicher aus; nervös spielte sie mit einer ihrer Haarlocken. »Können Sie nicht für mich anrufen?«

Parkers Augen verengten sich, doch noch bevor er protestieren konnte, schüttelte sie dramatisch den Kopf. »Nein«, beeilte sie sich zu erklären, »verstehen Sie das nicht falsch. Ich werde mit ihnen, also mit meinen Eltern, reden, ihnen alles sagen, wo ich bin und so. Und auch, dass ich wieder nach Hause komme, alles kein Problem. Aber ich traue mich nicht, dort anzurufen. Ist mir irgendwie peinlich. Sie können ja sagen, dass Sie mich gefunden haben, und mir dann das Handy rübergeben. Bitte!« Ihre grünen Augen schauten Parker voller Unschuld an. Sie beugte sich zu ihm herüber. »Bitte!«, wiederholte sie, und ihr Tonfall war mit einem Mal viel milder, fast schon liebenswürdig.

Parker zögerte, starrte dem Mädchen grimmig ins Gesicht. *Hey, versuchst du gerade mit mir zu flirten?* Es war ihm nicht möglich, ihre Miene zu durchschauen. Unwillig zog er sein Mobiltelefon aus der Jackentasche, ließ seinen Finger die Tastatur bedienen und hielt den Hörer an sein Ohr.

Sie warf ihm einen scheuen Blick zu, ihre Hand schob die Haare nach hinten.

Während er das Freizeichen hörte, vernahm er den Bass des Mannes im schwarzen Anzug: »Stimmt so!« Parkers Blick heftete sich an seinen breiten Rücken und begleitete ihn, bis der Hüne aus der Tür nach draußen trat.

Im selben Moment meldete sich eine Frauenstimme am anderen Ende der Leitung: »Ja bitte?« Parker erkannte die klanglose Stimme auf Anhieb. »Frau Schuch, hier ist Lou Parker. Ich sitze gerade Ihrer Tochter gegenüber. Einen Moment, ich gebe sie Ihnen.«

16. KAPITEL

Als Parker eine halbe Stunde später in seinem MX5 saß, hatte sich seine Laune etwas aufgehellt. Der Detektiv hatte das Gespräch zwischen Tochter und Mutter mitbekommen, und er war Zeuge einer Aussprache geworden, die den Schluss zuließ, dass beide Seiten zu Kompromissen bereit waren. So durfte Ana die Nacht noch in Bonn verbringen. Man hatte verabredet, dass die Eltern sie am nächsten Tag in der Wolfstraße abholten.

Abschließend hatte Frau Schuch noch einmal mit Parker sprechen wollen. Das Mädchen schluchzte, als es ihm den Hörer gereicht hatte. Parker hatte ihre Tränen als Tränen der Erleichterung gedeutet. Die Mutter, auch sie schien zu weinen, hatte sich überschwänglich bei Parker bedankt und mehrmals versichert, dass sie das vereinbarte Honorar heute noch auf sein Konto überweisen würde.

Parker lenkte seinen Wagen auf die A 555 in Richtung Köln. Er hatte beschlossen, Tina im Krankenhaus zu besuchen. Auch wenn sie weiterhin im künstlichen Koma lag, so wollte er sich doch nach ihrem Gesundheitszustand erkundigen. Nachdem er auf die A 4 gewechselt war, wählte er Jo Degens Mobilfunknummer.

»Hi Lou«, begrüßte ihn sein Freund aufgekratzt, »wo treibst du dich rum?«

Die Verbindung war schlecht, und Parker hatte Sorge, gleich in ein Funkloch zu geraten, daher ging er nicht auf Degens Frage ein, sondern antwortete eilig mit einer Gegenfrage: »Hast du heute Abend Zeit auf ein Kölsch?«

Degen lachte durchs Telefon: »Ich dachte schon, du würdest nie mehr fragen.«

Es rauschte bedrohlich in der Leitung, und Degens Stimme drang nur noch dünn zu Parker durch. »Wo und wann?«

»Wie wäre es, wenn du mal wieder nach Siegburg kommen würdest?«

»Kein Problem. Sag mir bloß …«

»Um acht im *Felder's*!« Die Verbindung brach zusammen, und Parker war sich nicht sicher, ob sein Freund Ort und Zeit noch mitbekommen hatte. Wenn nicht, wird er sich schon melden, dachte er und fuhr von der Ausfahrt auf die Luxemburger Straße.

Sicher, das Treffen mit seinem besten Kumpel war mehr als überfällig, klar, Freundschaften wollen gepflegt sein, vor allem, wenn man nicht viele davon hatte, aber Parker musste sich eingestehen, dass es noch einen anderen Grund für die spontane Verabredung gab: Er brauchte jetzt dringend ein Brainstorming, und wer konnte ihm da besser gegenübersitzen als sein Freund und Ex-Kollege Jo Degen?

Ihm kam wieder der kahlköpfige Kerl in den Sinn. »Warst du wegen mir da?«, murmelte Parker vor sich hin, und sein Gefühl sagte ihm, dass er auf der Hut sein sollte. Wenige Minuten später bog er in die Kerpener Straße ein und parkte den Roadster in unmittelbarer Nähe der Uni-Klinik.

Osman saß zufrieden in seinem Wagen. Voll klimatisiert. Lederausstattung. Selbstverständlich, bei dem Preis. Er liebte diesen markanten, männlichen Geruch. Und er liebte es, mit den Händen darüberzustreichen. Es gab ihm das Gefühl, alles richtig gemacht zu haben. Entspannt sah er durch die dunklen Scheiben seiner BMW 750i x Drive Limousine. Der pure Luxus. Und ein Kraftpaket. Turbo 8 Zylinder. 450 PS. Von null auf hundert in 4,4 Sekunden.

Seine Eltern waren brave Menschen gewesen. Hatten beide viel gearbeitet. Irgendwann war der Vater tot umgefallen, und Mutter folgte ihm nach drei Monaten. Das war jetzt fünfzehn Jahre her. Osman hatte noch zwei Schwestern. Gut zehn Jahre jünger als er. Sie waren beide verheiratet und lebten irgendwo in Deutschland, wo genau wusste er nicht. Es war ihm auch egal. Osman hatte dafür gesorgt, dass seine Eltern in ihrer Heimatstadt Dinar ihre letzte Ruhestätte fanden. Nach der Beerdigung trennten sich die Wege der Geschwister. Auch brach er den Kontakt zu all seinen Verwandten ab. Osman wollte keine Verpflichtungen. Wollte keine Verantwortung für irgendwen übernehmen. Das war auch der Grund, weshalb er nie geheiratet hatte. Kinder? Nein!

Aufmerksam beobachtete er, wie der Detektiv nun aus seinem kleinen roten Sportwagen stieg, die Wagentür verschloss und auf die andere Straßenseite ging. Er würde wiederkommen. Osman brauchte nur zu warten. Prüfend blickte er in den Innenspiegel und rückte seine Krawatte zurecht. Es gehörte zu seinem Job, dass er seinen Auftrag kennenlernte, bevor er ihn tötete. Dass er beobachtete, was er tat. Welche Menschen er traf. Wie seine Gewohnheiten waren. Wie er sich bewegte. Wie er sprach. Dazu war es nötig, sich ihm zu nähern. Dabei war es unerheblich, ob der Auftrag ihn wahrnahm. Er konnte seine auffällige Gestalt nun mal nicht kaschieren, daher versuchte er es erst gar nicht. Und der Grund, warum es keine Personenbeschreibung von ihm gab, war ganz einfach: Weil es nach getaner Arbeit keine Person gab, die ihn hätte beschreiben können. Über sein Gesicht huschte ein Lächeln.

Osman hatte bereits seine Koffer gepackt. Er würde mit dem Wagen fahren. Auf die Fahrt freute er sich. Wenn alles nach Plan lief, saß er in der kommenden Nacht schon im Auto Richtung Türkei. Doch vorher musste er sich noch einmal mit dieser Kröte Marcel treffen, um sein restliches Honorar einzustreichen. Er konnte diesen Typ nicht leiden. Hasste seine Unbeherrschtheit. Daraus sprach die nackte Dummheit. Solche Leute waren ihm zuwider. Aber Geschäft war Geschäft. Einen Ex-Polizisten zu töten, war nicht ohne. Es war nicht so, dass er was gegen den Mann hatte. Fand ihn sogar auf eine gewisse Art sympathisch. Dieser Lou Parker schien ein gutes Herz zu haben. Wie er sich um die beiden jungen Leute gekümmert hatte. Wie er mit der Mutter des Mädchens telefoniert und zwischen ihr und der Tochter vermittelt hatte. Wirklich nett.

Osman griff zu seiner Sonnenbrille, säuberte sie gewissenhaft mit einem Stofftaschentuch und setzte sie auf seinen breiten Nasenrücken. Dann stieg er aus, um sich ein wenig die Füße zu vertreten. Seine Knie schmerzten schon wieder. Das kam in letzter Zeit öfter vor. Ihm fehlte es an Bewegung. Der schwere Körper und das jahrelange harte Training mit den Gewichten forderten ihren Tribut. Er dachte an seine Zukunft. Auch das passierte in letzter Zeit häufiger. Er war Auftragskiller. Ein Profi. Und er war schon lange im Geschäft. Vielleicht schon zu lange. Fünfzig wurde er noch in diesem Jahr. Irgendwann musste Schluss sein. Doch wann war irgendwann? Am Geld lag es nicht – er hatte vorgesorgt. Und er hatte sich vor zwei Jahren ein schönes Haus im Süden der Türkei gekauft.

Früher tropfte die Zeit dahin, heute fließt sie, dachte er bei sich.

Und auch wenn er es sich nicht so recht eingestehen mochte, manchmal fühlte er sich müde. Meist ging er mit einem Achselzucken darüber hinweg. So auch heute. Ja, in diesem Punkt war er zerrissen. Scheinbar kämpfte er in seinem Innern mit einem Dämon, der ihn hin und her warf, denn jetzt sagte er zu sich das Umgekehrte dessen, was er eben noch gedacht hatte.

Du bist noch gut für ein paar Jahre. Reiß dich gefälligst zusammen! Deine Zeit ist noch nicht gekommen! Und wenn es so *weit ist, wirst du in der Sonne liegen und frische Feigen essen.*

Es war Viertel nach acht, als er das *Felder's* betrat. Parker blieb kurz an der Eingangstür stehen und schaute sich um, konnte aber seinen Freund nirgends entdecken. Er grüßte den Besitzer zurück, der hinter der Bar stand und den Arm hob, und setzte sich an einen der Tische direkt am geöffneten Fenster. Parker sah hinaus in die heraufziehende Dämmerung, blickte in das verwaschene Blau des Himmels, das durch ein kräftiges Orange in der unteren Hälfte zerteilt wurde. Für eine Weile ließ er das Geschehen auf dem Bahnhofsvorplatz auf sich wirken. Menschen mit Rollkoffern hasteten vorbei. Ein Bus schob sich langsam über den Platz, und durch die Lautsprecheranlage kündigte eine Frauenstimme die Einfahrt eines ICE an.

Die blonde Kellnerin, die plötzlich neben ihm stand und nach seinem Wunsch fragte, erinnerte ihn an Tina. Nur wesentlich jünger. Wie alt mochte sie sein? Bestimmt noch keine zwanzig. Die frappierende Ähnlichkeit irritierte ihn, und er musste sich innerlich zurechtweisen, die junge Frau nicht weiterhin anzustarren. Zu spät! Sie errötete, schlug die Augen nieder und schaute dann verlegen auf ihren elektronischen Bestellblock.

»Ähm«, Parker hüstelte in die Faust, »bringen Sie mir erst mal ein … Kölsch!« Er strahlte sie aufmunternd an.

»Gerne«, sagte die Kellnerin und zeigte beim Lächeln zwei entzückende Grübchen. Als sie sich umdrehte, musste er über sich selbst den Kopf schütteln. *Du bist ja ganz schön von der Rolle.* Den Blick wieder zur Seite gewandt, starrte er aus dem Fenster, nur diesmal ins Leere. Was draußen vor sich ging, nahm er bloß nur noch peripher wahr. Er schloss die Augen. Und wie auf Knopfdruck tauchten plötzlich wieder all die vertraut quälenden Fragen in ihm auf.

Wo war Thomas? Wo sollte er ihn suchen? Lebte er noch? Diese verdammte Ungewissheit! Er fühlte sich schlecht, fühlte sich schuldig. Warum hatte er sich nicht mehr um seinen alten Kumpel gekümmert? All die Jahre! Thomas hatte ihn gebraucht. Ja, im Grunde genommen hatte er Thomas beinah schon vergessen. Parker wusste aus Erfahrung, dass letztendlich das Gefühl nicht das Entscheidende war, sondern die Taten. Nur Taten brachten den Erfolg. Doch was sollte er tun? Er steckte fest.

Parker registrierte nicht, dass die Kellnerin das Bier vor ihn auf den Tisch stellte. Und auch den Mann, der jetzt auf ihn zukam, bemerkte der Detektiv nicht. Parker war so in Gedanken, dass er unwillkürlich zusammenfuhr, als er die Hand auf seiner Schulter spürte.

»Hey, hey«, tönte Jo Degen leutselig und grinste, »so schreckhaft kenne ich dich ja gar nicht!«

Parker verzog das Gesicht, als habe er auf etwas Ungenießbares gebissen. Dann stand er auf, und die beiden Freunde umarmten sich. »Das ist das schlechte Gewissen«, antwortete Parker trocken, während er sich wieder auf seinen Platz setzte. Seine Stimme war überraschend rau.

Degen runzelte die Stirn, rückte den Stuhl ein Stück nach hinten und hängte seine Jacke über die Rückenlehne. Er setzte sich ebenfalls. Mit besorgter Miene studierte er seinen Freund. Für ein paar Minuten schwiegen sie sich an.

Die junge Kellnerin kam und fragte Degen, was sie ihm bringen könnte. Der Kriminaloberkommissar zeigte auf das volle Glas, das vor Parker stand. »Dasselbe, was mein Kumpel hier hat. Bloß mit einer weißen Schaumkrone.« Er grinste. »Was ist los?«, fragte er dann, nachdem sie wieder unter sich waren. »Da muss dir aber ganz gewaltig was auf der Seele liegen, dass du ein Kölsch schal werden lässt.«

Parker blickte seufzend die Decke an.

»Hast du Stress mit Alex?«, bohrte Degen weiter.

Der Detektiv schüttelte den Kopf und verschränkte die Arme. »Nein«, erwiderte er leicht gequält, »mit Alex ist alles im grünen Bereich.« Er machte eine Pause. »Ich war heute im Krankenhaus«, platzte es schließlich aus ihm heraus, »es steht nicht gut um Tina. Die Ärzte sagen, ihr Zustand habe sich verschlechtert.«

Degen stöhnte auf. »Ich weiß«, sagte er leise.

»Werdet ihr sie weiterhin bewachen?«

Degen fuhr sich mit seinem Zeigefinger ein paarmal den Nasenrücken rauf und runter, bevor er ausweichend antwortete: »Schon. Nur werde ich das nicht mehr lange verantworten können. Du kennst …«

»Nicht verantworten können?«, äffte der Detektiv seinen Freund ungehalten nach. »Aber ihren Tod kannst du verantworten, oder was?« Parker spürte, wie wütend er war, und ertappte sich sogleich dabei, dass er hier den falschen Mann anmachte. Nein, kein Streit mit Jo!, schalt er sich. »'Tschuldige!«, sagte er deshalb rasch und griff nach seinem Kölsch, »ich bin zurzeit etwas …«, er ließ den Satz unvollendet, trank einen großen Schluck und schwenkte den Bierrest in seinem Glas.

Nachdenklich knetete Degen sein Kinn. »Du fühlst dich doch etwa nicht verantwortlich für das, was mit ihr passiert ist, oder?«

Verwirrt starrte Parker ihn an. »Nein!«, kam es ohne Zögern über seine Lippen. »Wie kommst du darauf? Nur weil es mir nicht am Hintern vorbeigeht, wenn jemand über den Haufen gefahren wird und dabei fast zu Tode kommt?!«

»Jemand?«

Die Kellnerin trat unvermittelt an ihren Tisch. »Ihr Kölsch!«, sagte sie und stellte das volle Glas vor Degen hin. »Mit Schaumkrone!«, fügte sie hinzu und verschwand wieder.

»Hast du sie gesehen?« Parker schnaubte und warf die Hände in die Luft. »Sie sieht aus wie eine Mumie. Und die Ärzte sagen, dass so gut wie kein Knochen ganz geblieben ist. Milzriss. Lungenriss. Schweres Hirntrauma. Jo, sollte Tina durchkommen, wird sie für den Rest ihres Lebens schwerstbehindert sein. Und da soll ich cool bleiben?«

Degen schüttelte den Kopf. Anstelle einer direkten Antwort sagte er: »Wir haben mittlerweile ein Geständnis von Guido Sander. Darin nimmt er alle Schuld auf sich. So gab er an, aus Eifersucht gehandelt zu haben. Tina Rottländer habe ihn verlassen wollen. Klassische Beziehungstat. Sein Zwillingsbruder habe nichts damit zu tun. Manuel Stanko erwähnte er mit keiner Silbe.«

»Das soll ein Geständnis sein?« Parker stieß ein hilfloses Lachen aus. »Der Kerl verarscht euch doch!«

»Wir können ihm nicht das Gegenteil beweisen. Die einzigen Fingerabdrücke, die wir haben, sind seine.«

Parker senkte kopfschüttelnd seinen Blick und schüttete dann den Rest des Bieres hinunter. Aus der Nähe trug die Dunkelheit den klagenden Laut der bremsenden Bahn beim Einfahren in eine Station herüber, und für einen Moment musste er an Alex denken. Zu was wäre er fähig, wenn man ihr etwas antun würde?

»Du hättest es nicht verhindern können«, durchbrach Degen das Schweigen.

Der Standardspruch! Doch Parker wusste, er hatte fast immer seine Berechtigung. In der Tat: Was hätte er denn auch tun können? »Ich hab das Mädchen gefunden«, sagte er dann unvermittelt und wandte seinen Blick hin zur Theke. Er suchte und fand den Augenkontakt, eine knappe Handbewegung, und die Bedienung kam lächelnd auf sie zu. Parker erwiderte das Lächeln und bat um zwei Kölsch. Nachdem die junge Frau wieder weg war, beugte er sich leicht nach vorn. »Hast du sie gesehen?«, raunte er Degen zu. »Sieht sie nicht aus wie Tina? Also natürlich einige Jahre jünger.« Parker glotzte in das fragende Gesicht seines Freundes. »Na, ich meine unsere freundliche Kellnerin hier!« Er deutete mit dem Kopf in Richtung Tresen.

Degen folgte seinem Blick. »Kann ich nicht sagen«, entgegnete er achselzuckend, »dafür habe ich mit Tina Rottländer zu selten was zu tun gehabt, um jetzt eine Ähnlichkeit feststellen zu können.«

Parker seufzte und lehnte sich zurück.

Das Bier kam, und die beiden Freunde prosteten sich zu.

»Was für ein Mädchen hast du gefunden?«, ging Degen auf Parkers vorherige Bemerkung ein.

»Ana Schuch. Die Fünfzehnjährige, die Thomas zuletzt gesucht hat.« Parker trank einen weiteren Schluck und berichtete seinem Freund die Einzelheiten.

Degen hob die Arme. »Gratuliere!«, sagte er ehrlich erfreut. »Das ist doch ein Erfolg! Mehr als sechshundert Kinder und fast dreitausend Jugendliche waren allein im Juli dieses Jahres in Deutschland als vermisst gemeldet. Und die meisten von ihnen bleiben spurlos verschwunden. Hey Lou, du hast den Eltern ihr Kind wiedergegeben! Darauf kannst du mit Fug und Recht stolz sein. Da hast du wohl richtig gute Arbeit geleistet.«

Parker nickte beifällig. Er kannte die Statistiken und wusste Degens aufmunternde Worte durchaus zu schätzen, doch sie halfen ihm nicht. »Ja schon«, räumte er daher widerwillig ein und versuchte erst gar nicht, seinen tief sitzenden Frust zu verbergen, »doch ich hatte gehofft, Thomas zu finden. Ich war felsenfest davon überzeugt, dass Ana mich zu ihm führen würde. Aber nichts dergleichen. Ich hab mich völlig verrannt und stehe mit leeren Händen da. Verdammt, Jo, die Zeit verstreicht, und ich hab nichts, was ich Tanja sagen kann. Diese verfluchte Ungewissheit! Du hättest sie sehen müssen – sie ist nur noch ein Schatten ihrer selbst. Sie schläft nicht mehr. Trinkt zu viel. Ich traue mich schon gar nicht mehr, sie anzurufen, geschweige denn zu ihr zu fahren. Ihr Anblick macht mich fertig. Aber dann lass ich sie genauso im Stich, wie ich Thomas im Stich gelassen habe.«

Parker ließ die Worte verhallen und wischte sich mit der flachen Hand über die Augen. Nach einer Weile fuhr er fort: »Wenn ich nicht bald eine Spur auftue … keine Ahnung, was die Zeit mit Tanja macht. Fast wäre es besser, man würde Thomas tot auffinden. Dann hätte dieses Warten ein Ende. Wäre wohl für alle Beteiligten das Beste!« Er starrte seinen Freund an, fragte mit den

Augen. Wollte etwas hören. Was Tröstliches. Oder auch einen Einspruch.

Doch Degen schwieg und nippte nachdenklich an seinem Bier. Er hob das Kinn, eine Geste, die man als Aufmunterung verstehen konnte. Schließlich: »Lou, hör bitte auf, dir selbst leidzutun!«

Zack, das war eine klare Zurechtweisung. Doch Parker murrte nicht, sondern wartete ab. Es war einer dieser Augenblicke, in denen man Degen besser nicht unterbrechen sollte.

»Ich sage es dir nur noch einmal«, fuhr der Kriminaloberkommissar ruhig fort und sah dabei Parker unverwandt an, »du trägst an alldem, was passiert ist, keine Schuld! Du bist weder für Tinas noch für Thomas' noch für Tanjas Schicksal verantwortlich. Aber du bist deinem eigenen Leben gegenüber verpflichtet. Denk bitte auch mal an Alex! Wenn du nach all den Jahren wieder abrutschst, in dieses, wie du früher gesagt hast, schwarze Loch, dann trägst du Schuld, weil du sehenden Auges darauf zugesteuert bist. Heute kennst du die Anzeichen und kannst etwas dagegen tun. Du bist der Dunkelheit nicht mehr ausgeliefert.«

»Ja, ich weiß das!«

Sie schwiegen wieder eine Weile.

Schließlich sagte Parker: »Das ist der Grund, warum ich mich mit dir treffen wollte.« Und dann mit versöhnlicher Stimme: »Mir war klar, dass du mir den Kopf waschen würdest, aber genau das wollte ich ja. Ich hab mal wieder jemanden …«, er korrigierte sich rasch: »Nein, ich hab dich gebraucht, damit du mir mal wieder durchs Hirn pustest.«

»Na, dann bin ich aber froh!«, entgegnete Degen mit unverhohlener Ironie. »Dann können wir ja nun endlich zum gemütlichen Teil des Abends übergehen. Ich komme schließlich extra mit der Bahn aus Köln ins *Swinging* Siegburg angereist, um mit dir das Nachtleben dieser spannenden Stadt zu erkunden.« Er richtete sich erwartungsvoll auf, so als sei die Aussprache für ihn beendet, und rieb sich demonstrativ die Hände. »Also, wo gehen wir nachher noch hin? Nicht, dass es hier nicht schön wäre, aber so ein bisschen lauter wäre auch ganz nett. Du hast mir doch von diesem Kubana-Club erzählt …«

»Heute Abend spielt auch eine Queen-Cover-Band auf dem Marktplatz.«

»Ja, auch nicht schlecht«, antwortete Degen, »aber mir ist gerade mehr nach DJ und nach Schwitzen auf der Tanzfläche. So wie früher. Also, auf geht's!«

»Na ja«, druckste Parker, »so ein bis zwei Punkte hätte ich da noch gerne mit dir besprochen …«

Degen konnte seine Enttäuschung nicht verbergen. »Und die wären?«, seufzte er.

»Nur ganz kurz! Du wirst sehen, nur ein paar Fragen«, beeilte Parker sich zu sagen. »Danach gehen wir ins *Kubana,* versprochen!«

»Nun mach schon und rede nicht so ausufernd um den heißen Brei herum«, Degen schaute gelangweilt auf seine Uhr, »die Zeit bleibt selbst in Siegburg nicht stehen!«

»Jo, es geht um Thomas. Habt ihr neue Erkenntnisse? Irgendwas Relevantes, das mir helfen könnte, ihn zu finden?«

»Nein!«

»Was ist mit seinem Handy? Habt ihr es lokalisieren …« Bevor Parker seinen Satz vollenden konnte, antwortete Degen kopfschüttelnd: »Von Anfang an Fehlanzeige. Die Kollegen konnten zu keiner Zeit ein Bewegungsprofil erstellen. Wir gehen davon aus, dass das Mobiltelefon zerstört wurde, noch bevor wir in den Fall eingestiegen sind.«

»Verdammt, Jo, ich brauche einen Anhaltspunkt! Irgendeinen Hinweis, dem ich nachgehen kann. Thomas kann sich doch nicht in Luft …« Parker brach den Satz abrupt ab, wusste er doch, wie töricht er war. Schließlich war sein verschwundener Freund ein Profi, der durchaus in der Lage war, abzutauchen. Wenn es erforderlich sein sollte, auch für immer. Mehr zu sich selbst als zu Degen sagte er: »Ich werde noch mal mit den Punks reden …«

»Glaubst du, die werden einem Privatschnüffler etwas Gewinnbringendes erzählen?«, fragte Degen sachlich dazwischen.

Parker zuckte mit den Achseln. »Ich muss es versuchen. Was anderes fällt mir jetzt gerade nicht ein.«

»Mensch, Lou, du musst dringend mal auf andere Gedanken kommen! Ich hab morgen frei«, Degen setzte ein verschwörerisches Grinsen auf, »komm lass uns zahlen und deine Kreisstadt unsicher machen!«

17. KAPITEL

Vom Marktplatz schallte Live-Musik in die Mühlenstraße herüber. Eine Queen-Coverband spielte schon seit einer guten Stunde einen Klassiker nach dem anderen. Osman schaute auf das weiße Zifferblatt seiner Nomos Lambda. Die Präzisionsuhr aus Glashütte zeigte Viertel nach neun. Osman blickte wieder hoch. Auf der Straße vor ihm schlenderte ein Pärchen in die Richtung, aus der die Rockklänge kamen. Doch Osmans Augenmerk galt der Haustür und den Fenstern von gegenüber. Er hatte beobachtet, wie der Detektiv das Gründerzeithaus vor fünfzig Minuten verlassen hatte. Und da er seinen kleinen roten Sportwagen stehen gelassen hatte, konnte Osman davon ausgehen, dass Parker noch am selben Abend zurückkommen würde.

Gerade eben war die junge Frau aus dem zweiten Stock aus der Tür getreten und lachend in ein wartendes Cabrio gestiegen. Jetzt gab es nur noch die ältere Dame, die im Erdgeschoss wohnte. Osman hatte seinen ursprünglichen Plan, den Detektiv vor dem Haus anzusprechen, um ihn unter einem Vorwand zu seinem Wagen zu locken, kurzfristig verworfen. Heute waren einfach zu viele Menschen unterwegs, und das wahrscheinlich bis tief in die Nacht, was den lauen Spätsommertemperaturen und der bekannten Live-Attraktion geschuldet war. Nein, für eine Tötung auf offener Straße war es an diesem Abend äußerst ungünstig, die Gefahr von Passanten aufgehalten zu werden, einfach zu groß. Daher hatte er beschlossen, in Parkers Wohnung auf ihn zu warten. Sollte der Detektiv nicht allein sein, so würde sich Osman auf seine Körperkraft und seine Nahkampfausbildung verlassen können. Zwei Personen stellten für ihn in der Regel keine echte Bedrohung dar.

Der Killer nahm den schwarzen Samsonite-Diplomatenkoffer aus feinem Nappaleder vom Beifahrersitz, legte ihn sich auf die Oberschenkel und gab die Zahlenkombination ein. Sogleich schnappten die seitlich versenkten Schlösser mit einem leisen Klacken auf. Osman öffnete den Deckel, nahm nach kurzer Überlegung das ordentlich zusammengerollte, ein Meter lange und zehn Millimeter starke Hanfseil heraus. Er legte es neben sich auf den Sitz und gab dabei ein zufriedenes Brummen von sich. Gute Wahl. Kein Messer. Kein Blut. Keine Schusswaffe. Kein Lärm.

Osman konnte auf verschiedenste Art morden, er war ein wahrer Künstler, doch er bevorzugte das lautlose und saubere Töten. Und nicht aus der Distanz, sondern Aug' in Aug', das war ihm am liebsten. Sie sollten sehen, wer sie ins Jenseits schickte. Und sie sollten den Hauch einer Chance habe, den Spieß umzudrehen. Sollte er bei einem seiner Einsätze sterben, so starb er ehrenhaft. Wie ein Mann. Kollegen, die ihre Opfer nur aus der Entfernung liquidierten, hielt er im Grunde genommen für Feiglinge und verachtete sie. Einen Menschen mit einem Präzisionsgewehr zu töten, hatte für ihn keinen Reiz. Dazu gehörte kein Mut. Eine ruhige Hand, ja. Nerven, ja. Aber Mut? Nein!

Er nahm den Metallkranz mit den Schlüsseln und die schwarzen Lederhandschuhe aus dem Koffer, um sie ebenfalls auf dem Beifahrersitz zu deponieren. Zu guter Letzt noch die kleine Stabtaschenlampe. Dann drückte er den Deckel wieder zu. Osman ließ die Kofferraumklappe hochfahren, öffnete die Fahrertür und wuchtete seinen massigen Körper aus der Limousine. Schnellen Schrittes ging er nach hinten und legte den Samsonite in den Kofferraum. Er entledigte sich seiner Anzugjacke, um sie ebenfalls im Kofferraum abzulegen, und holte einen dünnen, schwarzen Anorak heraus, den er rasch überzog. Danach schloss er die Klappe, um kurz darauf wieder im Wagen zu sitzen.

Bedächtig zog er die Handschuhe an. Sie saßen eng. Wie eine zweite Haut. Perfekt. Er bewegte seine Finger. Eng zwar, aber sie gaben nach und ließen jedem einzelnen Finger die Bewegungsfreiheit, die sie brauchten. Es fühlte sich gut an. Sehr gut. Er benutzte Handschuhe immer nur ein einziges Mal. Danach verbrannte er sie.

Er griff neben sich, nahm das zusammengerollte Hanfseil und verstaute es in der Innentasche seines Anoraks. Die kleine Taschenlampe steckte er sich in die rechte Außentasche, und den Metallkranz behielt er in der Hand. Es konnte losgehen!

Ab jetzt war er hoch konzentriert. Trotz aller Routine war er hellwach und aufmerksam. Er stieg aus dem Wagen, verriegelte ihn und überquerte die Straße. Schnell hatte er die wenigen Meter zu dem dreigeschossigen Haus zurückgelegt und stand nun vor der Eingangstür. Osman erkannte sofort, dass das Zylinderschloss keine große Herausforderung für ihn darstellte. Nun hoffte er, dass Parker zu keinem dieser Sicherheitsfanatiker gehörte, die ihre eigenen vier Wände mit Hochsicherheitstüren schützten. Wenn es so wäre, dann käme er nicht rein und müsste im Treppenhaus auf ihn warten.

Mit ruhiger Hand versuchte er einen Schlüssel nach dem anderen. Natürlich bestand jetzt die Möglichkeit, dass Parker plötzlich auftauchte oder die alte Frau vom Erdgeschoss die Tür öffnete – Osman war sich dessen bewusst, während er es weiter probierte. Doch er schob diese Gedanken beiseite, sie behinderten ihn nur. Er würde spontan handeln, darin hatte er Übung. Eine seiner Stärken war es, von der einen auf die andere Sekunde Entscheidungen zu treffen und diese dann auch kompromisslos in die Tat umzusetzen.

In dem Moment, in dem der Tribut-Freddy die erste Strophe von *Killer Queen* intonierte, fand Osman den passenden Schlüssel. *She keeps Moët et Chandon in her pretty cabinet …*

Behutsam drehte er den Schlüssel herum, drückte die Haustür auf und betrat den Flur. Er verzichtete auf Licht, wandte sich um und schloss die Tür sachte hinter sich. Nur noch gedämpft drang die markante Stimme des Sängers zu ihm durch. Für einen Moment verweilte Osman auf der Stelle, sodass sich seine Augen an die Dunkelheit gewöhnen konnten. Dabei horchte er aufmerksam in die Stille des Hauses hinein. Alles ruhig. Rasch, jedoch ohne Hast, ging der Mann die Steinstufen nach oben, darauf bedacht, sich so lautlos wie möglich zu bewegen. Im zweiten Stock schaltete er die Taschenlampe an und folgte dem dünnen Lichtstrahl nach oben. Sein erster Blick fiel auf den weißen, dreizehn mal fünf Zentimeter Papierstreifen, der an beiden Seiten mit Klebefilm mittig auf Augenhöhe an der antiken Holztür befestigt war. Darauf stand in schwarzer Blockschrift *Parker*.

Unkonventioneller Mensch, dachte Osman, während er im Schein der Taschenlampe das Schloss begutachtete. Was er sah, entlockte ihm ein leises, befriedigtes Knurren.

Ohne zu zögern legte er den Finger auf den Klingelknopf und drückte darauf. Deutlich war der warme Dreiklang zu hören. Osman wartete ab, bis der letzte Ton verhallt war, und betätigte die Klingel ein weiteres Mal. Wieder hielt er inne und lauschte. Nichts.

Er nickte und machte sich an die Arbeit. Bereits der fünfte Versuch brachte den Erfolg. Er schaltete die Taschenlampe aus und drückte mit der flachen Hand gegen die Tür, die sich geräuschlos nach innen öffnen ließ. Sogleich schlug ihm ein unangenehmer, ja beißender Gestank entgegen. Osman verzog angewidert das Gesicht. Hier musste aber mal dringend gelüftet werden! Unwillkürlich schüttelte er den Kopf. Er blieb erst mal unschlüssig auf der Schwelle stehen. Schließlich gab er sich einen Ruck und machte einen Schritt nach vorn.

»Hallo!«, rief er näselnd in die dunkle Wohnung hinein. »Ist jemand zu Hause?«

Auch wenn er es sich nicht vorstellen konnte, dass sich in diesem Gestank irgendeine Menschenseele freiwillig aufhielt, wiederholte er seine Frage. Er wartete eine kleine Weile und setzte dann einen weiteren Fuß in den Flur, wobei er den Knopf der Taschenlampe betätigte. Die flackerte jedoch nur kurz auf und erlosch dann wieder. Woran auch das vehemente Schütteln Osmans nichts änderte.

»Lanet olsun!«, presste er zwischen den Zähnen hervor und wiederholte seinen Fluch auf Deutsch: »Verdammt noch mal!« Da hatte er alles bis aufs Kleinste geplant, und dann streikte diese verfluchte Funzel. Von wegen Made in Germany! Osman atmete tief durch. *Beruhige dich. Alles halb so wild! Wozu brauchst du eine Taschenlampe?*

Das milchige Mondlicht, das durch die Scheibe der Balkontür vom Wohnzimmer in den Flur fiel, würde schon genügen, um sich in den fremden Räumlichkeiten zurechtzufinden. Kopfschüttelnd wandte er sich um und machte die Tür hinter sich zu. Er steckte den Schlüssel ins Schloss, drehte ihn einmal links herum und zog ihn wieder ab. Zielstrebig bewegte er sich durch den Flur. Als er in etwas Weiches trat, blieb er kurz stehen und fluchte. Verdammt, was war das? Angeekelt eilte er ins Wohnzimmer. Schemenhaft nahm er im Halbdunkel den Balkon wahr. Er würde dort auf Parker warten. Außerdem brauchte er jetzt frische Luft. Dringend! Augenblicke später tasteten die Finger seiner rechten Hand nach dem Hebel im Rahmen, fanden ihn, zogen daran, und die Tür öffnete sich. Ja, er würde draußen warten. Warten, bis Parker ins Bett ging. Er würde ihn im Schlaf töten. Ein überraschender Angriff. Ein schneller Tod. Der Detektiv würde nicht kämpfen müssen. Osman würde ihm das Seil um den Hals legen, schnell und kraftvoll daran ziehen, sodass das Genick brach. Oder er würde ein Kissen nehmen. Sollte Parker aber auf den Balkon treten, würde er ihn mit einem gezielten Faustschlag gegen den Kehlkopf außer Gefecht setzen. Die unschöne Variante, sehr schmerzhaft … verdammt, was war das?

Ein Schatten raste plötzlich auf ihn zu, sprang zwischen seine Beine und ließ ihn für den Bruchteil einer Sekunde straucheln. Osman fing sich sogleich wieder, stieß aber mit dem Knie gegen einen hohen, schweren Sessel. Der Killer heulte auf. Verfluchter Meniskus! Er knickte weg, hielt sich an irgendetwas fest und warf dabei ein CD-Regal um. Dann hörte er ein durchdringendes, krächzendes Fauchen und erkannte gerade noch, wie eine fette Katze mit buschigem Schwanz aus dem Wohnzimmer raste. »Du böses Tier«, zischte Osman hinter ihr her und wischte sich dabei übers Gesicht. »Mach, dass du wegkommst!«

Er richtete sich nun wieder vollends auf, schüttelte den Kopf und musste trotz seiner Schmerzen schmunzeln. »Eine Katze!«, flüsterte er zu sich. »Jetzt hätte mich doch beinah eine Katze zu Fall gebracht.« Immer noch grinsend humpelte Osman auf den Balkon. Er würde gleich alles wieder an seinen Platz stellen. Den Sessel und auch das CD-Regal. Doch erst mal musste er frische Luft schnappen und sich für einen kleinen Moment ausruhen. Er lockerte den Knoten seiner Krawatte, fuhr sich mit beiden Händen durch das Haar und lehnte sich rücklings mit der Hüfte gegen die Brüstung.

Und dann ging alles sehr schnell. Das morsche Holz knirschte noch nicht einmal, als es zerbrach. Osman ruderte mit den Armen. Seine Hände suchten, doch fanden sie nichts, woran sie sich hätten festhalten können. Ein stummer Schrei, und der massige Körper fiel wie ein Stein in die Tiefe. Hart schlug er in dem asphaltierten Hinterhof auf. Keine drei Sekunden später, und Osman war tot.

Als Parker weit nach Mitternacht und nach dem dritten Anlauf endlich die Haustür aufschloss, musste er sich eingestehen, dass es vielleicht ratsam gewesen wäre, das letzte Bier nicht getrunken zu haben. Sein Freund und er waren auf dem Rückweg über den Marktplatz marschiert, und da hatten sie einfach nicht am *Casbah* vorbeigekonnt, ohne sich noch einen kleinen Absacker zu genehmigen.

Eigentlich trug Degen an Parkers Zustand Schuld – der Kriminaloberkommissar hatte ab einem bestimmten Zeitpunkt einfach keine Uhr mehr lesen können. Und je später der Abend, desto besser das Kölsch und umso ausgelassener die Stimmung. Die Achtzigerjahre-Party im *Kubana* war genau nach Degens Geschmack gewesen. Er hatte den Dancefloor im Sturm erobert.

Parker schüttelte belustigt den Kopf: Sein Kumpel, der *Jukebox Hero.* Der Luftgitarren-Gott. Der Detektiv grinste. *Was werden ihm in den nächsten Tagen die Knochen schmerzen!*

Nach dem Absacker, der streng genommen der vierte war, hatte Parker seinem Freund noch bis zum Bahnhof Geleitschutz geboten und ihn dort in ein Taxi gesetzt. Nun betrat er voll konzentriert den Hausflur, drückte auf den Lichtschalter und legte den Zeigefinger auf die vorgestülpten Lippen.

»Psst!«, machte er und flüsterte beschwörend: »Alter, mach jetzt bloß keinen Lärm! Dein Ruf steht auf dem Spiel!« Er musste kichern. »Was für ein Ruf?«

Augenblicklich fiel ihm Watson ein. Hoffentlich hatte der Kater nicht wieder die Nachbarn mit seinem gespielten Wehklagen gegen ihn aufgebracht. *Das arme Tier!* Dann durfte sich Parker noch vor dem Brötchenholen auf einiges gefasst machen.

Er atmete einmal tief durch, untersagte seiner rechten Hand, den Handlauf zu benutzen – *Nee, Alter, das schaffst du auch ohne!* –, und schleppte sich mit schweren Beinen die Treppenstufen hoch. Eine gefühlte Ewigkeit später stand er vor seiner Wohnungstür. Froh darüber, dass er den Schlüssel noch in der Hand hielt und nicht lange in seinen Taschen danach suchen musste, denn seine Blase meldete sich plötzlich und nachdrücklich, traf er zu seiner eigenen Überraschung das Türschloss schon beim ersten Versuch. Kaum hatte er die Tür geöffnet, wurde er von diesem üblen Geruch empfangen. Seine Laune rutschte von der einen Sekunde zur anderen in den Keller. Katerstimmung!

»Verdammt, Watson!«, rief er etwas zu laut in die Wohnung hinein, besann sich sogleich und fügte leise zischend ein: »Komm mir jetzt bloß nicht unter die Augen!« hinzu.

Dann stürmte er, der Druck ließ ihm keine Wahl, ohne Licht im Flur zu machen, ins Badezimmer. »Mein Gott!«, entfuhr es ihm, nachdem er die Klospülung betätigt hatte. Und als ob er sich vergewissern müsste, dass das, was er da im Spiegel sah, auch wirklich er war, beugte er sich über dem Waschbecken weiter vor, um sogleich wieder erschrocken zurückzuweichen.

»Dieser Abend kostet mich mindestens ein Jahr! Nur gut, dass mich Alex nicht so sieht.« Missmutig hielt er seine Hände unter den Wasserstrahl und vermied dabei jeden weiteren Blick in den Spiegel. Stattdessen drehte er seinen Kopf nach links, das Licht aus dem Badezimmer fiel in den Flur, und Parker erstarrte auf der Stelle. Plötzlich schien alles um ihn herum wie eingefroren. Als habe jemand die Zeit angehalten. Das Wasser lief zwar weiter, doch er hatte aufgehört, seine Hände zu waschen. Zuerst verstand sein Gehirn nicht, was er sah. Konnte das, was die Augen da auf den Steinfliesen erblickten, nicht so recht einordnen. Eine weit entfernte Stimme in ihm schrie auf, und schlagartig war er nüchtern. Er bemerkte, wie sich seine Nackenhaare steil nach oben stellten. Spürte mit einmal die Trockenheit in seinem Mund. Trancegleich drehte Parker den Wasserhahn zu, um sich anschließend unendlich langsam auf die Türschwelle zuzubewegen. Dort angekommen, blieb er stehen. Er hörte, wie wild sein Herz pochte, und fühlte, wie der Schweiß aus allen Poren schoss. Kein Zweifel! Deutlich erkannte er den Fußabdruck in Watsons Hinterlassenschaft. Ungewollt laut stöhnte Parker auf. Dann wischte er sich über die kalt-feuchte Stirn, schloss kurz die Augen, um sie schnell wieder zu öffnen. Sein Blick folgte den Spuren am Boden. Sie führten direkt ins Wohnzimmer. Beherzt machte der Detektiv einen Schritt in den Flur; all seine Muskeln und Sinne gespannt, spähte er in den Nebenraum. Alles ruhig. Nichts rührte sich. Parker wagte sich weiter vor, trat über die Schwelle, seine linke Hand suchte und fand den Schalter an der Wand. Licht flammte auf, und die Deckenstrahler erhellten den Raum.

Im Bruchteil einer Sekunde erfasste Parker die Szene und übermittelte seinem Verstand, was seine Augen sahen: Die Balkontür stand sperrangelweit offen, Holzreste lagen herum, und im Geländer klaffte eine große Lücke. Er blieb wie angewurzelt stehen. Was zum Teufel war hier geschehen? In dem Moment, als er sich stirnrunzelnd in Bewegung setzen wollte, um auf den Balkon zu treten, hörte er hinter sich ein schepperndes Geräusch, das ihn jäh zusammenfahren ließ. Im Geiste sah Parker sich schon einem Angreifer gegenüberstehen. Er wirbelte herum, ballte die Fäuste, in der Annahme, einen Angriff abwehren zu müssen, doch … da war niemand. Ratlos stand er da und ließ die Arme langsam sinken. Dann schlich er zum Schlafzimmer. Er riss die Tür auf, schaltete das Licht an und vergewisserte sich, dass sich dort keine Menschenseele aufhielt. Abschließend warf Parker noch einen Blick unters Bett. Da!

Da war es wieder. Parker hatte sich nicht getäuscht. Und ganz eindeutig: Der Krach kam aus der Küche. Der Detektiv atmete tief durch und ging auf Zehenspitzen den Weg durch das Wohnzimmer zurück in den Flur.

Wieder das Scheppern! Parker stand nun vor der halb geöffneten Tür, hielt für eine Sekunde inne, sammelte sich und drückte sie vollends mit dem Fuß auf. Watson hob den großen Kopf und glotzte Parker vorwurfsvoll an. Ohne seine dunkelgrünen Augen von dem Detektiv zu nehmen, schob der Kater die leere Metallschale mit der Pfote über den gefliesten Küchenboden hin und her. Parker schüttelte resigniert den Kopf.

Nachdem er die verbleibenden Räume gesichert hatte, ging er zurück zur Küche. Mit einem schiefen Grinsen holte er das Trockenfutter aus dem Hängeschrank und füllte Watsons Napf auf. Erst dann griff er zu seinem Handy.

Keine zwanzig Minuten später – das ganz große Besteck. Blaulicht glitt zuckend über die Häuserfassaden. Menschen in weißen Overalls und mit Alukoffern in der Hand gingen durch die Haustür. Der Bürgersteig unmittelbar vor dem Eingang war mit rot-weißem Flatterband abgesperrt. Die Mühlenstraße war plötzlich Schauplatz eines Großaufgebotes von hiesigen Einsatzkräften. Drei Polizeifahrzeuge, eine Feuerwehr, ein RTW und ein Leichenwagen. Zwei Männer in Schwarz trugen einen Zinksarg ins Haus, und Parker stand mit einem jungen Uniformierten auf der Straße.

Eine Traube Schaulustiger hatte sich in kürzester Zeit eingefunden. Der Detektiv blickte in unzählige Augenpaare und wurde von ihnen wiederum erwartungsvoll angestarrt. Er bekam vereinzelte Wortfetzen mit, die für ihn jedoch keinen Sinn ergaben.

»Großer Gott, Herr Parker, was ist denn hier passiert?«

Parker drehte sich um, musste seinen Kopf ein wenig senken und schaute in die weit aufgerissenen Augen seiner Nachbarin.

»Guten Morgen, Frau Bergsch«, sagte er liebenswürdig und beugte sich etwas zu ihr herunter. »Ich schätze, mein Kater hat einen Einbrecher vom Balkon gestürzt.«

Die alte Frau schlug die Hände vor den Mund. Der Schock stand ihr ins Gesicht geschrieben. »Tot?«, fragte sie ängstlich. Parker hätte ihr am liebsten einen Arm über die Schulter gelegt, strich aber nur über ihren Oberarm. »Ich fürchte ja«, antwortete er mit einem schmalen Lächeln.

Entschlossen schaute die Alte dem Detektiv in die Augen und deutete mit ihrer faltigen Hand zum Haus. »Dann gehe ich da heute nicht mehr rein!«, rief sie mit resoluter Stimme.

Parker nickte und tauschte über den Kopf der alten Dame einen Blick mit dem Polizisten aus. Der nickte verstehend zurück und beugte sich nun ebenfalls etwas herunter. »Sehen Sie«, sagte er sanft, »da vorn steht der Rettungswagen. Ich bringe Sie jetzt dorthin, da gibt es einen Seelsorger, der wird sich um Sie kümmern.«

Parker schenkte dem Polizisten ein dankbares Lächeln, schaute hinter den beiden her und bemerkte aus dem Augenwinkel, wie ein Mann in giftgrünem Sakko auf ihn zukam. Im Gefolge eine junge, auffällig große Frau mit modischer Hornbrille und prall gefüllter Umhängetasche. Parker kannte den schmächtigen Typ mit den eingefallenen Wangen und widerstand nur mit Mühe dem Drang, sich auf dem Absatz umzudrehen, um schnellstens das Weite zu suchen.

»Lou Parker!«, grölte der Mann auch schon und breitete die Arme aus.

Parker ließ die kurze Umarmung zu, ohne sie zu erwidern.

Denis! Denis Fährenborg. Wie immer eine Spur zu laut und zu aufdringlich.

»Na, haste mal wieder 'ne Leiche im Keller?«

Und eine Spur zu platt. »Nee, nicht im Keller«, konterte Parker prompt, »aber eine im Hof!«

Fährenborg stutzte kurz, dann lachte er polternd los. »Haha, der alte Lou!« Fährenborg drehte den Kopf und zwinkerte der jungen Frau amüsiert zu. »Frau Kusch, so war der schon immer! Immer einen Joke auf den Lippen. 'Ne wahre Stimmungskanone. Mein alter Kumpel! Mensch, was waren das Zeiten! Was haben wir Spaß gehabt!« Sein Tonfall bekam auf einmal was Verschwörerisches. »Kannst du dich noch an die Kaschemme in der Nähe der Marktkirche erinnern? Wie hieß die noch gleich?«

»*Piranha*!«

»Genau! Die Barfrau war doch wohl der Knaller! Wie die uns jeden Abend abgefüllt hat. Hammer! Du wolltest dich immer mal gemeldet haben …«

Parker nickte pflichtschuldig. Er und Fährenborg hatten sich vor sechs Jahren auf einem mehrwöchigen Lehrgang in Wiesbaden kennengelernt. Fährenborg war in Parkers Alter. Er trug schon damals diesen Haarkranz, was ihn wesentlich älter machte. Und jetzt standen sie sich nach all den Jahren gegenüber, hier in Siegburg.

Manche Zufälle sollten verboten werden.

Der Ex-Kollege strahlte ihn an. Parker konnte es in seinem Gesicht lesen, Fährenborg wollte etwas loswerden. Doch er zögerte, so als ob er überlegte, wie er es sagen sollte. Sekunden vergingen. Frau Kusch ergriff die Gelegenheit, indem sie Parker die Hand entgegenstreckte. »Ich bin Dana Kusch und die Kollegin von Herrn Fährenborg«, stellte sie sich vor.

Parker registrierte ihr verbindliches Lächeln, sah in ihre klaren blauen Augen, nahm die Hand und sagte: »Freut mich! Meinen Namen kennen Sie ja bereits ...«

»Ich bin jetzt Polizeihauptkommissar!«, platzte es aus Fährenborg heraus.

Parker wandte sich ihm zu. »Tatsächlich?«, fragte er ungläubig.

»Ja, seit drei Jahren schon!« Er fuhr sich mit beiden Händen über den Hinterkopf. »Und verheiratet bin ich auch! Ganz frisch. Im Juni.«

»Donnerwetter! Zwei Gründe, zu gratulieren!«

»Hast du inzwischen ...?«

»Geheiratet? Nein.«

Fährenborg lachte kurz auf. »Na ja«, sagte er verlegen und biss sich dabei auf die Unterlippe, »dafür muss man geboren sein. Wir wollen auch noch Kinder.«

»Nein! Wie schön!«

»Hey, du kennst doch noch Ralf, Ralf Bürger.« Fährenborg schaute Parker erwartungsfroh an.

Der Detektiv nickte schwach.

»Der ist jetzt Einsatzleiter beim SEK und ...«, Fährenborg machte eine kleine Pause, bevor es förmlich aus ihm herausplatzte, »... und mein Schwager!«

»Nein, ist nicht wahr! Herzlichen Glückwunsch!«

»Ja, es ist der Wahnsinn, was sich das Schicksal manchmal so ausdenkt.« Fährenborg wiegte den Kopf hin und her, dann wurde er plötzlich ernst. »Ich hab gehört«, fuhr er mit gedämpfter Stimme fort und blickte dabei zu seiner Kollegin hinüber, »du bist nicht mehr bei der Firma.«

Firma! Parker verdrehte innerlich die Augen. »Wenn du die Polizei meinst«, erwiderte er betont sachlich, »hast du richtig gehört. Ich bin jetzt Privat-Schnüffler.«

»Ach!«, entfuhr es Fährenborg, und er glotzte verständnislos drein. »Und davon kann man leben?«

Parker zuckte lässig mit den Achseln. »Mehr schlecht als recht.«

Fährenborg klopfte Parker sanft und mitfühlend auf die Schulter. »Das tut mir leid. Wenn du mal was brauchst …«

Parker hob abwehrend die Hände vor der Brust. Doch bevor er etwas entgegnen konnte, trat ein Polizist an den Polizeihauptkommissar heran. »Der Tote hat keine Ausweispapiere bei sich. Aber einen Metallring voller Nachschlüssel, ein circa ein Meter langes Seil und einen BMW-Autoschlüssel. Außerdem trägt der Mann Handschuhe und eine sehr teure Uhr. Neben ihm haben wir eine Stabtaschenlampe gefunden.«

Fährenborg nickte ernst. »Ist die KTU durch? Wurden Fotos gemacht?«

»Mit dem Fundort sind die Kollegen komplett fertig. Fotos sind gemacht. Das Team geht jetzt nach oben, in die Wohnung von Herrn Parker.«

Der Detektiv musste an Watsons platt getretenen Haufen denken und rümpfte die Nase.

Na dann viel Spaß!, dachte er bei sich.

»Gute Arbeit!«, sagte Fährenborg und fügte nachdrücklich hinzu: »Kriegen Sie raus, wo der Wagen des Toten steht, und schicken Sie dann die Spurensicherung dorthin. Die sollen das Teil schon mal vor Ort auf den Kopf stellen, und dann rufen Sie den Abschleppdienst. Ich will bis zu meinem Dienstschluss«, Fährenborg schaute demonstrativ auf seine Armbanduhr, »also bis in fünf Stunden, erste Ergebnisse auf meinem Schreibtisch haben.« Er hob energisch das Kinn, eine deutliche Geste, die man als Befehl auffassen musste, und der Uniformierte drehte sich um und entfernte sich mit raschen Schritten. Und zu Parker gewandt: »Lou, ich möchte, dass du dir den Leichnam anguckst, bevor er in die Gerichtsmedizin gebracht wird. Ist das okay für dich?«

»Natürlich!«, erwiderte Parker.

Fährenborg nickte und brachte ein Grinsen zustande. »Schade, dass wir uns unter diesen Umständen wiedersehen müssen. Ich gebe dir mal meine Karte, falls du mal ...«

Parker nahm sie wortlos entgegen und steckte sie in seine Jeans.

»Und, hast du noch Kontakt zu Jo?«

»Regelmäßig!«

»Ach wirklich!? Er hat seine Dienstelle im Polizeipräsidium in Köln-Deutz. Hab ich recht?«

Parker bejahte.

Fährenborg starrte auf den Boden. »Ich hab noch seine Nummer«, murmelte er mehr zu sich. »Ich könnte ihn ja mal anrufen ...« Dann wandte er sich abrupt an seine Kollegin. »Schauen Sie sich doch bitte auch mal in der Wohnung von meinem Freund Parker um. Machen Sie sich ein Bild. Was ist da oben passiert? Ich befürchte, wir haben es hier nicht mit einem simplen Einbruch zu tun. Jemand, der so ganz ohne Ausweispapiere, aber mit einer Luxusuhr am Handgelenk und einem Seil, in fremde Wohnungen einbricht, sorgt bei mir für Magenverstimmungen.«

Frau Kusch nickte knapp und verschwand.

Der Polizeihauptkommissar legte Parker vertraulich eine Hand auf den Unterarm. »Hast du Feinde?«, fragte er ohne Umschweife.

Der Detektiv trat ein Stück zurück, grinste und ließ die Frage unbeantwortet.

Stattdessen ging er vor, in Richtung Hauseingang. »Ich dachte, ich soll mir den Toten ansehen!«, rief er Fährenborg zu, der ihm mit hängenden Schultern und verwirrter Miene nachsah. »Du nimmst das nicht ernst genug!«, blaffte Fährenborg schließlich und stampfte kopfschüttelnd an Parker vorbei in den Hausflur.

Doch, Parker nahm das alles hier sehr ernst. Bloß verspürte er keine Lust, seine Gedanken mit dem Ex-Kollegen zu teilen. Es war nie ein schöner Anblick, in die gebrochenen Augen eines Toten zu blicken. Der Mann lag da, in diesem Zinksarg, den sein mächtiger Körper komplett ausfüllte, und Parker glaubte, einen ungläubigen Ausdruck auf seinem maskenhaften Gesicht zu erkennen. So als ob der eigene Tod ihn völlig überrascht habe.

Was mochte ihn dazu gebracht haben, sich vom Balkon zu stürzen? Watson? Parker spürte, wie Fährenborg ihn von der Seite fixierte, wie sein Blick förmlich auf seinem Gesicht klebte. Wie er darauf brannte, die Frage zu stellen. Nein, das brauchte er nicht.

Der Detektiv nickte. »Ja, ich habe den Mann schon einmal gesehen. Aber ich kenne ihn nicht. Weiß weder seinen Namen noch kann ich mir erklären, warum er in meine Wohnung eingebrochen ist.«

Der Polizeihauptkommissar berührte für einen Augenblick sein hageres Kinn. Dann fragte er: »Wo und wann hast du ihn gesehen?«

»Gestern Mittag«, antwortete Parker wahrheitsgemäß. »In einer Kneipe namens *Tresor.* Bonn, Wolfstraße.«

»Hast du mit ihm gesprochen?«

Parker schüttelte den Kopf.

»Und was hast du in der Kneipe gemacht?«

»Klienten getroffen.«

»Name und Adresse.«

»Sag ich nicht!«

Fährenborg schnalzte mit der Zunge, als ob er den Detektiv zur Einsicht mahnen wolle.

Parker legte eine Hand an seine Schläfe. Einen Versuch war es wert gewesen. »Ja gut«, räumte er widerwillig ein und nannte die Adresse von Ana Schuch. Wenn er dann nur endlich gehen könnte! Er sehnte sich nach seinem Bett. Und da das momentan nicht ging, zumindest nach Ruhe.

»Olpe!«, brach es aus Fährenborg heraus. »Ein schönes Städtchen!« Er strahlte, und sein blasses Gesicht begann sich leicht zu röten. »Da kommt Lena her. Meine Frau. Ihre Familie lebt dort schon seit Generationen. Wir fahren fast jedes freie Wochenende hin …«

»Schön!«, unterbrach ihn Parker tonlos. »Brauchst du mich noch? Ich würde mich gerne ein Weilchen in mein Auto setzen und ein bisschen vor mich hin starren. In meine Wohnung kann ich ja noch nicht.«

»Ähm, klar«, antwortete Fährenborg pikiert und zuckte verdrießlich mit den Schultern. »Du fühlst dich nicht gut. Verständlich. Wo steht denn dein Wagen?«

Parker zeigte mit dem Kopf auf den gegenüberliegenden Parkplatz. »Der kleine Rote da.«

»Was! Du fährst den immer noch? Unglaublich, wie lange diese Sushi-Flitzer halten.« Fährenborg rückte etwas näher an Parker heran und flüsterte ihm zu: »Nimm das bitte nicht auf die leichte Schulter. Das war ein Anschlag auf dein Leben. Ich werde ab jetzt meine Lauscher offen halten«, er zeigte mit abgespreizten Zeige- und Mittelfinger erst auf seine Augen und dann auf den Detektiv. »Du kannst dich auf mich verlassen!«

Parker hasste diese Geste, sagte aber nichts, sondern nickte nur müde. Er war jetzt einfach platt. Nein, er hatte keine Energie mehr, auf das Geplapper seines Ex-Kollegen einzugehen. Spürbar ließ das Adrenalin nach, und eine große Schwere breitete sich in ihm aus.

Fährenborg schien Anstalten zu machen, sich mit einem Händedruck verabschieden zu wollen, doch Parker drehte sich einfach um und ließ den Polizeihauptkommissar stehen.

»Du musst aber noch in die Polizeidienststelle kommen, um deine Aussagen protokollieren zu lassen. Frankfurter Straße 12–18. Du weißt, wo das ist?«

Parker hob wortlos den Arm und beeilte sich, auf weichen Knien zu seinem Roadster zu gelangen. Als er sich in den Sitz fallen ließ, hörte er wie aus weiter Ferne Fährenborgs Stimme rufen: »Schlaf etwas! Und wenn du aufwachst, wird es dir besser gehen.«

Mit letzter Kraft zog Parker die Fahrertür ins Schloss.

18. KAPITEL

Poch! Poch! Irgendetwas hämmerte! Poch! Poch! Hämmerte weiter! Poch, poch, poch! Schneller! Unmittelbar an seinem Ohr. In seinem Ohr? Laut! Anhaltend! Konnte er nicht ignorieren. Sein Verstand war noch weit davon entfernt, Schlüsse zu ziehen, geschweige denn, irgendwelche Befehle zu erteilen.

»Lou!«

Ja, Lou war er. Und die Stimme kam ihm bekannt vor.

»Lou! Verdammt, wach auf!«

Parker riss die Augen auf, zog den Kopf von der Fahrerscheibe und brachte sich ansatzweise in eine vertikale Sitzposition. Für einen Moment glotzte er einfach nur geradeaus. Glotzte geradewegs auf die Häuserfassade. Die Sonne schien. Also war es schon Tag. Und er saß in seinem Auto, auf dem Stellplatz in der Herrengartenstraße. Er war quasi zu Hause. Und die Stimme gehörte zweifelsfrei seinem besten Kumpel Jo Degen.

Parker drehte den Kopf, verzog sein Gesicht, davon überzeugt, dass es ein Lächeln war, und hob zur Begrüßung die Hand.

Degen rollte mit den Augen. »Mach schon«, hörte er seinen Freund lamentieren, »komm endlich in die Gänge!«

Parker wiegte den Kopf bedächtig hin und her und öffnete die Fahrertür. »Was machst du denn am frühen Morgen für einen Stress! Haste einen Kaffee dabei? Wie ich sehe, nein!«, knurrte er ungehalten und inhalierte geräuschvoll die frische Luft, die den Innenraum des kleinen Sportwagens erfüllte.

Etwas steif kletterte er aus dem MX5, streckte gähnend die Arme in die Luft und den Rücken durch und erschrak, als er in Degens sorgenvolle Miene schaute. »Na, nach deinem Gesichtsausdruck zu urteilen, muss ich ja wirklich kein angenehmer Anblick sein.«

»Hölle, Tod und Teufel!« Degen schrie ihn fast an. »Was war denn bei dir los letzte Nacht?«

»Wie spät ist es?«

»Kurz nach neun.«

Parker stieß einen schrillen Pfeifton aus. »Wow, da funktioniert aber mal der heiße Draht! Ich fühl mich geehrt!«

»Lass den Quatsch!«, hielt Degen schroff dagegen. »Der Kollege Fährenborg hat mich angerufen, weil er sich Sorgen um dich macht.«

Parker plusterte die Wangen auf. Er hatte keine Lust, das Gespräch auf der Straße weiterzuführen. Er trottete an Degen vorbei, winkte ihn im Eingang stehend mit den Worten »Na komm! Lass uns nach oben gehen. Ich mach uns 'nen Kaffee« zu sich heran und zog den Schlüssel aus der Hosentasche. Als Degen neben ihm stand, drückte er die Tür auf. »Ja, ich weiß, dass ihr es alle nur gut mit mir meint«, erklärte er kleinlaut und klopfte seinem Freund auf die Schulter. Vor dem Treppenaufgang hielt er kurz inne, holte tief Luft und schleppte sich dann die Stufen hoch.

»Bei dem Toten handelt es sich Osman Cakir. Neunundvierzig Jahre alt. Deutscher Staatsbürger«, hörte er Degen hinter seinem Rücken sagen. »Die Kollegen haben seinen Wagen gefunden – ein BMW der Luxusklasse. Er stand direkt gegenüber.«

»Und? Liegt irgendetwas gegen ihn vor?«

»Nein!«

»Und womit verdiente Herr Osman Cakir sein Geld? Er muss ja einer äußerst lukrativen Tätigkeit nachgegangen sein. Bei der Uhr und dem Wagen.«

»Im- und Export.«

»Ah ja, das hört man häufig, dass man in diesem Gewerbe viel verdienen kann. Vielleicht sollte ich mich umschulen lassen.« Oben angekommen, kniff Parker für einen Moment die Augen zusammen. Er war froh, seinen Freund an seiner Seite zu wissen.

Er steckte den Schlüssel ins Schloss. Die Tür war nur eingeklinkt, ein kurzer Dreh nach rechts, und sie tat sich unter Parkers leichtem Druck auf. Schon als er die Schwelle überschritt, überblickte er das Chaos. Was er sah, ließ ihn loslachen, aber gleich darauf schnürte es ihm die Kehle zu. Degen schien ebenfalls geschockt. Wie erstarrt blieben beide im Flur stehen. Die Spurensicherung hatte ihrem Namen alle Ehre gemacht und ihre Spuren in der ganzen Wohnung hinterlassen.

Watsons Haufen, beziehungsweise, das, was davon übrig war, stank immer noch an derselben Stelle vor sich hin. Die Luft war trotz offener Balkontür stickig, der Geruch von Katzenscheiße und Katzenfutter mischte sich mit den Ausdünstungen von Schweiß.

Im Wohnzimmer lag der Ohrensessel seiner Eltern auf der Seite, und auf dem Parkett verstreut lagen Holzbruchstücke und einzelne CDs und kaputte Hüllen.

»Du, das mit dem Geländer musste aber schleunigst in Ordnung bringen lassen«, meinte Degen trocken.

Parker warf seinem Freund einen scheelen Blick zu, stieg über Watsons Fäkalie und ging in die Küche.

Degen hörte Wasserrauschen, und kurz darauf kam Parker mit einem Eimer, einem Putzlappen, einer Küchenrolle und einem äußerst angespannten Gesichtsausdruck zurück. »Bevor du noch mehr Erquickliches von dir gibst«, grollte er wütend, »tu mir den Gefallen, mach dich nützlich. Würdest du so freundlich sein und dich dem Wohnzimmer widmen, während ich meinen ganzen Willen aufbringe, diese Scheiße hier wegzumachen. Und das noch vor dem allerersten Kaffee!«

»Deinen Willen kann dir niemand rauben!«, flötete Degen. *»Marc Aurel.«*

Parker verdrehte die Augen und ging auf die Knie. Nachdem die beiden Freunde mit vereinten Kräften das Gröbste aufgeräumt und geputzt hatten, saßen sie auf zwei Stühlen auf dem Balkon. In ihren Händen jeweils eine dampfende Kaffeetasse.

»Was denkst du«, begann Degen ernst, nachdem er einen ersten Schluck getrunken hatte, »war Osman Cakir hier, um dich zu töten? Wenn ja, aus welchem Grund? Hatte er einen Auftrag? Von wem? Oder war er doch bloß ein einfacher Einbrecher, der sich fette Beute erhoffte? Was ich mir ehrlich gesagt nicht vorstellen kann.«

Parker rührte geistesabwesend in seiner Tasse herum, beobachtete, wie sich Milch und Kaffee vermischten. Ein Einbrecher? Er hatte da auch seine Zweifel. »Vielleicht steckt ja Manu dahinter.«

Degen nickte. »Möglich wär's«, bestätigte er mit Betonung auf dem ersten Wort. »Dem traue ich das zu. Erst lässt er Tina Rottländer aus dem Verkehr ziehen, und dann solltest du ebenfalls mundtot gemacht werden. Vermutlich glaubt Manuel Stanko, du hättest was gegen ihn in der Hand.«

»Aber ich hab doch nichts!«

»Das weiß er doch nicht. Sein Prozess findet bald statt. Für ihn hängt viel davon ab, wer alles was gegen ihn aussagt. Vielleicht will er auch nur auf Nummer sicher gehen.«

»Will?«, echote Parker wie aus der Pistole geschossen und sah seinen Freund durchdringend an. »Du glaubst also, er wird es noch mal versuchen?« Erst allmählich begann der Detektiv zu realisieren, in welcher Gefahr er sich befand. Und zwangsläufig musste er an Alex denken. Was wäre passiert, wenn sie in der Wohnung gewesen wäre? Brachte er sie nicht allein der Tatsache geschuldet in Gefahr, dass sie mit ihm zusammen war?

Degens Stimme durchdrang seine düsteren Grübeleien: »Lou, du kennst das Milieu ...« Der Kriminaloberkommissar brach ab und richtete den Blick in die Ferne. Schweigen.

Parker erhob sich, schritt auf die Lücke im Geländer zu und schaute hinunter. Tausend Gedanken schwirrten ihm im Kopf herum. Er kannte diesen Osman Cakir nicht. Wusste nichts von ihm. Doch sein Tod ließ ihn nicht kalt. Da war vor ein paar Stunden in seiner direkten Umgebung ein Mensch gestorben. Ein Auftragskiller? Musste er um sein Leben fürchten? Parkers Magen krampfte. Wie sollte er sich nun verhalten? Er würde sich in nächster Zeit häufiger umdrehen. Würde Menschen, die ihm entgegenkamen, genauer taxieren. Würde vorsichtiger sein. Vorsichtiger? Ha, was hieß das schon? Konnte er sich deshalb sicherer fühlen? Parker lachte grimmig in sich hinein. Nein, es gab keine absolute Sicherheit. Das wusste Parker nur zu gut. Klar, er würde ab sofort wieder seine Waffe tragen. Würde jedes Mal, wenn er die Wohnungstür aufschloss, seine Hand auf die Walther PPK legen. Würde erst mal jeden Raum sichern, bevor er Alex hineinlassen könnte. Beschissene Vorstellung! Doch was war die Alternative? Nicht mehr aus dem Haus gehen? Sich verbarrikadieren?

Angst lähmt Kopf und Glieder! Jaja! Doch dass sein Arsch auf Grundeis ging, konnte er nicht verhehlen.

»Was denkst du?« Sekunden vergingen.

»Ich frag mich, was hier abgelaufen ist«, antwortete Parker schließlich mit kratziger Stimme. »Was bringt einen Bär von einem Mann dazu, hier einzubrechen, um sich wenig später vom Balkon in die Tiefe zu stürzen? Gab es vielleicht eine zweite Person?«

»Osman war allein in deiner Wohnung«, erklärte Degen. »Das hat die KTU ergeben.«

Parker wandte sich wieder seinem Freund zu. »Denis Fährenborg?«, fragte er skeptisch und zog die Mundwinkel nach unten.

»Yep! Der gute Denis hat mir das gesteckt! Auf dem kleinen Dienstweg! Was hast du eigentlich gegen den Mann?«

Parker winkte wortlos ab. »Dann bliebe nur noch Watson übrig«, resümierte er schmunzelnd. »Wahrscheinlich hat er sich todesmutig auf Osman gestürzt und ihn gegen die Brüstung gefaucht. So wie es aussieht, verdanke ich einer fetten Miezekatze mein Leben.«

Degen drehte den Kopf zur Seite, um ins Wohnzimmer zu spähen. »Wo steckt denn eigentlich dein Watson? Man kriegt gar nichts von ihm mit!«

»Das ist nicht *mein* Watson!«, antwortete Parker mit einem schwachen Lächeln. »Und wo er steckt? Vermutlich im Kleiderschrank. Auf meinen frisch gebügelten Hemden. Darauf schläft es sich am bequemsten.«

19. KAPITEL

Zwanzig Uhr dreißig. Wieder ging ein heißer Spätsommertag zu Ende. Die langsam untergehende Sonne färbte den Himmel über Siegburg blutrot. Mit einer Flasche Weißwein unterm Arm marschierte Parker auf seinen Roadster zu. Die Fahrzeuge, die neben seinem Wagen standen, hatte er bereits in Augenschein genommen. Sie waren allesamt mit Anwohnerparkausweisen versehen. Der Detektiv blieb vor seinem Wagen stehen und schaute sich um. Da war keiner, der auf ihn wartete, der ihm auflauerte. Nur die üblichen Abendspaziergänger.

Er beobachtete zwei Frauen mittleren Alters, die mit einem Golden Retriever an der Leine die Straße überquerten und an ihm vorbeigingen. Sie unterhielten sich angeregt. Parker glaubte einen Wortfetzen aufgeschnappt zu haben, der nach »meditativem Kreistanz« klang. Aber vielleicht hatte er sich auch verhört. Jedenfalls nahmen weder Hund noch die beiden Frauen Notiz von ihm. Von dem Trio ging schon mal keine Gefahr aus. Auch nicht von dem Mann, der stumm einen Kinderwagen vor sich herschob und der verfolgt wurde von einem kleinen, schwarzhaarigen Mädchen auf einem rosafarbenen Fahrrädchen. Direkt dahinter eine junge Frau mit Handy am Ohr, die abwechselnd das Kind ermahnte, auf dem Gehweg zu fahren, um dann immer wieder in den Hörer zu lachen. Nichts Bedrohliches also.

Entspann dich, Parker!

Nachdem Degen ihn allein gelassen hatte, war er schnell unter die Dusche gesprungen und war dann zum Frühstücken auf den Marktplatz gegangen. Bei Kaffee, Ei und Croissant ließ es sich erfahrungsgemäß gut nachdenken. So hatte er beschlossen, Alex anzurufen, um sein Kommen für den frühen Abend anzukündigen. Sie hatte sich gefreut und vorgeschlagen, gemeinsam zu kochen.

Parker freute sich ebenfalls auf seine Freundin, auch wenn ihm ziemlich mulmig zumute war. Sie hatte ja keine Ahnung. Und am Telefon wollte er ihr nichts sagen. Klar war, dass er nicht wollte, dass sie zu ihm nach Siegburg kam. Nicht in seine Wohnung. Nicht so unvorbereitet. Er hatte sich fest vorgenommen, nichts zu verschweigen und nichts zu beschönigen, was die vergangene Nacht betraf. Alex sollte dann selbst entscheiden, wie sie mit der Situation umgehen wollte. Er könnte verstehen, wenn sie aus Vorsicht erst mal den Kontakt zu ihm abbrechen würde. Parker würde das akzeptieren, auch wenn ihm allein der Gedanke daran, sie für eine Zeit lang nicht mehr zu sehen, einen brennenden Stich im Herzen versetzte. Und was bedeutete eine Zeit lang? Diese Frage konnte er sich nicht beantworten. Nicht für sich und nicht für Alex.

Kaum hatte Parker den Zündschlüssel ins Schloss gesteckt und die Weinflasche auf den Beifahrersitz gelegt, machte sich sein Mobiltelefon bemerkbar. »Parker!« Es rauschte. Keine Antwort.

Der Detektiv versuchte es ein weiteres Mal: »Parker!«

Diesmal kam die Antwort prompt: »Sie suchen doch Ihren Kollegen ...«, die Verbindung war schlecht, doch Parker war sich sofort sicher, dass er diese schmalbrüstige Stimme kannte, »... diesen fetten Freak mit dem teuren Anzug ...«, einem elektrischer Schlag gleich fuhr es Parker jäh in die Knochen, »... ich ... ich hab Informationen!«

»Sag, was du weißt!«, sagte der Detektiv betont lässig. »Ansonsten jage ich dir die Polizei auf den Hals.« Parker vernahm das Japsen am anderen Ende der Leitung.

»Hey Mann, wie reden Sie denn mit mir?« Der Detektiv reagierte sofort und lachte humorlos in den Hörer. »Wie sollte ich denn mit einem Lakaien wie dir reden, Beastie? Du hast mir doch am Bonner Loch deutlich gezeigt, dass du ohne die Erlaubnis von deinem Chef die Zähne nicht auseinanderbekommst!«

»Was?«, schrie der Junge wütend auf.

Parker nahm das Handy etwas vom Ohr und rieb sich über die Augen. Beastie hatte ihn angerufen, also wollte er was von ihm. Kein Zweifel: Der Punk hing am Haken. Parker verfügte über genügend Menschenkenntnis und Fingerspitzengefühl, die Angelschnur mal locker zu lassen, um sie dann auch wieder einzuholen. Doch durfte er ihn jetzt nicht zu sehr provozieren, sonst würde er ihn verlieren. Und er versuchte abzuschätzen, wie weit er bei ihm gehen konnte. Parker entschied sich für ein gerüttelt Maß an Offenheit.

»Beastie«, begann er daher in milderem Tonfall, »ich bin leider momentan überhaupt nicht in Stimmung für irgendwelche Spielchen. Sorry! Bin ziemlich runter mit den Nerven. Außerdem habe ich jetzt eine Verabredung

mit meiner Freundin, die ich ungerne warten lassen möchte. Das kannst du doch sicherlich verstehen. Also, Junge, wenn du mir was sagen willst, dann bitte jetzt!«
Stille.

Parker wartete. Die Sekunden verstrichen. Sie zogen sich hin wie Kaugummi, kamen ihm wie eine Ewigkeit vor. Er fuhr mit seiner Zunge über die trockenen Lippen. Hatte er den Bogen überspannt und Beastie falsch eingeschätzt?

Er widerstand dem Drang, nachzuhaken. Parkers Blick streifte die Uhr: zwanzig Uhr fünfunddreißig. Verdammt, er würde zu spät zu Alex kommen. Auch wenn ihm seine langjährige Erfahrung sagte, er dürfe jetzt auf keinen Fall die Fassung verlieren, so spürte er doch, dass er seine Nervosität nicht mehr lange überspielen konnte.

Dann endlich: »Chris ist schon seit Tagen nicht mehr aufgetaucht!«

Jetzt hörte Parker ein leichtes Beben in Beasties Stimme. Er verkniff sich die Frage, wer Chris war, und gab dem Jungen Zeit, sich zu sammeln. Diesmal war die Pause nicht ganz so lang.

»Chris … ist … meine Freundin«, erklärte der Punk stockend.

»Okay, Chris ist dein Mädchen. Und sie ist verschwunden. Das hab ich verstanden«, antwortete Parker bedächtig, wartete einen kurzen Moment und fügte dann hinzu: »Und was hat das mit meinem Kollegen zu tun?«

»Können wir uns treffen? Bitte!« Die Stimme des Jungen überschlug sich fast. »Ich möchte das nicht am Telefon besprechen.«

Parker überlegte. Irgendetwas sagte ihm, dass er einwilligen musste. »Wo?«, fragte er schließlich.

»Direkt gegenüber vom Bonner Hauptbahnhof ist ein Internet-Café, da stehe ich. Davor kann man parken.«

»In Ordnung! Ich bin in fünfzehn Minuten da.«

Exakt eine viertel Stunde später lenkte der Detektiv seinen roten MX5 auf den Parkstreifen vor der angegebenen Stelle. Er sah den Gelbschopf auf Anhieb und betätigte die Lichthupe.

Das Telefonat mit Alex, das Parker auf dem Weg zum Treffpunkt geführt hatte, war ihm schwergefallen. Er hätte sie heute so gerne noch gesehen, doch auch wenn die Spur eventuell wieder nur in eine Sackgasse führte, so durfte er nichts unversucht lassen.

Er hatte Alex nicht viel erklären brauchen. Sie hatte sofort verstanden und sich nur von ihm gewünscht, dass er sich melden sollte, sobald er konnte.

Beastie steuerte jetzt mit federnden Schritten auf das Auto zu und gaffte durch das Beifahrerfenster direkt in Parkers Gesicht. Nachdem der Detektiv ihm mit einer Handbewegung bedeutet hatte einzusteigen, öffnete der Punk die Wagentür, ließ sich in den Sitz fallen, um im selben Moment erschrocken wieder hochzufahren.

»Sorry!«, grummelte Parker und legte die Weinflasche in den Fußraum.

Beastie seufzte und nahm wieder Platz.

»So, mein Freund«, kam Parker sogleich zur Sache und schaute den Jungen scharf von der Seite an, »ich habe gerade mein Date abgesagt! Ich hoffe für dich, dass ich das nachher nicht noch mehr bereue, als ich es ohnehin schon tue. Also, lass hören: Was weißt du über meinen Kollegen?«

»Na ja, der Typ hat halt Fragen gestellt«, murmelte Beastie undeutlich, die Haut spannte sich über den Backenknochen, »so wie Sie. Wollte wissen, ob wir dieses Mädchen gesehen haben, diese Ana …«

»Ja, und weiter?«, sagte Parker, bemüht ruhig zu bleiben.

Die schmutzigen Finger des Jungen rissen an den ungepflegten Nägeln, seine schmalen Lippen bebten. »Nix weiter!«, presste er hervor.

»Wie bitte?!« Parker spürte eine unbändige Wut und Enttäuschung in sich aufsteigen. Fühlte, wie sein Gesicht vor Zorn anschwoll. »Das ist alles?« Er raufte sich die Haare. »Dafür bestellst du mich hierher? Du hast mir am Telefon was von Informationen gesagt! Willst du mich verarschen?«

In seiner Erregung war Parker dem Jungen so dicht auf die Pelle gerückt, dass dieser sich nun ängstlich an die Beifahrertür drückte. Der Detektiv hatte das Gefühl, dass der Punk kurz davor stand, in Tränen auszubrechen. Mit einem Ruck lehnte Parker sich zurück, blickte nach vorn und trommelte, um sich zu beruhigen, mit den Fingern auf dem Lenkrad. »Okay«, sagte er nach einer Weile betont und ohne seinen Blick von der Straße zu nehmen, »du steigst jetzt aus, und wir vergessen das Ganze hier!«

Zu Parkers Verwunderung schüttelte der Junge langsam den Kopf. Der Detektiv schaute zu ihm rüber. Beastie saß zusammengesunken in dem Sitz. Die Beine hatte er angezogen, seine Arme über der Brust verschränkt.

Über seinen Mund lief ein Zittern. »Bitte«, sagte er tonlos, »Sie sind doch Detektiv. Ein Spezialist. Sie wissen, wie man Menschen wiederfindet.«

»Du erwartest doch jetzt nicht allen Ernstes von mir, dass ich deine Freundin für dich suche.«

Beasties Beine begannen zu zittern. Er presste eine Hand an sein Kinn und bewegte sich unruhig. »Chris ... ich habe Angst, dass ihr was passiert ist.«

»Sie wird zu ihren Eltern zurückgegangen sein«, antwortete Parker schroff.

»Nein, bestimmt nicht!«, schrie der Junge auf, um in der gleichen Sekunde seine Lautstärke zu dämpfen, so als ob er selbst darüber erschrocken sei. »Nein, bestimmt nicht«, wiederholte er leise.

»Was macht dich da so sicher?« Parker sprach betont gleichmütig. »Vielleicht hat sie nur genug von dir, und das ist ihre Art, Schluss zu machen.«

Beastie schüttelte den Kopf. »Sie kennen sie nicht.« Er sagte es in einem ruhigen, fast schon resignierten Tonfall, und doch bemerkte Parker die große Unruhe des Jungen. »Ich hab Chris vorgestern Abend zu Doktor Engel gebracht.« Sein Mund zuckte. »Ihr ging es sehr schlecht. Hatte starke Magenkrämpfe, Schüttelfrost und so. Es gibt da diese grüne Tür. Man kann klingeln. Ich habe sie bis dahin begleitet. Sie sagte, ich bräuchte nicht auf sie zu warten. Ich bin dann wieder los. Chris wollte wieder zum Loch kommen, ist sie aber nicht.«

Beasties Stimme war so leise geworden, dass Parker sich anstrengen musste, alles zu verstehen. Doch fühlte der Detektiv deutlich das Gewicht seiner Worte. Dem

Jungen war es gelungen, ihn neugierig zu machen. »Doktor Engel? Wer ist das?«

Beastie warf Parker einen scheuen Blick zu. »Wir … wir«, er zögerte, schaute weg und biss sich auf die Unterlippe, »wir nennen ihn so. Er hilft. Er verteilt Schmerzmittel, ohne Rezeptschein. Für lau. Verbindet Wunden und lässt einen auch mal duschen. Darüber weiß aber außer der Szene keiner Bescheid.«

»Passiert das in letzter Zeit häufiger, dass Leute von euch plötzlich von der Bildfläche verschwinden?«

Beastie kratzte sich am Hinterkopf. »Ja schon«, antwortete er ausweichend, »aber so was ist nicht unnormal. Manche kommen, manche gehen. Es gibt Gerüchte. Aber niemand weiß was Genaues. Egal … ich will nur wissen …«

»Was für Gerüchte?«, fragte Parker dazwischen.

»Na, dass Doktor Engel eigentlich eine Entzugsklinik leitet. Weit weg von hier. Dahin bringt er die, die kurz vorm Abkratzen sind.«

»Du musst zur Polizei gehen. Die sollen dem Engel mal auf die Finger gucken. Wahrscheinlich weiß er, wo Chris steckt.«

Beastie zog die Nase hoch und rieb die Hände aneinander. »Zu den Bullen?«, tobte er. »No way! Das wäre Verrat! Außerdem interessieren die sich sowieso nicht für uns. Denen sind wir doch scheißegal. Hauptsache, wir machen keinen Alarm …«

Parker stöhnte auf. »Jaja, ich kenne die Leier! Junge, ihr müsst mal dringend euer Feindbild überdenken. Es ist voller Klischees und obendrein noch antiquiert.«

Beastie glotzte ihn fragend an. An seiner Schläfe zuckte eine Ader.

Parker stieß ein hilfloses Lachen aus. »Antiquiert«, wiederholte er, »Altmodisch. Spießig. Hört auf, immer nur in Schwarz-Weiß-Kategorien zu denken. Und ...«, er brach ab, seufzte, und dann, als ob er sich korrigieren wollte, zog er eine Grimasse. »Ist okay«, murmelte er sanft und eher zu sich selbst, »vergiss, was ich gesagt habe. Was geht es mich an. Ist eure Sache. Bestimmt habt ihr eure Erfahrungen gemacht. Ich repräsentiere dieses System nicht mehr. Nein, ich bin schon lange kein Staatsdiener mehr.«

»Ich kann Ihnen zeigen, wo ich Chris hingebracht habe«, sagte Beastie und leckte sich mit einer nervösen Zungenbewegung über die Oberlippe. Erwartungsvoll starrte er den Detektiv an.

Parker reckte sich in seinem Sitz, fuhr sich mit beiden Händen durchs Gesicht und startete den Motor. »Na, dann statten wir dem Herrn Doktor Engel doch mal einen Besuch ab!«, knurrte er.

Riders on the storm. Er sah ihn kommen. Sah, wie der kleine Sportwagen langsam die Auffahrt runterrollte. Die Überwachungskameras gaben ihm die Bilder. Schwarz-weiß. Grobe Pixel. Keine besonders gute Qualität. Uralt-Kameras. Für Neuanschaffungen dieser Art hatte die Klinikleitung kein Geld. Er grinste höhnisch. Musste auch nicht sein. Er wusste auch so, wer da am Steuer saß.

Endlich, Detektiv! Ich habe mich schon gefragt, wann du hier auftauchst. Wann eines dieser geschwätzigen Straßen-

kinder dir etwas flüstert. Ich kann nicht sagen, dass ich mich freue, dich zu sehen, doch werde ich dir einen gebührenden Empfang bereiten.

Gebannt verfolgte er, wie der Roadster in die Parktasche neben seinem Wagen zum Stehen kam.

Ich muss mich beeilen! Er riss sich vom Bildschirm los, lief aus seinem Büro und hastete den kahlen, hell erleuchteten und menschenleeren Flur entlang. Seine Finger zitterten, als er den Schlüssel im Schloss herumdrehte und die Metalltür ein wenig aufdrückte. Neonlicht fiel durch den Spalt von draußen hinein. Schon hörte er die Schritte auf dem Betonboden, wie sie von dort widerhallend zu ihm durchdrangen. Er wirbelte herum, rannte zurück, an seinem Büro vorbei, in den weiß gekachelten Raum mit den Waschbecken, den Sektions- und Präparationstischen. Jim Morrisons Stimme aus der Surround-Anlage übertönte das monotone Geräusch der Be- und Entlüftungsanlage.

Hastig streifte er sich ein paar Gummihandschuhe über und setzte sich die Einweg-Atemschutzmaske auf. Dann entriegelte er einen der weißen Schiebeschränke und holte die Flasche mit dem Etikett ›Isofluran‹ heraus.

»Hallo, Herr Doktor? Sind Sie da?«

Die Schritte kamen näher. Er drehte den Behälter auf. Legte ein kleines Handtuch auf die Öffnung. Kippte die Flasche leicht. Ließ ein wenig von der Flüssigkeit auf das Tuch laufen.

»Mein Name ist Lou Parker. Ich bin Privatermittler und hätte Sie gerne mal gesprochen. Hallo?«

Er fuhr herum, verbarg sich hinter dem offen stehenden Türblatt. Lauernd. Wie ein hungriges Tier. Zum

Sprung bereit. Er hatte all seine Muskeln angespannt und glaubte den Geruch seines Opfers schon in der Nase zu haben.

Nur noch ein kleines Stück, Detektiv. Gleich hast du mich gefunden. Du bist ein kräftiger Kerl. Ein anderes Kaliber als meine zarten Engel. Aber ich werde dich besiegen, weil ich entschlossen dazu bin!

»Entschuldigen Sie, dass ich hier so eindringe …«

There's a killer on the road.

»… die Tür stand auf. Sind Sie …«

Weiter kam der Ermittler nicht. Und er hatte nicht den Hauch einer Chance.

Spüre meine Kraft! Mit beiden Händen packte er von hinten den Kopf des Detektivs, riss ihn zu sich heran, drückte ihn herunter und presste ihm dabei das feuchte Tuch auf das Gesicht. Verzweifelt versuchte sich Parker aus der Umklammerung herauszuwinden. Vergeblich. Er rang nach Luft, doch je mehr er einatmete, desto schwächer wurde er. Und das Narkotikum wirkte innerhalb von Sekunden. Der erschlaffte Körper des Detektivs rutschte ihm aus den Fingern und fiel zu Boden.

»Ah, Sie sind schon wach!« Die Stimme, weit entfernt, kam ihm bekannt vor. Nur wusste er nicht, wo er sie hintun sollte.

Blinzelnd öffnete Parker die Augen und trotzte der kalten Helligkeit, die von den Neonröhren an der Decke ausging. Er hatte jegliches Zeitgefühl verloren. Hatte keine Ahnung, wie lange er weg gewesen war. Seine Zunge klebte am Gaumen, und sein Kopf tat weh. Auch spürte er den Schmerz an seinen Hand- und Fußgelenken. Er saß mit dem Rücken gegen die Wand gelehnt auf dem Boden. Mit Kabelbinder gefesselt. Ausgeliefert. Hilflos.

Verschwommen nahm er seine Umgebung wahr. Nur schemenhaft erkannte er die Umrisse, die sich ihm boten. Als habe er Wattepfropfen im Ohr, so drang die Musik jetzt zu ihm durch. The Doors! *Riders on the storm.* Fast hätte er leise mitgesungen. Ganz allmählich schärften sich seine Sinne und sein Blick.

Kein Zweifel: Er befand sich in einer Pathologie. Parker hörte Schritte, konnte aber aufgrund seiner Sitzposition nur zur Seite blicken und sich nicht umschauen.

»Ich hatte keine Wahl!«, sprach die Stimme hinter seinem Rücken. »Das mit Ihrem Kollegen tut mir wirklich leid. Das müssen Sie mir glauben!« Der Tonfall des Mannes überspitzte sich lustvoll. »So etwas nennt man wohl Kollateralschaden.« Der Mann lachte.

Dann senkte er seine Stimme und fügte, indem er jede Gefühlsregung herausnahm, hinzu: »Aber er hatte diese Fotos gemacht. Sie zeigten mich mit diesem jungen Mädchen. Gestochen scharfe Bilder. Ich hab nichts davon mitbekommen. Und er hatte sich so positioniert, dass die Überwachungskameras ihn nicht erfassten. Ein wirklich guter Detektiv, Ihr Kollege Winkler. Als meine Frau mir die Bilder zeigte, war mir klar, dass ich handeln musste. Ich musste davon ausgehen, dass Winkler die Fotos noch auf seiner Speicherkarte hatte. Und ob er sie löschen würde, so wie er versichert hatte, konnte ich nicht überprüfen. Das Risiko, dass er sie behalten würde, war zu hoch. Was wäre gewesen, wenn die Eltern des Mädchens nach ihrer Tochter öffentlich gesucht hätten? Wenn ihr Foto in der Zeitung erschienen wäre? Meine Frau hätte ich schon beruhigen können. Aber dieser Winkler hätte mich entweder erpresst oder er wäre zur Polizei gegangen. So habe ich ihn angerufen und unter dem Vorwand, einen lukrativen Auftrag für ihn zu haben, hierhergelockt.«

Er hielt inne, und Parker vernahm, wie ein Feuerzeug entzündet wurde. Sogleich waberte ein scharfer Tabakgeruch zu ihm herüber. Und ob er wollte oder nicht, mit einem Mal schmachtete es ihn nach einer Zigarette.

»Ich darf doch?«, fragte die Stimme, und ohne eine Antwort abzuwarten, redete sie weiter: »Im Grunde genommen ist meine Frau am Tod Ihres Kollegen schuld. Sie hatte ihn schließlich beauftragt, mich zu observieren. Wäre sie nicht so eifersüchtig …«

Deutlich hörte der Detektiv, wie Rauch durch die Luft geblasen wurde.

»Nachdem ich ihn umgebracht habe, habe ich ihn zerlegt, was bei einem Mann mit seiner Körperfülle eine Mordsarbeit war.« Wieder lachte er auf. »Mordsarbeit! Was für ein Wortspiel!«

Parker kochte vor Wut und Abscheu. Er hätte kotzen können. Ohne seine Fesseln hätte sein Zorn vermutlich ausgereicht, den Mann zu töten. Parker wusste längst, wer da zu ihm sprach.

»Ich bin Pathologe, bin gewöhnt, richtig zuzupacken. Nicht wie die feinen Chirurgenkollegen über mir. Na ja«, er inhalierte geräuschvoll, »das ist eine andere Sache. Gehört hier nicht hin.« Er ging nun um Parker herum, sodass der Detektiv ihn sehen konnte.

»Ich hab die Leichenteile, die Uhr, das Handy und die Speicherkarte in ein Säurebad gelegt. Saubere Sache. So gut wie keine Rückstände.«

Während er das sagte, blickte er auf seine Zigarette, an der sich eine Aschenkuppe gebildet hatte. »Dann bin ich los und hab dieses junge Ding am Siegburger Bahnhof aufgetan.«

Celine Mannteufel, schoss es Parker durch den Kopf.

»Ist mir nicht leicht gefallen, sie zu töten. Aber ich musste sie opfern.«

König räusperte sich und warf die heruntergerauchte Zigarette auf den Boden. »Hier ist eigentlich Rauchverbot!«, kicherte er und trat die Kippe mit der Fußspitze aus. »Ich hab dann die Leiche in Winklers Wagen gelegt und bin damit zum Flughafen gefahren. Natürlich mit Handschuhen und im Einwegoverall. Wegen der Spuren«, erklärte König nicht ohne Stolz, um dann mit nüchternem Tonfall fortzufahren: »Dort habe ich das Auto abgestellt und bin zu Fuß zurück. Ist eine ganz schöne Strecke, kann ich Ihnen sagen. Aber der Aufwand hatte sich gelohnt. Der Verdacht fiel auf Winkler, und ich musste nichts befürchten. Ich konnte meine Arbeit fortführen. Konnte mich weiterhin um die gefallenen Engel kümmern. Bis Sie auftauchten.« König zwinkerte Parker mit gespielt beleidigter Miene zu.

Dann drehte er sich auf dem Absatz um, und Parker beobachtete den Pathologen dabei, wie er einen Schutzkittel vom Haken nahm und ihn sich überzog. Parkers Augen brannten höllisch, vom Schweiß, der ihm von der Stirn herunterlief.

Und ihm ging Königs Selbstdarstellung gehörig auf den Geist, doch er musste versuchen, ihn am Reden zu halten, um seine, und sei sie auch noch so geringe, Chance zu wahren, ansatzweise lebend aus der gefährlichen Lage herauszukommen. Denn klar war, dass König ihn ebenfalls töten würde, sollte nicht noch ein Wunder geschehen. Parker dachte an Beastie und hoffte, dass der Junge seine Aversion gegen die Polizei ablegen konnte.

»Gefallene Engel!«, raunte Parker provozierend. »Dass ich nicht lache! Sie kümmern sich nicht um die jungen Menschen, Sie bringen sie um! Haben Sie dafür eine plausible Erklärung, was solche grauenvollen Taten rechtfertigen könnte? Wenn nicht, sind Sie für mich bloß ein Psychopath!«

»Psychopath!«, wiederholte König einsilbig. Er schlug die Augen nieder.

Wie aufs Stichwort war die Überheblichkeit aus seinem Gesicht einem Ausdruck von Apathie gewichen. Der groß gewachsene Mann sackte sichtbar in sich zusammen und ging vor Parker in die Knie.

Mit leerem Blick bewegte er seine Lippen: »Da war dieser kleine Junge, der seine Mutter eines Tages leblos im Bett fand. Die Mutter war heroinabhängig und in einem Methadonprogramm. Der Junge glaubte, sie habe sich wieder Heroin gespritzt. Das Telefon war abgestellt. So lief er zu der alten Nachbarin, und die rief dann den Krankenwagen. Das Jugendamt kam und steckte den Kleinen ins Heim. Der Mutter wurde der Magen ausgepumpt – sie hatte lediglich ein paar Schlaftabletten eingenommen, um wieder mal durchschlafen zu können. Die Dosis war nicht lebensbedrohlich, und die Mutter war schnell wieder auf den Beinen. Doch der Junge durfte nicht mehr bei der Mutter sein. Die Mutter konnte nicht ohne den Jungen leben. Der einzige Lebensinhalt war ihr Junge. Er war ihre Stütze. Er war der einzige Grund, weshalb sie überhaupt noch lebte. Er hatte sie nicht beschützen können. Hatte versagt. Sie verabreichte sich eine Überdosis. Doch starb sie nicht direkt, sondern erst nach Tagen und unter unglaublichen Schmerzen. So stand es im Arztbericht. Der Junge wurde adoptiert, was ein großes Glück war. Er war gut in der Schule und studierte später Medizin. Sein Auftrag war ihm schon sehr früh bewusst – er musste die armen, gefallenen Engel von ihren Qualen erlösen. Keiner dieser Engel sollte so viel leiden müssen wie seine Mutter.« König hielt inne, um Atem zu holen, dann redete er weiter: »Wenn ich ihnen was gegeben habe, schlafen sie friedlich in meinen Armen ein. Manchmal bewahre ich sie für ein paar Tage in den Kühlzellen auf. Da ich der Chefpathologe bin, hab ich zu jeder Zeit Zugang zu allen Räumlichkeiten hier unten. Wenn es dann passt, löse ich die seelenlosen Körper im Säurebad auf.«

Wie aus dem Nichts sprang plötzlich und mit einer unglaublichen Schnelligkeit eine dürre Gestalt in den Raum. Parker sah in das wutverzerrte Gesicht, erkannte die Flasche Wein in Beasties Hand und musste mit ansehen, wie er diese erhob, um sie dann mit brachialer Gewalt auf dem Kopf von König niedersausen zu lassen. Augenblicklich und ohne einen Ton von sich zu geben, kippte der Pathologe zur Seite.

»Beastie, hey«, rief Parker aus, wollte etwas Beschwichtigendes formulieren, fand aber die Worte nicht auf Anhieb und verfolgte den Jungen stattdessen mit seinem Blick. Beobachtete, wie er erst die Weinflasche achtsam auf den Boden stellte, sich umsah und dann auf einen der Seziertische loslief.

Sekunden später war Beastie bei Parker, hockte sich hinter ihn und schnitt die Kabelbinder mit einem Skalpell durch.

»So, die Bullen können Sie selber anrufen. Ich hau jetzt ab! Sie kommen ja nun auch ohne mich zurecht!«

20. KAPITEL

Parker stand etwas unentschlossen mit dem Wollpullover in der Hand im Schlafzimmer. Laut *Wetter.de* war der Sommer in Domburg mittlerweile vorbei. Auch in Siegburg waren die Nächte von einem auf den anderen Tag merklich kühler geworden. Worüber man sich aber Ende September nicht beschweren durfte. Achselzuckend legte er das dicke Teil in den Koffer und klappte den Deckel zu.

Sieben Tage war die ganze Sache jetzt her. Parker setzte sich aufs Bett und starrte zum Fenster hinaus.

Die Bilder waren immer noch sehr präsent. Dominic König, der mit einer klaffenden Kopfwunde am Boden lag. Das Einsatzkommando, wie es die Pathologie stürmte. Die lauten Stimmen der vermummten Polizisten. Hart und kompromisslos. Der Detektiv fand das Aufgebot eine Spur zu übertrieben.

Fährenborg, der als Letzter in den Raum stürzte, machte ein kummervolles Gesicht, als er Parker sah. Und Parker war froh, ihn zu sehen, auch wenn er im Traum nicht darauf gekommen wäre, das öffentlich kundzutun.

Dass ihn der Polizeihauptkommissar im Beisein des Einsatzleiters, seines Schwagers, umarmte, konnte er jedoch nicht verhindern. König wurde von einem Notarzt, begleitet von vier Polizisten, zwei Stockwerke höher in die Chirurgie gebracht. Seine Kopfverletzung war nicht lebensbedrohlich. Er hatte lediglich eine mittelschwere Gehirnerschütterung und konnte bereits drei Tage später ins Gefängniskrankenhaus überführt werden.

Wann ihm der Prozess gemacht werden würde, stand noch nicht fest.

Parker war, nachdem er mit Alex telefoniert hatte, gleich am nächsten Morgen zu Winklers Frau gefahren.

Ihm stiegen die Tränen in die Augen, wenn er jetzt daran dachte. Er blieb den ganzen Tag, den ganzen Abend. Blieb auch noch, als ein Arzt Tanja Winkler eine Beruhigungsspritze verabreichte und sie endlich einschlief. Parker saß auf einem Sessel vor ihrem Bett und fuhr in der Früh völlig gerädert nach Hause. Er musste dringend schlafen. Und er schlief. Schlief vierzehn Stunden am Stück. Traumlos, wofür er sehr dankbar war.

Von Degen erfuhr Parker, dass Tina Rottländer über den Berg war. Eine wirklich gute Nachricht. Eine weniger gute Nachricht war, dass es noch keinen Fahndungserfolg in Sachen Marcel Sander zu verzeichnen gab.

Wahrscheinlich auf Nimmerwiedersehen abgetaucht, dachte Parker. Entweder aus freien Stücken, oder … Oder man fand seine Leiche eines schönen Tages irgendwo …

Aber das sollte nicht seine Sache sein.

Osman Cakir? Ein Schulterzucken. Was Manuel Stanko betraf, brauchte Parker jetzt erst mal ein paar Tage Abstand. Unbedingt!

Daher hatten Alex und er kurzerhand beschlossen, satte vier Tage nach Zeeland zu fahren. Und das Glück war gleich im Doppelpack auf ihrer Seite – Alex bekam frei, und es gab noch ein Zimmer im Hotel *Wilhelmina* in Domburg.

Parker wischte sich die Tränen aus dem Gesicht, schloss den Koffer und stand auf. Im Flur wäre er fast über Watson gestolpert. Der Kater saß buddhagleich auf dem Steinboden und glotzte Parker kritisch an.

»Keine Sorge, Watson, ich habe Frau Bergsch den Zweitschlüssel gegeben. Du wirst nicht verhungern. Du kennst doch Frau Bergsch, die nette Nachbarin aus dem Erdgeschoss. Frau Bergsch mag Katzen.«

Für einen kurzen Moment verweilte Parker. Dann ging er in die Hocke und flüsterte dem Kater zu: »Herzlichen Dank, alter Junge! Du hast mir wohl das Leben gerettet. Ich hab zwar überhaupt keine Ahnung, wie du das gemacht hast, und ich schätze, du wirst es mir auch nicht sagen, aber du hast diesen Zwei-Meter-Killer zu Fall gebracht. Und das im wahrsten Sinne des Wortes!«

Der Detektiv erhob sich wieder und widmete dem Kater zum Abschied ein Lächeln. Vor seinem Roadster angekommen, öffnete Parker den Kofferraum. Er schüttelte amüsiert den Kopf, während er grinsend sein Gepäck hineinlegte.

Da verdanke ich tatsächlich einem fetten, unfreundlichen Kater und einem großmäuligen, schmalbrüstigen Punker mein Leben!

Das breite Schmunzeln blieb, als er das Verdeck nach hinten klappte und den Motor startete. Parker setzte sich seine Sonnenbrille auf die Nase und fuhr los. Dem schwarzen Audi TT, der nach ihm langsam aus der gegenüberliegenden Parkbucht rollte, schenkte er keine Aufmerksamkeit.

ENDE

DANKSAGUNG

DANKE

… an Nicola Härms als Lektorin, die mich mit viel Herzblut unterstützt,

… an das gesamte Team des KBV Buchverlages,

… an Ralf Kramp für sein Vertrauen,

… und nicht zuletzt an meine überaus verständnisvolle Frau Cirsten, die nie müde wird, meine Texte zu lesen und zu verbessern.

KBV KRIMINALROMAN

Nina Röttger

DIE GRÜNE FEE UND DER KALTE TOD

Taschenbuch, 288 Seiten
ISBN 978-3-95441-325-6
10,95 EURO

Ein zünftiger Mord wie im Mittelalter

Met und Mord – Mittelaltermärkte ziehen die Gauklerin Isa magisch an. Ebenso wie die Leichen, die dort plötzlich auftauchen.

Alljährlich öffnet in Siegburg ein mittelalterlicher Weihnachtsmarkt seine Tore. Für die junge Gauklerin Isa Bocholt, die unter dem Namen »Die grüne Fee von Absinth« mit ihrer Band Manus Furis dort Touristengruppen und Einheimische unterhält, ist er ein zweites Zuhause.

Hinter den bunten, historischen Kulissen schwelt Streit, der von den Besuchern des Marktes unbemerkt bleibt. Die Spielleute liegen sich in den Haaren mit Meyster Hubertus, dem Apfelkringel-Bäcker, und das Ehepaar Drömer mit seiner Schenke ficht einen harten Konkurrenzkampf mit Oliver Katz, dem alkoholkranken Tavernenbesitzer aus.

Als dieser eines Morgens erfroren am Pranger des Marktes gefunden wird, geht die Kriminalpolizei von einem Unfall aus, da einige geleerte Metflaschen am Tatort gefunden wurden. Isa jedoch glaubt fest an einen Mord. Nicht zuletzt, weil sie am Vorabend einen erbitterten Streit mitbekommen hat, bei dem jemand Katz ein baldiges, unseliges Ende prophezeit hat. Isa wäre nicht Isa, wenn sie ihre Neugier im Zaum halten könnte, und so macht sie sich im Schein ihrer Pechfackel auf eigene Faust auf die Suche nach dem Mörder.

Volker Dützer
DER SCHACHT

Taschenbuch, 400 Seiten
ISBN 978-3-95441-316-4
11,95 EURO

Mörderischer Zweikampf im Westerwald

Helen Stein trifft in der ländlichen Abgeschiedenheit auf ihren Albtraum. Starker Auftakt einer packenden Serie.

Drei Tage und drei Nächte war die Koblenzer LKA-Profilerin Helen Stein in der Gewalt eines Serienmörders, der bereits ein Dutzend junger Frauen ermordet hat. Sie erwacht nackt und hilflos auf dem Parkplatz einer Autobahnraststätte. An die Zeit ihres Martyriums fehlt ihr jede Erinnerung.
Ihr Vorgesetzter verordnet ihr eine Auszeit in einer kleinen Polizeiinspektion im Westerwald. Doch nur wenige Stunden nach ihrer Ankunft wird sie bereits mit einer Mädchenleiche konfrontiert. Schnell wird klar, dass der Killer ihr gefolgt ist und nun ein perfides Spiel mit ihr treibt.
Ihre einzige Hilfe scheint der Dorfpolizist Funke zu sein, der sich nach dem Verschwinden seiner Tochter langsam zu Tode säuft. Das ungleiche Paar nimmt den scheinbar aussichtslosen Kampf gegen einen skrupellosen Gegner auf, der ihm stets einen Schritt voraus zu sein scheint.

KBV KRIMINALROMAN

KBV KRIMINALROMAN

A.N. Onym

ACHT LEICHEN ZUM DESSERT

Taschenbuch, 304 Seiten
ISBN 978-3-95441-321-8
11,95 EURO

Acht Tage, acht Autoren, acht Ermittler

Wenn Privatdetektiv Wilsberg auf Julius Eichendorff trifft, wenn Herbie Feldmann und Siggi Seifferheld gemeinsame Sache machen …

In einem entlegenen Winkel der Eifel steht das Stammhaus des berühmten Pudding-Imperiums »Tante Tine«. Die alte Unternehmensgründerin Albertine Bernardy will anlässlich des Firmenjubiläums die Nachfolge klären und hat ihre Familie um sich versammelt. Aber ein plötzlicher Todesfall erschüttert das kleine Dorf, und die Festlichkeiten drohen in einer Katastrophe zu enden.

Zum Glück befinden sich zur gleichen Zeit acht berühmte Ermittler vor Ort: Privatdetektiv Wilsberg, Spürnase Britta Brandner, Hobbydetektiv Vincent Jakobs, Meisterkoch Julius Eichendorff, LKA-Profilerin Wencke Tydmers, Privatdetektiv Waldo, Kommissar a. D. Siegfried Seifferheld und der Spinner Herbie Feldmann. Sie alle stecken mit einem Mal mitten in einem vertrackten Kriminalfall, wie er ihnen bislang noch nicht begegnet ist.

Jürgen Kehrer, Sabine Trinkaus, Kathrin Heinrichs, Carsten Sebastian Henn, Sandra Lüpkes, Peter Godazgar, Tatjana Kruse und Ralf Kramp schicken in diesem Gemeinschaftsroman ihre beliebten Serienermittler ins Rennen.